통일단상
북한 연구자의 산문집

권은민

Essays on the

KOREAN
UNIFICATION

박영사

프롤로그

이 책은 북한 연구자의 산문집이다. 저자가 북한과 통일을 연구하면서 알게 된 것 그리고 그 과정에서 깨달은 것들을 모았다. 형식은 다양하다. 어떤 내용은 에세이로 썼고, 신문이나 잡지를 보다가 이 문제를 북한에 적용해 보면 어떨까 생각하면서 기록한 것은 통일단상으로 편집했다. 책을 읽으면서 깨달은 것은 독서록에 모았다. 지나치면 기억에서 사라질 것들인데, 그냥 그렇게 흘려보내기 아까웠다.

여기 모은 글은 대부분 코로나19 시기에 작성했다. 대외활동이 줄어들면서 책을 읽고 생각하는 시간이 늘어났다. 매 순간 떠오른 생각을 글로 옮겨 쓴 덕분에 이 책을 내게 되었다. 나의 개인적인 생각이라 부족한 점이 많지만 다른 사람들과 공유하고 싶었다. 통일에 대한 열정이 식어가는 현실에 순응하고 싶지 않았다. 이 시대 북한 연구자는 무슨 생각을 하였는지를 기록하는 행위가 후속 연구자에게 도움이 되기를 희망한다.

내가 쓴 글을 다시 읽으면서 문장을 정리하고 중복되는 것을 덜어내며 생각을 가다듬었다. 남북관계가 완전히 단절된 현재 법률가가 할 수 있는 일은 별로 없다. 그래도 뭔가 해야 한다고 생각한다. 다행히 나와 같은 생각을 한 사람들이 여럿 있고, 통일에 대한 꿈을 꾸고 있는 사람도 남아있다. 글 소재가 될 만한 사건도 가끔 있었다. 북한을 상대방으로 하는 남한 정부의 소송제기, 개성공단폐쇄가 합헌이라는 헌법재판, 분단의 피해자들이 북한을 상대방으로 제기한 손해배상 소송, 탈북민이 제기한 소송 등은 통상적인 법률문제가 아니라 생각할 거리가 많았다. 남한 법률을 분단 상황에 적용하면서 생기는 문제들이 보였다. 법률실무를 오래 한 사람만이 느낄 수 있는 것도 있었다. 그때마다 내 생각을 적었다. 무심히 흘려보내고 싶지 않았다. "한 촛불이라도 켜는 것이 어둡다고 불평하는 것보다 낫다." 구상 시인의 말이다. 나도 통일 기원의 촛불 하나를 들고 싶었다. 이 책은 그런 노력의 흔적이다.

개인적으로 최근 1년 사이에 여러 가지 일을 겪었다. 환갑을 맞았고, 아들을 결혼시켰다. 몇 달 전에는 급성 담낭염으로 입원했다. 회복기에 모친상을 당했다. 어려운 일이 연거푸 이어졌지만 주변 분들의 도움으로 이 모든 일을 잘 치르고 견뎠다. 혼자 사는 세상이 아니라는 생각을 자주 한다. 세상일이 내 마음대로 되는 것은 아니지만 내가 마음조차 먹지 않으면 아무것도 되지 않는다. 북한법을 연구하고 통일의 길을 모색한 지 30년이 되었다. 향후 수십 년간 현재의 상황이 지속될 수도 있겠지만 그래도 문제를 파악하고 장래를 대비하는 일을 멈출 수는 없다. 어쩌면 힘든 길일지도 모르는 그 길에서 만난 분들께 감사드린다. 포기하지 말고 계속 걸어가자고 격려하고 싶다. 이 책이 그 길에 놓인 징검다리 돌이 되기를 바란다.

매일 아침, 고향 경주에 혼자 계신 아버지에게 전화 드린다. 딱히 할 말은 없지만 목소리를 듣는 것만으로도 반갑고 고맙다. 북한 문제도 그런 것 아닐까 싶다. 당장 어쩔 수 없지만 상호 왕래의 꿈을 꾸면서 분단 역사의 종말을 희망해 본다. 우리에겐 그런 꿈을 꿀 자유가 있다.

2024년 갑진년 가을

우봉 권은민

목차

프롤로그　　　　　　　　　　　　　　　　　　　　　i

에세이 1 ————————————————————
이런 일이 생겼으면　　　　　　　　　　　　　　　　1

　그래도 통일은 온다　　　　　　　　　　　　　　2
　관심을 열정으로 바꾸려면　　　　　　　　　　　5
　가을밤 학술토론　　　　　　　　　　　　　　　10
　박창일 신부 강연　　　　　　　　　　　　　　　14
　태양을 훔친 여자를 만났다　　　　　　　　　　18
　완창 판소리 적벽가　　　　　　　　　　　　　　21
　이런 일이 생겼으면　　　　　　　　　　　　　　25
　판사의 고민　　　　　　　　　　　　　　　　　29
　사리원역에서 1　　　　　　　　　　　　　　　33
　사리원역에서 2　　　　　　　　　　　　　　　37
　비무장지대 소송　　　　　　　　　　　　　　　41

에세이 2 ————————————————————
독자와 저자가 함께 쓴 글　　　　　　　　　　　　47

　임진각에서　　　　　　　　　　　　　　　　　48
　독자와 저자가 함께 쓴 글　　　　　　　　　　51

말도 많고 탈도 많은 북한 인권법   56

이젠 새로운 세대에게   59

평양문화어보호법을 아십니까   64

촉진이냐 제약이냐   67

문학이 필수적인 시대   70

통일법 포럼 행사장에서   73

국익을 명확하게 하자   75

감사합니다라는 말 한 마디   77

대법원 행사 회의록을 보면서   81

그날 밤 바이마르에서   87

이상한 나라   92

통일단상 1(사상과 정책) ───────────────────
남북의 신뢰와 교류협력 없이는   97

먼저 그대가 건전한 인격이 되어라   98

김구 선생의 말   99

구체적인 계획이 없는 목표는   100

우리의 핵심 이익에 비춰볼 때   101

정해진 답과 원칙이 없다   103

남북의 신뢰와 교류협력 없이는   104

지나간 일만 안다면, 그건 기억력이 무척 나쁜 거란다   105

2045년에 통일하자   107

자신이 원하는 만큼 위대해질 수 있다   109

미래는 발명될 수 있다   110

등불 하나 켜는 게 낫다   111

황홀한 모험   112

상호 신뢰에서 참된 평화가 확립된다   113

남북의 산은 한 번의 끊김 없이 모두 연결돼 있다　　114

모든 색을 합치면 무채색　　116

더 많은 예산과 확장된 업무영역으로 무장한 통일부　　117

이 시대의 구호 만들기　　118

직관과 용기　　119

북한과 대치한 덕분에　　120

규제개혁을 성공시키려면　　121

한국인이 승복하는 기준　　122

아무것도 못 하니까 아무것도 안 되죠　　123

'함께 살기'와 '기회 균등'　　125

1987년 체제를 극복하려면　　127

개헌해야 한다　　129

북핵문제 해결의 길　　130

통일교육의 3가지 원칙　　131

통일을 위한 교육 재정　　133

우리는 미래를 알고 있다　　135

철조망은 휴전선이 아닌 내 마음에 있었다　　136

용서 없이 미래 없다　　137

평등권과 북한 주민　　139

'현상 관리'와 '현상 변경'의 동시적 추구　　141

리더십의 부재　　142

시대의 감각　　144

착하지 않아도 된다　　145

주민들의 미래예측과 비전제시는 유용하다　　146

본질에 보다 더 집중해야 할 때　　148

정전협정 70주년　　150

통일단상 2(법과 제도)

법률이 모든 것을 할 수는 없겠지만　　　　　　　　　　　　　153

　　법이 진보를 말할 때　　　　　　　　　　　　　　　　　154

　　법률은 사회적 조화와 연대를 촉진하는 역할을 해야　　　155

　　법률이 모든 것을 할 수는 없겠지만　　　　　　　　　156

　　평화적으로 해결하는 법조인의 역할　　　　　　　　　158

　　변호사는 법이라는 강력한 무기를 지니고 있다　　　　159

　　권위는 어디에서 나오는가　　　　　　　　　　　　　160

　　법은 타당하다고 추정된다　　　　　　　　　　　　　161

　　여성배려를 법률로 할 수 있다면, 통일도 마찬가지다　　163

　　개헌 필요성　　　　　　　　　　　　　　　　　　　164

　　북한주민 북송 문제　　　　　　　　　　　　　　　　165

　　북파공작원 납치, 손해배상 소송사건　　　　　　　　　167

　　통일법포럼 행사장에서　　　　　　　　　　　　　　　168

　　행정법 교수와 나눈 이야기　　　　　　　　　　　　　169

　　ESG와 통일　　　　　　　　　　　　　　　　　　　170

　　법제도의 출발점은 사람이다　　　　　　　　　　　　172

　　상원 설치를 고려하자　　　　　　　　　　　　　　　174

　　일련의 국가작용에 의한 기본권 침해　　　　　　　　　175

　　긴급조치와 국가배상　　　　　　　　　　　　　　　　177

　　국가의 과오와 우리가 가야할 길　　　　　　　　　　　179

　　북한에서 사업을 할 때 알아야 할 10가지 주요사항　　181

　　빈곤과 가난　　　　　　　　　　　　　　　　　　　182

　　국제재판소 운영 경험　　　　　　　　　　　　　　　184

　　국제형사재판소(ICC) 소장 인터뷰　　　　　　　　　185

　　로마규정 채택 25주년　　　　　　　　　　　　　　　187

　　명칭이 부적절하면 바꾸자　　　　　　　　　　　　　189

실정법과 자연법의 대립 190

환경재단 최열 이야기 192

통일단상 3(외국 사례와 경험) ──────────────

그 나라 국민을 위하는 것이 195

그 나라 국민을 위하는 것이 진정한 승리다 196

은혜와 의리 197

셔우드 홀 가족 이야기 198

자유인에게는 의무가 있다 200

잠수함 속의 토끼 201

한국을 사랑한 일본인, 후세 다츠지 202

오에 겐자부로 204

한일관계를 보는 불편한 시각 206

민간교류에서 배우는 교훈 208

제비뽑기로 선발된 150명의 시민 210

국민투표를 통해 정책 결정하기 212

조용히 있어야 하는 시간 213

용서 215

채원배 북경대 총장 216

남북한 사이의 분쟁도 중재로 해결하자 218

의도적 차별의 입증책임 219

원자력 발전, 어떻게 할까 221

공소장 과잉기재 223

미국이 북한에 양보해야 하는 이유 224

생산요소가 초국가적으로 접목된 시대 226

안보불안을 해소하는 역사적 경험 227

우크라이나 전쟁과 한반도 228

엘리제조약, Elysee Treaty   230

해외 법조 동향   232

우봉 독서록 1 ————————————————————————
우리 대에 못 이루어도 괜찮다   235

우리 대에 못 이루어도 괜찮다   236

가장 큰 소망   237

통일보다 통합   238

이주자에게 적대적일 이유는 전혀 없다   240

현행 헌법이 정당성을 갖기 위해서는   241

정답이 있다는 믿음   242

체제전환국 법제정비지원   244

불편한 진실   245

장래의 한국인은 어떻게 만들까   247

심산 김창숙   249

한국인의 근성, 1960년대 형성   251

아일랜드 평화 프로세스   252

소통과 통합의 방식   254

국유기업 구조조정   256

북한법개론서 발간해야   257

우리가 고려해야 할 원칙   258

법학의 미래: 세계화, 개별화, 실용화   260

우리나라 정체성 뿌리는 3·1운동   262

제도의 옳고 그름을 판정하는 기준, 인간다운 삶   263

우리는 서로 엮여 있다   264

토지배당제   265

도쿄 전범재판   267

한미동맹 해체하면   269

북한 핵문제, 이중경로 전략과 변곡점   271

새로운 북한이 온다   273

출판의 변을 하자면   275

가난한 사람의 민법   276

전통이라는 것   278

제나라 관중도 비웃을 한국사회   279

식민지 법정에서   280

외도(外道)의 견해 3가지   281

엄정함은 공정함에서 나온다   282

우봉 독서록 2
모든 것이 연결되어 있다   283

가슴을 뛰게 하는 통일 이야기   284

모든 것이 연결되어 있다   287

양심이 국가 법률의 권위에 앞선다   289

통일해야 하는 이유   291

갈등거리는 많지 않은데 그릇이 적다   293

유리한 조건이면 무엇이든 실행하고   295

한국 사람이 형성된 과정   297

회복력시대, 자유의 재구성   300

법률이 무슨 짓을 할 수 있는가   305

역사 앞에 눈감은 법률가는 위험하다   308

지위와 재산은 평등해야 한다   311

중국특색 사회주의   314

제도가 중요한 이유   317

만 번 죽어야 할 처지에서 올린 글   319

새로운 질서를 구축하려 노력한 사람   321

신법과 자연법의 관계   323

녹서 제도와 아실로마 회의   326

부록   328

에필로그   334

이런 일이 생겼으면

북한을 연구하면서 그리고 학회나 정부위원회에 참석하면서 알게 되거나 느낀 점들을 기록했다. 글을 쓰면서 미래를 생각하게 되었고, 그런 생각을 밀고 나가 나의 미래를 상상해 보았다. 장래에 일어날 가능성이 있는 일, 이루어지길 희망하는 일, 그런 일들이 막상 이루어졌다면 나는 어떻게 할까 생각하면서 글을 썼다. 미래는 정해진 것이 아니라 만들어 가는 것이란 말에 희망을 건다. 다양하게 상상하면서 미래를 꿈꾸는 길에 독자를 초대한다. 내가 꿈꾸는 그런 날이 오길 기다린다.

그래도 통일은 온다

　재단법인 통일과 나눔이 주최하는 콘퍼런스 행사에서 사회를 보았다. 프레스센터에서 진행하는 규모가 큰 행사인데 유튜브를 통해 생중계한다. 4개의 세션으로 4시간 동안 진행하는데, 나는 3번째 세션의 사회자다. 두 번째 세션의 발표시간에 행사장에 도착했다.

　문화인류학자인 이수정 교수가 "한국사회의 청년세대를 중심으로 본 세대변화와 통일"에 대해 발표하고 있었다. 인상적인 내용 몇 가지. 지금 한국 사회에서 남북이 하나였을 때를 기억하는 인구는 거의 없고, 대부분의 사람에게 분단은 태어날 때부터 삶의 조건이었다. 통일에 대한 열망이 높지 않은 것은 자연스러운 일이다. 냉전시대 반공담론의 일부로 생산해낸 통일담론은 북한을 부정적으로 보았으며, 남한체제의 정당성을 위한 타자로서 북한 이미지를 재편해왔다. 그럼에도 불구하고 우리가 통일을 논의하는 것은 분단의 폐해를 극복하기 위해서다. 민주와 복지 그리고 평화의 권리를 제약하는 현실을 극복하기 위해서는 통일이 논의되어야 한다. 다만 이런 문제들이 통일로만 해결될 수 있는지는 또 다른 질문이 필요하다. 통일을 해야 하는 이유에 대해 민족주의적으로 접근하는 것은 청년들의 관심을 끌지 못하며, 경제논리에 따른 접근도 기초수급자가 왕창 늘어날 수 있다는 부정적 반응을 극복하기 어렵다. 통일은 차이와 평등, 다름과 통합을 공명시키는 탈분단 과정으로 접근해야 하며 민족의 재결합이라기보다는 새로운 시대를 만들어 가야 하는 창조적 기획이어야 한다. 그러기 위해서는 다양성을 조직화하고 상상력을 키우자고 제안했다. 통일논의에서 시민들의 지적 호기심을 유도하고 현재의 정치상황을 극복하면서 더 나은 세계로 전환하려는 열망을 갖자는 이수정 교수의 주장은 평소 내가 생각하던 방향이다. 문화인류학자의 말은 흥미로우면서도 설득력이 있었다.

쉬는 시간에 행사 참여자들을 찾아서 인사드렸다. 평소 자주 만날 수 없는 분들이 여럿 있었다. 가끔씩이라도 행사장에 가야 할 이유다.

내가 사회를 본 세 번째 세션은 경제학자 김병연 교수가 발표했다. "북한의 변화와 통일"이란 제목으로, 경제적 수치를 근거로 북한의 전통적 입장인 '남북통일 주장'이 최근에 '적대적 두 국가 주장'으로 변경된 이유를 설명했다. 김정은은 시장, 자본주의, 남한 문화를 동일선상에 놓고 남한과 접촉을 끊는 것이 자신의 권력유지에 유리하다고 판단했고, 그 결과 북한주민의 마음에서 남한과 통일을 지우려 나섰다. 김병연 교수는 북한의 주장에 불구하고 남한에 사는 우리들은 기존의 통일방안을 유지하면서 정책을 일관되게 추진하자고 제안했다. 그렇게 함으로써 북한이 남북대화와 협력으로 복귀할 수 있는 '돌아올 다리'를 만들어 두어야 한다고 했다.

마지막 세션은 라운드 테이블 형식으로 5명의 전문가들이 "변화의 시대, 어떤 통일, 어떻게"라는 제목으로 발언했다. 인상적인 내용 몇 가지. 이종석 전 통일부장관은 본인이 생존하는 동안 통일될 가능성은 낮다고 전망하면서, 북한이 두 개 국가를 주장하는 현 상황에서는 통일의 원심력을 막기 어려울 것으로 보았다. 또한 기존의 남북한 특수관계론은 서로에게 간섭할 권리가 있다는 인식이 전제되어 있었다면 이제는 2개 국가를 인정하고 싸우지 않는 상황에서 통일로 나아가는 길을 찾아야 한다는 취지로 발언했는데 평소의 내 생각과 같았다. 천영우 전 외교안보 수석은 북한의 두 개 국가 주장은 체제경쟁에 대한 자신감 상실과 흡수통일에 대한 공포심 그리고 북한주민의 동요를 막기 위한 대응이라고 분석하면서, 북한 내부의 변화가 임계량에 도달할 때 통일 기회가 올 것이며, 그 기회는 남한이 피할 수 없는 것이라 했다. 주변국들의 현상유지정책을 막고 한반도에 대한 개입을 줄이기 위해 우리의 역량을 키워나가자고 주장하면서 북한민주화를 통해 북한 주민의 삶의 질 향상을 위해 노력하자고 제안했다.

행사를 모두 마쳤다. 진행이 원만했고 참석자들의 집중도도 높았다. 통일관련 행사의 힘든 점은 행사를 마치고 났을 때 뚜렷하게 잡히는 것이 없다는 것이다. 그래서 당장 무엇을 어떻게 하자고 의견을 모으기가 어렵다. 내가 할 수 있는 것은 여러 전문가들의 이야기를 들으면서 내 생각과 같은 점과 다른 점을 알아채고, 서로 생각이 다른 부분은 왜 그런 차이가 생기는지 질문하고 토론하는 것이다. 그러는 과정에서 내 생각의 폭이 넓어지고 깊어지도록 노력한다.

행사 후 인근 식당에서 주최 측과 같이 저녁을 먹었다. 행사 뒤풀이 자리는 공식 행사장보다 더 재미있었다. 오늘 진행된 행사에 대한 자체 평가도 하고, 준비과정의 문제점도 공유한다. 여러 가지 좋은 말이 있었고 새롭게 알게 된 것도 많았다. 그럼에도 당장 해야 할 뚜렷한 결론은 없었다. 통일이란 주제가 그만큼 어려운 문제이기 때문이다. 그런데 문제가 어렵다는 것은 그만큼 더 많이 더 자주 토론해야 할 이유가 된다. 이날 내가 느낀 점은 지금 나와 비슷하게 생각하는 사람이 제법 있다는 안도감, 생각이 서로 다른 사람과 토론할 때는 예의를 갖추어야 한다는 타산지석의 교훈, 행사장에 직접 가보면 배울 것이 있다는 경험이다. 이런 것들로 가슴을 채우고 귀가했다. 봄바람이 따스한 봄날 저녁이었다. 이번 행사의 이름은 "변화하는 통일환경, 그래도 통일은 온다"였다. 행사 이름처럼, '그래도 통일은 온다'고 믿는다.

(2024. 6.)

관심을 열정으로 바꾸려면

대법원에서 열리는 통일사법연구회 세미나에 발표자로 참석했다. 화창한 봄날 월요일 오후 4시, 전국의 여러 법원에서 20여 명의 판사들이 모였다. 법원 내부의 연구 모임에 초대받은 것은 지난해 발간한 나의 책 『북한을 보는 새로운 시선』(박영사, 2022) 때문이다. 학술서적인 이 책에 대해 토론을 해 보고 싶다는 요청이었다.

진행자는 30분 발표에 30분 정도 토론하면 좋겠다고 안내했지만 결과적으로 40분 발표에 토론 1시간 그리고 토론 시 나온 질문에 대한 답변 20분으로 꼬박 두 시간이 걸렸다. 참석자들 대부분이 토론에 참여했고, 토론 내용과 질문도 다양했다.

내가 한 발언의 요지는 사전에 5장 분량으로 정리해서 배포했다. 크게 3개 분야로 나누었고, 북한법을 연구하게 된 계기, 책에서 다룬 내용, 법률가들이 연구해야 할 분야의 순서로 발표했다. 결론적으로 남북관계를 개선하고 통일로 나아가기 위해서는 법과 제도에 대한 연구가 중요한데, 현실에선 법률 분야 연구가 부족하다는 점과 그 이유를 설명한 후 통일한국이라는 미래로 나아가기 위한 전략적 준비를 함께하자고 제안하면서 미래를 꿈꾸는 상상력이 필요하다고 했다.

두 분의 지정토론자와 다수의 참석자들이 토론하고 질문한 내용과 내가 답변한 사항이다. 가정법원에 근무하는 부장판사는 2014년 중국 연수를 계기로 북한법을 연구하게 되었다는 개인사정을 설명하면서 당시 개성공단과 관련한 소송이 다수 있어 판사들도 남북한 소송제도를 열심히 연구하였는데 지금은 연구할 사건이 줄어들어 아쉽다고 했다.

그러면서 북한의 가족법과 북한이탈주민 관련 연구를 계속하겠다는 포부를 밝혔다. 나는 가족법과 상속법은 좋은 연구주제라고 공감하고, 실제 사례도 다수 있다고 설명했다. 수년 전 울산지역에서 북한이탈주민이 산재사고를 당했는데, 북한에 거주하는 가족들이 원고가 되어 민사소송을 제기한 사례가 있었고 향후에도 남한에 거주하는 북한이탈주민이 사망할 경우에 발생할 북한주민의 상속문제, 남북한 주민 사이의 민사문제가 계속될 것이라 했다.

이날 회의에서 차기 회장으로 선출된 부장판사는 토론문을 여러 장 작성했는데, 북한법 연구 현황을 북한법제 연구, 북한이탈주민 연구, 교류협력 법제 연구, 통일 이후의 법제 연구 4가지로 구분하여 쟁점별로 설명하면서 통일법 연구는 미래와 전략 그리고 상상력이 필요하다고 주장했다. 그러면서 현재 법원에서 소송 진행 중인 사안에 대해 구체적인 질문을 했다. 나는 통일법 연구에 상상력이 필요하다는 주장에 완전히 공감한다고 동의한 후, 구체적인 사안에 대해서도 간략히 답변했다. 국군포로 등이 북한과 그 지도자를 상대로 제기하는 민사소송이 공시송달로 진행됨에 따라 피고 측이 실제로 소송에 참여하지 못하는데 이것은 판결의 효력을 주장하기 어려운 문제가 있다고 설명했고, 해상으로 입국한 북한주민의 북송 사건에 대해서는 남북한의 주민 이동 시 처리문제는 입법공백이 있는 영역이므로 입법적으로 해결해야 할 것이지 정치환경이 변경되었다는 이유로 과거의 관행을 부인하고 처벌하는 것은 바람직하지 않다고 대답했다.

대전에서 온 판사는 북한을 국가로 인정하자는 나의 주장을 수용하면 장래 북한에서 급변사태가 생길 때 남한이 개입할 명분이 없어지는 문제가 있다고 했다. 나는 북한을 국가로 인정하는 문제와 급변사태 시 개입문제는 반드시 연결되는 문제는 아니라고 본다고 전제하고, 급변사태가 발생하면 정치적인 해결방안이 모색될 것이고 그때는 관련 당사국들의 의지와 그동안 남북한이 체결한 다수의 합의서와 남한의 법률에서 남북한을 '통일을 지향하는 특수관계'로 표현한 것을 근거로 삼아 남한이 북한에 개입할 명분을 만들 수 있다고 말했다.

대구에서 온 판사는 북한인권과 교류협력이 택일적으로 선택해야 할 사항인지 물었다. 나는 두 가지는 모두 추구해야 할 것이며 어느 하나를 선택하는 그런 관계는 아니라는 의견을 말하면서 독일의 '접촉을 통한 변화' 정책을 참고하여 선택지를 두 개가 아닌 여러 개로 만들어 상황에 맞게 유연하게 대처하는 것이 바람직하다고 말했다. 그런 다양한 선택지를 만들고 운영하기 위해서는 지속적인 연구와 토론이 필요하다고 강조했다.

수원에서 온 판사는 일본의 납북자문제를 언급하면서 통일되면 책임을 묻겠다는 것이 일본 측의 주장인데 통일한국이 그 책임을 져야 하는지, 그리고 일부 정치인이 북한이탈주민을 자유롭게 북한에 유입시키면 북한정권이 붕괴될 가능성이 높아진다고 주장하는데 그 말이 맞는지도 물었다. 그런 의견은 정치적인 주장에 가깝다는 의견과 함께 나는 생각이 다르다고 말했다.

서울 시내 법원에서 온 분은 헌법상 영토조항과 그것을 근거로 형성된 현재의 판례 태도가 완강해서 변화를 추구하기가 쉽지 않다고 하면서 향후 대응방안을 물었다. 나는 1948년 헌법 제정 시의 정치상황을 설명하면서 당시 남한 주민들만 투표하여 만든 제헌헌법이 북한 지역에도 적용된다고 주장하는 것은 북한 주민들이 받아들이기 어려운 문제가 있다는 의견과 함께 북한을 국가로 인정하지 않는 판례가 형성된 1950년대와 지금은 시대상황이 바뀌었으므로 만일 지금 북한의 국가성이 문제 된 사건이 생기면 과거의 판례에 얽매이지 말고 현실에 맞추어 그리고 미래로 나아가는 관점에서 판례변경을 시도해 보자고 제안했다.

고등법원 판사는 경제적 이익의 측면에서 북한 문제를 보는 남한 중심적 시각을 극복하자고 제안하면서 기후변화나 자연재해로 인해 급변사태가 올 가능성이 있을지 물었다. 나는 우리가 북한을 보는 시각을 바꾸어야 한다는 말에 공감하였고, 기후조사에 의하면, 한반도의 기온 증가가 세계 평균치보다 높고, 남북한 중에서는 북한 지역의 기온 상승이 더 높다고 설명하면서 자연재해가 남북관계에도 큰 영향을 미칠 가능성이 있다고 답변했다.

이날 두 시간의 토론은 열정 가득했다. 당초 예상보다 2배 이상의 시간이 걸렸지만 누구 하나 자리를 떠나지 않았다. 행사진행자는 나의 발표가 진지한 토론을 이끌어 냈다는 것만으로도 이날 행사는 성공했다고 말했다. 북한법에 대한 진지한 토론 기회가 흔치 않은 현실에서 20여 명의 판사들이 한자리에 모인 것은 그들의 관심 때문일 것이다. 그런 관심이 개인적인 것에 머물지 않고 하나로 모이고 그래서 연구 수준이 높아지려면 어떻게 해야 할까? 토론이 계속되어야 한다. 그런데 지속적으로 토론하려면 열정이 있어야 한다. 북한 연구에 대한 관심을 지속적 연구의 열정으로 변화시키는 힘은 어디서 생길까? 같은 관심을 가진 사람들과 만나야 할 것 같다. 새삼 이날 행사를 준비한 사람들에게 감사인사를 드린다. 코로나 시기의 화상회의를 극복하고 직접 대면하는 토론자리를 만든 사람들, 출장신고를 하고 회의에 참석한 사람들, 기존의 주장과 다른 새로운 내용의 발표를 진지하게 경청하고 민감한 남북문제를 솔직하게 토론하는 열린 마음…. 그런 것들이 열정적인 토론장을 만들었다. 신임 회장은 다음번 모임도 이 정도로 활기 있는 토론을 이어가자고 했다. 이날 주최자는 문제를 촉발하는 발표자를 초빙

하는 결단을 했고, 발표자는 현안에 대해 솔직하게 말했고, 토론자들은 자신의 경험과 미래의 희망을 섞어 연구과제를 발굴하려 노력했다. 그런 기운들이 한자리에 모여서 열정이 되었다. 사회적 관심이 높지 않은 북한연구, 누가 시키지도 않는 북한법 연구를 하는 사람들과의 만남이 즐거웠다. 관심을 열정으로 바꾸기 위해서라도 솔직하게 그리고 진지하게 토론하자. 그런 열정에 넘치는 토론자리를 이어가다 보면 통일한국의 그날도 멀지 않으리라 믿는다.

(2023. 5.)

가을밤 학술토론

2023년 10월 저녁시간, 중국 역사학자 선즈화(沈志華) 교수를 초청하여 진행한 비공개 행사에 참석했다. 동북아평화연구원의 회원 중심으로 15명 정도 참석하였는데, 4각형으로 배치된 테이블에 둘러앉았다. 중국 화동사범대학, 청화대학에서 강의하는 선 교수는 최근의 미·중갈등과 한반도 문제 등에 대해 20여 분간 발표한 후 2시간 정도 참석자들과 질의 응답하는 형식으로 의견을 개진했다. 이날 주고받은 말은 솔직했다. 모르는 것은 모른다고 했고, 듣기 싫은 말도 있었다. 원로학자답게 말하는 데 여유가 있었다. 선 교수는 중국 정부나 당 핵심층에 의견을 전달하는 지식인으로 자신이 지키는 원칙은 "말을 할 것인지 말 것인지는 학자의 책임이고, 그런 말을 어떻게 받아들이는지는 정부의 수준"이라 했다. 자신이 경험한 2017년 러시아혁명 100주년 기념행사에 대한 의견제시 사례를 설명했다. 그때 중국정부는 전국적으로 각종 행사를 계획하고 있었다. 선 교수는 정부가 이미 계획한 일이라 자신의 의견을 밝히지 않았다. 몇 번의 사양에도 불구하고 당에서 선 교수의 의견을 듣고 싶다고 요청하기에 자신의 의견을 5천 글자로 적어서 보고했다. 자신은 기념행사에 반대한다는 것이고 그 요지는, 중국혁명은 러시아 혁명을 따르지 않았고, 중국혁명은 농촌기반이라 러시아와 경로가 다르며, 혁명을 한 러시아는 망했고, 푸틴 대통령도 기념식을 하지 않는다는 이유였다. 그 후 당의 방침은 기념행사를 하지 않는 쪽으로 바뀌었다. 학자가 정부 정책에 영향을 미치는 좋은 선례였다.

최근 한·중 관계는 좋지 않다. 2023년 7월 선 교수는 중국에서 한국전쟁을 주제로 한·중 학자 간의 세미나를 하려고 당국에 보고했다. 당국은 "한국은 적대국인데, 지금 그런 행사를 해야겠느냐"고 거절했다. 정치의 영향이 학자들의 연구에도 영향을 미치는 시절이다. 선 교수가 바라보는 현재의 한반도 정세는 '결론을 낼 수 없는 상황'이다. 지금의 상황이 상당 기간 지속될 것으로 예측했다. 나는 현 상황이 얼마나 더 지속될지 물었다. 냉전시기처럼 수십 년 지속될 수 있는지, 만일 그렇다면 나라별로 어떤 문제가 생기는지 물었다. 선 교수는 수십 년이내에 해결될 가능성은 낮다고 전망하면서 그 근거로 남북문제는 기본적으로 미·중 문제인데, 미·중 관계가 당분간 해결될 전망이 없기 때문이라 했다. 1970년 데탕트 이래 최근까지 미·중 관계가 좋을 때에도 남북문제를 해결하지 못했는데, 현재와 같은 갈등 상황에서는 관계개선을 전망하기 어렵다고 했다. 그리고 남북한 사이의 내부문제도 있다고 지적했다. 중국은 1970년대까지는 북한 주도의 통일을 지지했지만 1990년대 한·중수교 이후에는 입장을 바꾸었고 현재는 남한 주도의 통일이 바람직하다고 생각한다. 그런데 문제는 남북한 주민의 생각이다. 북한은 통일을 원하는가, 남한 주도의 통일에 북한주민은 공포심을 느끼는가의 문제가 있고, 남한은 진정으로 통일을 원하는가도 의문스럽다고 했다. 선 교수가 보기에 남한의 청년층은 통일의지가 낮고, 남한에서 통일을 논의하는 것은 기성세대의 감정적 구상인 듯싶어 보인다고 했다. 선 교수의 지적에 반박하기 어렵다. 우리 사회에서 통일의 열기가 낮은 것은 현실이다. 우리 스스로에게 물어야 할 것은, 우리는 진정으로 통일을 원하는가, 원한다면 통일을 위해 당장 할 일을 찾았는가, 통일된 나라는 어떤 가치를 추구할 것인가, 우리가 꿈꾸는 평화로운 복지국가를 이루기 위해서 우리 스스로는 어떻게 변해야 하는

가라는 질문이다. 스스로가 답변할 질문을 회피한 채 북한을 탓하고 국제사회의 현실을 탓하는 것은 이제 그만해야 할 것 같다. 외국인들이 보기에도 통일의지가 없는데 구호만 외치는 것은 어디서도 공감과 지지를 얻기 어렵다. 선 교수는 남북한이 통일한다면 지역의 화약통이 사라지기 때문에 동북아의 안전문제가 해결된다고 지적했다.

현재의 국제정세를 묻는 질문에 대해, 선 교수는 중국이 북-중-러 동맹에 참여할 가능성은 낮다고 하면서 만일 미국이 중국을 막판으로 몰아붙이지 않는다면 중국은 북-러 동맹에 참여하지 않을 것으로 예상했다. 한반도 문제는 해결하기 어려운 구조라는 점도 다시 지적했다. 모택동은 한반도 문제를 언급하면서 '100년 후에 다시 말합시다.'고 했다. 그만큼 어려운 문제다. 해결이 어려운 문제를 해결하려 들면 재난이 될 수 있다. 따라서 평화관리가 현실적 목표다. 중국과 대만 사이의 문제도 한때 무력으로 해결하려는 주장이 강했으나 지금은 그런 주장이 줄어들고 있다. 1972년 무렵 김일성은 미국과 관계개선을 희망했으나, 당시 미국은 남한의 입장을 고려하여 북한을 승인하지 않았다. 냉전사를 연구하는 학자로서 중국과 러시아의 자료를 광범위하게 본 선 교수의 말은 권위가 있었다. 특정 시기의 결단이 후세에 큰 영향을 미치는 경우가 있다. 미국이 북한을 국가로 인정할 기회는 1970년대와 1990년대에 몇 번 있었다. 만일 그때 국가로 인정했더라면 상황은 달라졌을 것이다. 북한은 베트남처럼 변했을 수도 있다. 역사에는 가정이 없다. 그 당시 남한은 미국과 북한의 수교를 지지하지 않았다. 나는 과거 역사를 볼 때마다 미래를 전망한다. 그때 어떤 일이 일어났더라면 하고 상상하는 그 일을 미래에 한다면 우리의 삶은 어떻게 변할까 생각해 보는 것이다.

핵무기를 보유한 북한은 중국에게도 위협이기 때문에 현 상황에서 중국이 대규모 경제지원을 할 가능성은 낮다고 전망했다. 중국은 북한 핵문제에 대해 국제사회와 대립할 수 없다. 중국은 변방에서 무력충돌이 일어나는 것을 원하지 않는다고 강조했다. 현재의 중국은 북한을 통제하기 어렵다고도 했다. 선 교수는 최근 연변대학 등에서 북한학자들과 장시간 면담한 적도 있다면서, 북한 학자들은 북한의 개혁 필요성에 대한 공감대가 있지만 내부의 곤란함이 있어 당장은 실현이 어렵다는 말을 하더라고 했다. 아마도 내부에 정책방향에 대해 이견이 있는 상황인 듯 보인다고 했다. 만일 북한이 개혁개방을 한다면 중국의 정책방향과 차이가 없어지기 때문에 중국이 지원할 수 있을 것이며, 그런 상황이라면 핵무기를 포기하는 새로운 장이 열릴 수도 있다고 전망했다.

9시가 되면서 행사를 정리하기 시작했다. 준비한 음료수와 술도 마시고, 과일도 나누어 먹으면서 분위기가 편안해졌다. 기념사진도 찍고, 선 교수의 제자로 서울대학교에서 연구하는 젊은 박사도 인사했다. 밤이 깊었고, 선 교수를 서울대 숙소로 모셔다드려야 해서 행사를 마쳤다. 두어 명이 남아 자리를 정리하면서 행사 중에 못다 한 말을 나누었다. 외국 학자를 통해 국제정세를 살펴보고, 그 과정에서 우리의 운명도 예상해 보는 자리였다. 나의 삶이 그리고 우리 사회의 방향이 국제정세와 밀접하게 연결된 시대다. 주변 상황을 살피고 미래를 전망해 보는 일은 멈출 수 없는 책무다.

(2023. 11.)

박창일 신부 강연

　　2023년 봄, 윤산평화법제포럼 주최의 소규모 행사에서, 가톨릭 교회의 사제인 박창일 신부님의 북한인권에 대한 강연을 듣고 질의 응답하는 기회가 있었다. 그때 들은 이야기와 나의 소감이다.

　　"1991년 사제서품을 받았고, 1994년에 정의구현사제단의 통일위원장이 되면서 북한인권에 관여하기 시작했다. 인권에 대해서는 세계인권선언, 자유권 규약(A, B 규약) 등이 있다. 한국사회는 북한을 어떻게 보느냐에 따라 보수와 진보를 구분하는 특이한 행태를 보인다. 다른나라의 보수 진보 구분 기준과는 다르다. 현재의 북한 인권에 대한 관심도 이상하다. 코페르니쿠스적 변환이 필요하다. 정부도 3만여 명의 탈북자에만 관심을 가질 것이 아니라 2천 5백만의 북한주민을 도울 방안을 찾아야 한다. 남한에는 쌀이 남아서 창고보관비용으로 거액을 지불하는 실정인데 북한주민이 굶주린다는 것은 이상한 일이다. 북한주민의 배고픔을 해결해야 한다. 1998년 무렵 인천에서 본당신부를 하면서 중국 연길에 아파트 2채를 얻어서 '도강'한 사람을 골라 보호했다. 입었던 옷을 모두 벗겨 태우고, 목욕시키고 아파트에서 생활하게 했다. '이'가 있었기 때문이다. 탈북자를 면담하면서 느낀 점은 북한에는 인권에 대한 개념은 없다는 것, 북한 사정에 대해 물으면 질문자가 원하는 것(인육을 먹었다는데 사실이냐고 물으면 직접 보거나 들은 것은 아니지만 그런 일이 있었다고 답변함)과 남한 사회가 원하는 것에 맞추어 답변한다는 것, 주문자생산방식으로 정보를 전달한다는 것이다(전화로 청진에 폭동이 났다는데, 확인해 보라고 하면 다음날 그 말이 맞다고 하고, 그 전화를 한 사람은 북한주민으로부터 직접 들었다고 말하는 식으로 논의가 확산되는 구조). 탈북민이 보이는 이런 현상을 고려해야 한다. 북한출신자들 중 방송에 자주 나오는 빅 마우스들은 그런 식으로 말하며, 그것을 생계 수단으로 삼는다. 도강자들은 굶어 죽느니 차라리 강을 건넌다. 강 건너다 죽거나 집에서 죽거나 마찬가지라는 심정이다. 면담하면서 김정일이 나쁘다고 하면, '아닙니다. 장군님이 나쁜 것이 아니라, 고 밑에 놈이 잘못한 것입니다'라 답변했다. 그 당시 북한주민과 접촉하는 것은 접촉신고를 하지 않았다. 아마 실정법을 많이 위반했을 것이다. 하지만 개의치 않았다."

박 신부는 남북교류협력법 등 실정법의 해석과 적용, 문제점에 대해 법률가로부터 조언을 받거나 상의한 경험은 별로 없었다. 사실 연길 현지에서 북한주민을 돕는 것이 신고대상인지, 법 위반인지는 따져볼 문제다. 휴전선을 통한 교류를 전제로 제정된 남북교류협력법을 중국에서 하는 지원활동에도 그대로 적용할 것인지는 합리적 해석이 필요한 영역이다. 박 신부를 도운 법률가가 없었다는 사실이 부끄러웠다.

"1998년경 북한 가톨릭단체 대표가 가재천(거즈)을 달라고 했다. 여성 생리대가 필요했다. 나이든 수녀의 조언을 받아 동대문에서 여러 종류의 천 표본을 구해서, 중국에다 그 천의 구매를 문의했다. 중국에선 면천이라 했다. 제조가 가능하다고 해서 구매했고 매달 한 트럭씩 보냈다. 전국의 수녀들이 매주 월요일 아침을 단식하고 1인당 1천 원씩 식비를 모아서 그 돈을 보냈다. 북한의 각지에서 천을 달라고 요청했고 북한 가톨릭 단체가 배분했다. 북한주민들이 월드비전 등 다른 단체에는 가재천을 요구하지 않았다. 생리대가 없다는 것을 말하기가 부끄러웠기 때문이다. 천주교에 요청하면 소문내지 않고 도와줄 것이라 믿었던 것 같다."

박 신부가 북한 여성을 면담하면서 생리 현상에 대해 물었더니, 잘

먹지 못해 생리를 잘 하지는 않지만 생리대가 없어 흘리고 다니는 사람도 있고, 천으로 사용하는 경우에는 세탁해서 널어두면 도둑맞기가 쉬워 지키고 있어야 한다는 말을 들었다. 그는 여성의 기본인권도 보호되지 않는 현실이 마음 아팠고, 면담하고 심양으로 기차를 타고 가면서 울었다.

박 신부가 보는 남북문제 해결방향은 미국과 북한이 국교수립을 하고, 북한이 정상국가화하도록 유도하는 것이다. 그는 남북문제, 북한 인권문제를 보는 시각을 3가지로 정리했다. 첫째, 무대응(북한문제는 북한 스스로 해결해라), 둘째, 레짐 체인지(정권을 바꾸어야 한다. 정보기관의 음모, 경제제재, 전쟁 등 무력충돌)에 의해 현 정권을 바꾸는 것, 셋째, 관여정책(engagement policy, 북한정책에 관여해야 한다). 박 신부는 세 가지 방안 중에 3안이 현실적이라 했다. 스웨덴의 북한대사관은 북한도 존중한다. 스웨덴은 북한을 인정하고 조언을 하기 때문이다. 그는 먼저 상대를 인정해야 한다고 강조했다.

"북한을 여러 번 방문한 경험에 의하면, 북한주민은 처음에는 인권의식이 거의 없었다. 남한 일행들과 함께 사리원을 방문하여 시 간부들과 식사를 하는데, 북한 남성이 짜장면을 시키면서 옆에 앉은 남한 여성(여성단체 활동가)에게 비벼달라고 요구했다. 그 말을 들은 남한 여성은 '뭐시라' 하면서 화를 내었다. 평양에서 온 북한 안내원의 만류로 겨우 상황이 마무리되었지만 그 여성은 평양에서 한 시간 동안 불만을 토로했다. 그 여성은 내게 이렇게 말했다. '그렇게 북한을 다니면서 이런 것 하나 고쳐놓지 못했느냐'"

박 신부는 이런 문제는 평양에서 일하는 일군들과 지방일군들의 수준 차이 때문이고, 외부환경에 노출된 정도의 차이라 분석했다. 박 신부는 지금도 북한에 콩기름을 보내는 사업을 한다. 콩기름은 식용유처럼 사용하기도 하지만 음식으로도 먹는다. 북한에서 활동할 때 북한

지도자와 관련된 상황이 발생하면 북한주민이 민감하게 반응하는데 이 것은 '유일사상 10대원칙' 때문이라 했다. 지도자와 관련된 것은 사소한 것도 비상한 것으로 인식하고 대응해야 한다. 그렇지 않으면 보고받은 사람도 위험하기 때문이다. 삼지연에서 점심 먹을 때 남한 사람이 피아노를 치면서 장군님 노래를 불렀는데 그 사람을 조사한 일이 있었다. 현지의 젊은 여성이 불온하다고 신고했기 때문에 평양에서 온 사람들도 어쩔 수 없이 조사를 해야 했다. 또 다른 사례로 남한 사람이 김일성을 '그 양반'이라 한 것이 문제가 되어 조사받기도 했다. 유일사상체제하에 있는 북한사회 특수성 때문이다. 인권은 경제수준과 같이 보조를 맞춘다. 우리도 그랬다. 사회가 잘 살면 인권에 대한 개념이 바뀐다. 북한도 마찬가지다. 처음에는 어디서나 피울 수 있었던 담배도 시간이 지나면서 흡연장소가 제한되고, 여성에 대한 인권도 많이 향상되었다. 박 신부는 탈북자 말고 북한주민을 위한 정책을 펴자고 제안했다. 어떻게 할 것인지에 대한 구체적인 방안은 공무원들이 고민해야 한다. 지금도 북한 측과 접촉하려면 '간접접촉'으로 신청하고 이메일을 중국으로 보내고, 그것을 다시 평양으로 보낸다고 했다. 박 신부는 북한과 교류협력을 전면허용하지 못하는 것은 국정원의 반대 때문일 것이라 짐작했다. 그들의 일자리가 줄어들기 때문에 반대하는 것일 수도 있다. 박 신부의 말을 들으면서 이상하다고 느낀 것이 더러 있었다. 접촉승인을 받은 이상 바로 평양으로 메일을 보낼 수 있어야 할 것인데 중국을 거쳐 접촉하는 것도 이상하고, 정보기관이 교류협력 확대에 반대하는 것도 이상했다. 나는 법조인들에게도 잘못이 있다고 생각한다. 남북교류도 법률의 문제인데, 그동안 이 문제에 대한 관심이 부족했기 때문이다.

(2023. 3.)

태양을 훔친 여자를 만났다

칠월 중순, 북한대학원 대학교 졸업생들의 연구 모임에서 동문 소설가를 초대했다. 설송아 작가의 『태양을 훔친 여자』(자음과 모음, 2023) 북토크 행사. 책 이름을 보면서 태양은 무엇이며 여자는 왜 그것을 훔쳤는가 궁금했다. 수령이 태양인데, 작가는 수령이 만든 성분(成分, 사회적 계층)이라는 성(城)을 여성의 힘으로 허물고 싶었다. 주어진 환경에서 고분고분하게 살아야 했던 북한 여성들이 '고난의 행군'이란 국가적 재난에서 장마당에 진출하게 되면서 스스로 자신의 성분을 바꾸어가는 이야기가 하고 싶었다.

책 소개글이다. "이 소설은 1998년부터 2015년까지의 북한 사회의 모습과 생활상을 낱낱이 그려내고, 그 안에서 새롭게 도약하는 여성 자본가들의 모습을 '인생 2회차'라는 흥미로운 키워드를 통해 펼쳐낸다. 북한에서 살아남기 위해 실제로 행했던 일들을 고스란히 담은 자전적인 소설이기도 하다. 북한에서 여성이 경제 주체로 성장하는 일은 아픔과 비난을 감수해야 하지만, 그것을 넘어서는 여성들의 저력으로 북한 사회는 변화하고 있다. 시장경쟁의 파도 속에서도 오뚝이처럼 쓰러지지 않는 주인공 봄순의 모습은 국가가 생산한 여성성에서 벗어나 스스로 자신의 성(城)을 찾아가고 있는 북한 여성들의 강인한 모습을 보여준다."

작가는 탈북여성이며 북한학 박사다. 자신이 경험한 것을 세상에 알리고 싶어 소설 형식으로 글을 썼다. 기존의 북한 이야기는 핵문제와 인권문제에 집중되는데, 자신은 북한 주민의 실제 이야기를 하고 싶었다고 한다. 그는 세계문학전집으로 나온 '안나 카레리나', '제인 에어', '레미제라블' 같은 소설을 읽고 깊은 감명을 받았다. 이런 책은 '100부 도서'라 불리는데, 교수 등 제한된 사람만 볼 수 있다. 그러다가 고난의 행군 시절에 형편이 어려워진 지식인들이 이런 책을 장마당에 내다 팔기 시작했고, 그 덕분에 작가는 세계문학작품을 볼 수 있었다. 작가는 북한에서 번역한 책은 묘사가 구체적이고 표현이 섬세한 반면 남한 책은 건조하다고 평가했다. 이런 평가는 남한의 번역 역사에서도 겪은 일이다. 남한에서 그리스 로마신화를 소개한 이윤기의 번역은 유려한 편이었으나 나중에 그리스어 전공자가 원전을 직접 번역한 것은 딱딱하다는 평가를 받았다. 번역의 수준은 그 사회의 독자들 수준에 맞추어지기도 한다.

작가에게 물었다. 북한에서도 글을 썼느냐, 자유롭게 자신의 생각을 글로 쓸 수 있었느냐고. 그는 학생 때 선생님에게 칭찬받으려면 당을 찬양하는 글을 써야 했고, 신문사 기자가 되어서도 당의 정책을 실천하고 당의 방침을 홍보하는 글을 써야 기사로 게재되기 때문에 자연스럽게 그런 방향으로 글을 쓰게 된다고 했다. '내 나라 제일로 좋아'가 쓰고 싶은 글이 되었다. 작가의 답변을 들으면서 어쩌면 나의 질문이 잘못되었을지도 모른다고 생각했다. 다양한 선택이 가능하지 않은 환경에서 자란 사람에게 왜 다른 선택을 하지 않았느냐고 주장하는 것은 지금 나의 관점에서 과거의 타인을 재단하는 것이다. 이런 질문은 지금 여기와 완전히 다른 환경에서 온 사람에겐 부적절하거나 더러는 무례할 수도 있다.

작가가 제빵 사업을 할 때다. 일손이 부족해서 믿을 수 있는 교사 친구를 직원으로 채용했다. 그래도 일손이 부족하자 생판 모르는 사람을 고용하기 시작했고, 그런 경험을 통해 직원으론 평소 잘 모르는 사람을 고용하는 것이 더 낫다는 것을 알게 되었다. 일을 잘 못하면 욕을 하거나 혼을 낼 수 있기 때문이다. 제빵사업도 경쟁이 심해지면서 경쟁에서 앞서기 위해 밤잠을 줄여가며 연구했다. 그럴 즈음엔 직원들이 불량품을 만들면 그 불량 빵으로 급여를 주었다. 그러자 직원들도 내 일처럼 연구를 해서 빵의 불량률이 확 줄었다. 직원들이 스스로 일찍 출근해서 청소하고 반죽을 하거나 석탄오븐에서 빵을 꺼낼 때도 정성을 들이는 변화를 보였다. 시장경제 활동을 하면서 국가에 충성하던 사람들이 고용주에 충성하는 것으로 변해가는 모습에 스스로도 놀라곤 했다. 사업을 통해 돈을 번 작가는 국가가 발행하는 공채를 구매했다. 공채구매는 수익성은 없지만 국가지도자의 표창을 받을 수 있는 기회다. 이런 식으로 권력과 결탁하면서 사업을 키워나갔다.

작가의 이야기를 듣고, 소설을 읽으면서, 그가 말하는 북한주민의 일상이 새롭게 보였다. 지금 내가 북한 주민의 삶에 대해 알고 있는 것은 많지 않다. 평안남도 평성시, 작가의 고향인 그곳에도 사람이 살고 있고, 지금 북한사회는 급변하는데 그 중심에 여성이 있다는 것, 북한 주민의 일상적인 고민은 남한사회와 다를 것이 없다는 것을 알게 되었다. 그곳에 사는 사람들과 함께 사는 나라, 통일된 나라를 만들려면 지금부터라도 그들의 삶에 좀 더 관심을 가져야겠다는 생각을 했다. 무더운 여름, 재미있는 이야기로 더위를 견딘다.

(2023. 7.)

완창 판소리 적벽가

　2023년 3월, 국립극장에서 판소리 공연을 보았다. 객석을 가득 메운 사람들은 소리꾼의 노래가 한 곡조를 넘어갈 때마다 '얼쑤', '좋지', '잘 한다'는 추임새를 넣었다. 소리꾼이 지쳐 보이면 고수가 북소리로 힘을 돋우고 관중이 추임새로 응원한다. 객석에서 주변 사람들의 추임새를 듣는 것도 소리꾼의 소리 못지않게 좋았다.

　소리꾼 남해웅이 부른 박봉술제 적벽가는 2천 년 전 중국 이야기다. 한나라 말엽 삼국시대, 위·촉·오 삼국의 조조, 유비, 손권이 천하를 제패하기 위해 다투는 내용의 중국 소설 『삼국지연의』에 나오는 적벽대전을 중심으로 한다. 장군들의 호령 소리를 통성과 호령조로 불러야 하는 어려운 노래다. 노래를 듣기 전에는 이런 것이 궁금했다. 전투 이야기를 어떻게 노래로 만든단 말인가? 왜 조상들은 오래전 중국 이야기를 노래로 즐겼을까? 소리꾼은 그 긴 가사와 노래를 어떻게 외고 노래했을까? 그런저런 궁금증도 풀어볼 겸해서 아내와 함께 남산의 국립극장에 갔던가 보다.

　그 시작은 이렇다. "한나라 말엽 위·한·오 삼국시절에 황실 유약하고 군도 병기한데, 간흉하다 조맹덕은 천자를 가칭하여 천하를 엿보았고, 범람타 손중모는 강하의 험고 믿고 제업을 명심하며, 창의할사 유현덕은 종사를 돌아보아 혈성으로 구치하니…" 삼국지를 제법 아는 나도 겨우 이해할 어려운 말들로 시작한다. 오죽하면 소리꾼이 한 시간쯤 노래하던 중 싸움타령에 앞서 한 마디 했다. "사실 이 대목은 무슨 말인지 나도 잘 모르겠소. 누구를 어떤 관직에 임명하여 무슨 일을 맡긴다는 내용인데, 그러려니 하고 들어주소." 이쯤 되니 저쪽 건너편 객석에 앉은 백인청년들이나 이쪽 객석의 우리 부부나 알아듣지 못하기는 마찬가지다. 그냥 소리로 즐길 뿐이다.

노래는 도원결의에서 시작한다. 말로 하는 아니리와 노래로 하는 진양조, 중모리, 자진모리 등으로 속도를 바꾸어가며 순차로 노래한다. 소리꾼은 노래가 하나 끝나면 물도 마시고, 고수를 상대로 때로는 관중들과 대화를 하면서 이야기를 끌고 간다. 완창은 언제 끝날지 알 수 없는 긴 노래라 2시간쯤 공연하고 휴식시간을 갖는다. 휴식시간 전에 소리꾼도 관객이 가버릴까 걱정되는지, 후반부에도 재미있는 부분이 많으니 가시지 말고 꼭 마저 들어달라고 여러 번 당부했다. 아내의 눈치를 보니 지쳐 보였다. 그만 갈까 말을 건네고 자리에서 일어섰다.

아내는 소리꾼과 관객이 호흡하는 것이 좋고, 고수가 북을 치는 모습이 너무 멋있고, 고수가 입은 흰색 도포도 보기 좋다고 감탄했다. 휴식시간에 밖으로 나오면서 무대 앞에서 사진을 몇 장 찍었다. 직원이 고수의 북을 교체하는 것을 보면서, 북도 쉬어야 하나 생각했다. 이 글을 쓰려고 자료집을 다시 보면서 내가 본 고수는 조용수라는 것을 알게 되었는데, 또 다른 고수 고정훈도 있는 것으로 보아 후반부는 다른 고수가 나오는가 짐작했다.

판소리를 듣는 관객은 소리꾼의 소리를 즐긴다. 그 이야기가 중국의 것이든 2천 년 전의 것이든 그런 것은 중요치 않다. 병졸들이 고향에 두고 온 부모, 자식, 마누라를 그리며 부르는 설움타령을 들으면서 내 신세를 한탄하고, 공명 선생이 동남풍을 부르는 극적인 장면에서 가끔 내 인생에도 동남풍이 불기를 바랐을 게다. 압도적으로 숫자가 많은 조조 군사가 오나라 주유 장군의 군사와 대치하는 장면에선 약자인 오나라 군사가 승리하기를 빌었을 것이다. 그 이야기 결말은 관객 모두가 알고 있지만 그래도 소리꾼 한 마디에 같이 웃고 운다. 어린아이들이 할머니 이야기를 즐기는 것은 이야기의 결말이 궁금해서가 아니다. 할머니와 함께 떠나는 모험 여행, 내 곁에 할머니가 있다는 사실의 확인, 매일 매일 조금씩 변하는 이야기에 나도 같이 참여하는 즐거움 그런 것때문이다. 판소리 소리꾼과 관객도 마찬가지다.

　이런 생각을 한다. 가사도 어려운 적벽가 대신 이 시대의 판소리를 만든다면 어떤 이야기가 좋을까. 제목을 통일가로 하고 소리를 만들면 어떨까. 남북으로 분단된 사람들이 자기들끼리 서로 싸우는 한심한 모습에서 시작하고, 가난했던 남쪽 사람들이 이웃이 부러워하는 잘 사는 나라가 되자 졸부처럼 뻐기는 모습도 풍자하고, 그렇게 저렇게 살아가지만 수십 년이 지나도록 해소되지 않는 갈등에 좌절하고, 그러다가 문득 청춘 남녀가 만나는 장면으로 바뀌어도 좋겠다. 남북한 사람들이 서로 오고 갈 미래는 소리꾼의 한 마디로 풀어낸다. "그때에 평양에서 이런 일이 있었더라." 한복을 잘 차려입은 소리꾼과 고수가 마주 보고 노래한다. "서울 사는 철수와 평양 사는 영희가 대동강 변에서 딱 만났는데…" 이렇게 시작하여 남녘 사람 철수가 살아온 이야기, 북녘 사람 영희가 살아온 이야기를 대강 한 다음에 둘이서 연애하는 장면에선 사랑 노래를 불러도 좋겠다. 그럭저럭 두 사람이 사랑을 이루게 되면 그쯤에서 소리를 마치겠지. 그 끝은 이럴 것 같다. "그 뒤야 누가 알리오? 소리꾼 목도 아프고. 고수 팔도 아플 것이요, 여러분들도 지루하실 테니, 더질더질"

　그날 휴식시간에 자리를 나온 나는 후반부가 어찌 되었는지는 모른다. 전반부에 벌써 목에 무리가 가던 소리꾼은 아마도 꽤 힘이 들었을 게다. 그래도 추임새를 넣던 관객, 기운을 돋우던 고수의 북소리 장단에 그럭저럭 끝까지 가긴 같을 게다. 그 뒤야 뉘 알리오 마는 서울 남산 자락에서 완창 판소리 적벽가 한 마당 잘 놀았다는 그런 이야기가 남았을 게다. 더질더질.

(2023. 4.)

이런 일이 생겼으면

드디어 개성공단이 재개되었다.[1]

    다소간의 우여곡절이 있었지만 정치적 결단이 결실을 얻었다. 그 시작은 남한 대통령의 결단이었다. '미래를 보고 개성공단을 재개하겠다.'는 통 큰 제안을 했고, 북한이 그 제안을 수용하였다. 장관급 그리고 국장급 실무회의가 수차례 있었다. 그사이 남한 정부는 미국과 중국에도 공단재개의 이유와 현황을 설명했고, 두 나라로부터 유엔의 대북제재규정에 위반하지 않는 선에서 재개에 동의한다는 약속을 받았다.

    남북실무협의는 처음부터 실무적인 사항에 집중했다. 명분싸움은 상부로 미루고 실무자들은 중단기간 동안 각자 입은 손해를 어떻게 정리할 것인지, 장차 재개할 공단은 어떤 형태로 할 것인지만 논의했다. 과거지사 정리문제는 각자가 요구하는 금액을 정산한 후 차액은 장래의 비용 산정에 참고하는 방식으로 해결하기로 했다. 남측이 받아야 할 공동사무소 건물폭파 피해 손해는 공단이용기간을 늘리는 방식으로, 북측이 받아야 할 노임과 사용료 손해는 재개 이후 새로 정하게 될 노임과 토지사용료에 반영하는 방식을 선택하기로 했다. 북측이 요구하는 중단기간 동안 근로자의 노임, 토지 사용료 등과 남측이 요구하는 공동연락사무소 폭파비용, 현지기업의 노후화로 인한 손해액 등은 쌍방이 추천하는 전문가들로 구성된 위원회가 조사한 감정평가 의견

---

1   미래를 가상하며 쓴 글이다.

에 따르기로 합의했다. 중단기간 동안 사용하지 못한 토지이용권 기간은 그만큼 연장하기로 했고, 재개 이후 노동자 임금과 토지사용료는 현실에 맞추어 새로 정하기로 했다. 각자 얻을 것은 얻고 줄 것은 주었다. 당장 주고받는 현금이 없었기에 '북한지역에 세금을 투입하는 것에 반대한다.'는 저항도 없었다.

다음 문제로 재개 이후 공단의 모습은 논의가 조금 더 복잡했다. 당초 2천만 평으로 합의한 공단부지 중에서 1백만 평만 사용하다가 중단되었는데, 규모를 1천만 평으로 확대하기로 했다. 기존 공단 1백만 평 부지 내에 세워진 공장도 노후되어 사실상 허물고 새로 지어야 할 상황이었다. 전체 1천만 평의 공단 부지 활용계획은 새로 세우기로 협의했고, 개발은 남북 양측이 모두 참여하는 개발회사가 담당하기로 했다. 공단의 운영방식도 중국과 싱가포르가 합작하는 쑤저우(蘇州)공단의 사례에 따라 공동특구 형식을 취하기로 했다. 남북 양측이 지원위원회를 구성하고 그 산하에 관리위원회를 두고 양측이 모두 참여하는 방식이다. 9백만 평 추가 부지 내에 거주하는 북측 주민을 이주시키고 부지를 정리하는 작업은 북측이 맡고, 부지 내에 인프라를 설치하고 전기와 용수를 공급하는 기반시설은 남측이 담당하기로 했다. 조성된 부지는 시가로 분양하기로 했고 이 경우 예상되는 개발비와 분양가의 차액은 남북이 고르게 분배하기로 했다. 이렇게 합의한 결과 분양시점에는 개발사업에 참여한 북측 회사도 상당한 수익을 얻을 것으로 예상되었다.

한편 남측이 설립한 현지기업과 관련한 문제는 남측 당국이 정리하기로 했다. 현지 기업의 투자비를 남측 당국이 일괄 지급하고 현지 기업의 재산을 매수하는 것을 원칙으로 정했다. 전면 중단 이후 당국은 70% 정도의 투자비를 각종 지원금 명목으로 지급한 터라 추가로 지급할 금액이 많지 않았다. 현지 기업 중에서 새로 조성될 공단에 진출하겠다는 기업인에게는 새로 분양계약을 할 때 우선 매수권을 주기로 했다. 최고가 입찰가 수준에서 우선하여 매수할 수 있는 권리를 주는 방식이라 특혜시비도 없다.

한 가지 더 달라진 것은 외국기업의 참여를 보장하는 조치다. 중국기업 10여 곳과 유럽기업 서너 곳이 개성공단 진출을 확정했고, 미국기업도 한두 곳이 관심을 표명하고 있다. 남한 정부는 외국기업의 개성공단 진출에 장애가 되는 법제도를 정비했고, 북측도 외국기업 진출에 반대하지 않았다. 국민 여론도 분양가를 현실화한다는 점과 제3국 기업이 참여하면 남북 당국이 정치적인 이유로 함부로 공단을 중단시키지 못할 것이라는 측면에서 지지했다.

최근에 기쁜 소식이 하나 더 생겼다. 파주지역을 중심으로 남측에 건설된 평화경제특구에 북한 측이 근로자를 파견하기로 결정했다. 우선은 시험적으로 2천 명 수준으로 시작하되 장차 수만 명 수준으로 확대하기로 했다. 북측 근로자들은 해당 기업이 특구 내에 건설한 기숙사에서 생활하면서 2주 근무 후 3일씩 북측으로 귀가하는 방식이다. 그리고 평화경제특구에서 근무하는 북한 근로자들에게는 최저임금법을 적용하기로 했다. 그 결과 새로 재개되는 개성공단의 임금은 평균 500달러, 파주시의 평화경제특구에 파견되는 근로자의 임금은 평균 월 200만 원이 될 예정이다. 파주시 근무 근로자는 기숙사비용과 식비들을 제외하면 평균 150만 원을 수령할 것으로 예상된다.

상황이 이렇게 되자 개성과 파주는 선의의 경쟁을 하게 되었다. 북측 당국도 남측 당국도 각자 고민거리가 생겼다. 어떤 기업을 어느 지역에 배치할 것인지, 첨단기술이 투입되는 공장은 파주에, 근로자의 일손이 많이 필요한 기업은 개성에 갈 것이지만 구체적으로 어떤 기업이 어디로 갈 것인지는 당국 간에도 그리고 투자기업들 사이에도 협의가 필요하다. 또 하나 남북으로 이동하는 근로자들의 출입을 자유롭게 하는 제도도 새로 정했다. 개성과 파주를 잇는 출입구를 정하고 그 사이를 오가는 사람들은 간단한 신분확인만으로 오갈 수 있게 했다. 절차 간소화는 첨단 정보기술 때문이기도 했다. 과거의 출입경조치와는 달리 자신의 신분증을 출입경 통과기기에 갖다 대는 수준으로 절차를 간소화하기로 했다. 남측 근무자의 자동차와 휴대폰도 그대로 사용하기로 했다. 남북 양측의 정보당국이 보안문제를 언급하면서 우려하기도 했지만 실무자들은 일단 시행하면서 상황을 지켜보기로 합의했다.

이제 새출발을 한다. 나는 새로 구성된 중재위원회의 중재인이 되었다. 남북 사이에 발생하는 분쟁은 모두 중재위원회에서 처리하기로 했다. 남북양측에서 추천하는 중재인 각 1명과 중재인들이 추천하는 의장 중재인 1명의 3인으로 중재위원회를 구성한다. 의장 중재인은 남북에서 추천한 각자 10명씩으로 풀을 만들고 사건의 접수 순서에 따라 남북 출신이 교대로 맡는다. 조만간 분쟁이 생기면 나는 개성으로 간다. 관리위원회 건물 한 곳에 설치된 중재위원회 사무실에서 중재재판을 할 날이 머지않았다.

이런 날이 곧 오면 좋겠다. 내가 꿈꾸고 독자가 꿈꾸다 보면 그런 날이 오리라 믿는다.

(2024. 4.)

판사의 고민

　서울중앙지방법원에서 민사합의 재판을 담당하는 홍 부장판사는 요즘 고민이 많다. 이번 주에 배당받은 손해배상 사건 때문이다. 재판 경력이 20년이 되었기에 웬만한 사건은 고민하지 않는다. 결론을 내려야 할 단계에서 판단이 어려운 경우도 가끔 있지만 사건 접수 단계부터 고민하기는 오랜만이다. 마치 단독판사로 처음 재판을 하면서 모든 절차가 낯설었던 때 같다.

　문제의 사건은 남한이 북한을 상대로 손해배상을 청구한 소송인데, 그 사건이 하필이면 홍 판사에게 배당이 되었다. 홍 판사는 소장송달부터 재판진행까지 모든 일을 주도해야 한다. 사건 내용은 이렇다.

　북한이 3년 전 개성공단에 있던 남북공동연락사무소를 폭파했다. 그로 인해 건물피해를 입은 남한 정부가 450억 원 규모의 손해배상청구 소송을 제기했다. 당국 차원에서 북한을 대상으로 소송을 제기한 것은 처음으로 원고는 대한민국, 피고는 '조선민주주의인민공화국'이다. 손해를 안 날로부터 3년 이내에 소송을 제기해야 한다는 손해배상청구권의 소멸시효가 다가오자, 남한 정부는 소멸시효를 중단하고 국가채권을 보전하기 위해 북한을 상대로 손해배상을 청구하는 소장을 제출했다. 소송상대방인 북한의 법적 지위를 어떻게 볼 것인지의 문제가 있었지만, 정부는 북한을 국가로 보기 어렵지만 민법상 당사자 능력을 가지는 비법인사단이라는 전제하에 불법행위 책임을 추궁하는 구조로 소장을 작성했다.

기왕의 남한 판례는 북한은 반국가단체로서의 지위와 평화적 통일을 위한 대화와 협력의 상대방이라는 두 가지 지위를 모두 가진다고 보는 이중적 지위 이론을 채택했고, 1991년 남북한이 합의한 남북기본합의서와 2005년 남한 국회가 제정한 남북관계발전법에서 "남한과 북한의 관계는 국가 간의 관계가 아닌 통일을 지향하는 과정에서 잠정적으로 형성되는 특수관계"라고 규정했다.

남한 정부는 북한의 폭파로 인한 남북공동연락사무소 청사와 인접한 종합지원센터 건물에 발생한 국유재산 손해액을 447억 원(연락사무소 약 102.5억 원+종합지원센터 약 344.5억 원)으로 산정했다. 원고인 남한은 북한이 남북공동연락사무소를 폭파한 것은 법률적으로 명백한 불법행위이고, '판문점 선언' 등 남북 간 합의를 위반한 것이며, 남북 간에 상호존중과 신뢰의 토대를 근본적으로 훼손하는 행위라고 주장했다. 남북연락사무소는 2018년 남북 정상이 체결한 '4·27 판문점 합의'에 따라 그해 9월 개성공단에 설치됐다. 그러나 북한은 2020년 6월 16일 탈북민 단체들의 대북전단 살포를 문제 삼으며 건물을 폭파했다.

손해배상 소송은 익숙한 유형이다. 홍 판사가 판결문을 작성한 것만 하더라도 수백 건은 될 것이다. 누구에게 손해배상의 책임이 있는지를 따지고, 구체적인 손해액을 산정하고, 원고에게도 책임이 일부 있는지를 고려하여 과실상계를 하고 구체적인 손해배상액을 정하면 된다. 그런데 이 사건은 그렇게 간단하지가 않다. 20년 경력의 판사지만 북한을 상대방으로 한 사건은 처음이다.

북한 지역인 개성공단에서 발생한 건물폭파사건을 서울법원에서 재판할 수 있는지, 이때 적용할 법률은 남한 법률인지 북한 법률인지, 현장검증이 필요할 경우에 현장에 가 볼 수는 있는 것인지, 상대방인 북한에게 소장을 어떻게 송달할 것인지 등 실무적인 쟁점이 우선 떠오른다. 통상의 재판이라면 판결 선고로 판사의 역할은 끝나지만 이 사건에선 판결을 선고하더라도 그 판결을 강제로 집행할 수 있을지도 의문스럽다. 만일 집행이 어렵다면 재판하는 것이 무슨 의미가 있단 말인가, 그런데 이런 질문은 판사가 할 것이 아니다. 판사는 소장이 접수된 사건의 재판을 진행할 의무가 있을 뿐 소송 제기 자체가 무슨 의미가 있는지를 따지기는 어렵다. 또 하나의 어려운 점은 북한의 법적 지위다. 국제법적 측면에서 국가라고 인정할 수 있겠지만 남한은 분단국가라는 특성에서 북한을 국가로 인정하지 않고 있다. 그러면서도 5차례나 정상회담을 했다. 만일 북한을 국가로 인정한다면, 설령 남한이 국가승인을 하지 않았더라도, 주권면제 이론이 적용되어 한 나라는 다른 나라를 상대로 민사소송을 제기할 수 없게 되는데, 이런 법리는 또 어떻게 할 것인지도 고민스럽다.

한참을 생각하다 보면 화가 날 때도 있다. 지금 홍 판사가 하는 고민은 법률로 명확히 정해주어야 할 성질인데, 접수된 사건을 처리하기에도 바쁜 판사가 이런 제도적 고민까지 해야 하나 싶다. 남한의 법률 중에는 국가를 당사자로 하는 소송에 대한 국가소송법이 있듯이 북한을 상대방으로 하는 소송에 대한 특별법도 만들어야 한다는 생각도 해보았다. 그 법률에서는 북한을 상대방으로 하는 민사소송이 가능하다는 점과 송달절차, 집행절차 등을 규정하고, 현장검증이나 북한 기관에 대한 사실조회를 하려면 통일부를 통해 북한 당국과 협의하는 절차를 규정할 수 있을 것이다. 중국과 대만 사이에는 그런 절차를 규정한 사법공조협약이 있다는 말도 들었다. 남한 현실에선 이제 겨우 그런 법이 필요할 수도 있다고 논의하는 수준이다. 홍 판사는 아무런 지침이 없는 상황에서 이 사건을 해결해야 한다. 홍 판사가 사법시험을 준비하던 2000년 무렵에는 북한관련 소송이 다수 있었다. 저작권 소송, 금강

산관광지역에서 발생한 교통사고 소송 등이 있었지만 최근에는 남북관계가 소강상태에 접어들면서 북한과 관련된 소송은 드물다. 그 사이 세월은 흘렀다. 기왕의 이중적 지위에 대한 판례는 1990년대에 형성되었는데, 그 이후 5번의 정상회담 그리고 2백여 건의 남북합의가 체결된 현 상황에서도 북한을 이중적 지위로 보는 기존 판례가 유지되어야 하는지도 재검토해야 한다. 30년의 세월이라면 최근의 사회 환경 변화 속도에 비추어 판례가 변경될 만한 충분한 시간이다. 지금 남한사회는 북한을 어떻게 보고 있는지도 조사해 볼 일이다. 이런 연구를 전문으로 하는 북한연구자라면 다양한 의견이 있겠지만 재판이 일상인 홍 판사에게 남북관계에 대한 깊은 지식은 없다. 언론은 주시하고 있지, 북한 법연구자들도 좋은 선례라고 관심을 가진다고 하지, 재판부 내의 다른 판사들은 주심인 홍 판사님이 먼저 연구해 본 다음 논의하자는 입장이지… 이래저래 홍 판사 혼자서 답답할 뿐이다.

어제는 밤늦도록 이 문제를 고민하다가 그만 거실에서 깜빡 잠이 들었다. 창밖의 빗소리 때문에 잠이 깼다. 새벽이고 주변이 고요하다. 이 사건이 새로운 기회라는 생각이 든다. 그동안 남북분단 현실에 관심이 없었던 자신에게 기회를 준 것일지도 모른다. 이 기회에 남북분단의 역사와 기존의 판례를 다시 살펴보아야겠다. 재판은 판사 혼자서 진행하는 것이 아니다. 당사자를 대리하는 변호사들과도 협의하면서 새로운 판례를 만들어야겠다고 다짐했다. 비가 그치고 창밖이 밝아지자 새소리가 들린다.

(2024. 1.)

사리원역에서 1

2030년 여름, 그러니까 지금부터 8년 후의 미래를 상상해 본다.[2]

그날 나는 기차 안에서 깜빡 잠이 들었다가 낯선 안내방송 소리에 놀라 잠에서 깼다. 실눈을 뜨고 열차 안을 둘러본다. 드문드문 앉은 사람들은 모두 자고 있었다. 잠깐 동안 지금 여기가 어딘가, 내가 왜 여기 있나, 어리둥절했지만 차츰 잠에서 깨면서 상황이 파악되었다. 기차를 탈 때만 해도 사람들이 제법 있었는데, 뭔가 이상했다. 창밖을 내다보는데 낯설다. 뭔가 잘못되었다는 생각이 들었다. 서울역에서 밤 10시에 출발한 열차를 탔고 파주에서 내려야 했는데 저녁식사 때 마신 술에 취했는지 종일 계속된 회의로 피곤했는지 그만 잠이 들었다. 시간을 보니 새벽 1시 반, 11시에 내려야 했는데 두 시간 반을 더 달렸다. 그럼 여긴 어디지? 막 들어서는 작은 역의 간판을 주시했다. 개풍, 지나온 곳은 개성이고 다음 역은 금천, 아, 북한 지역으로 들어왔구나.

어제 참석한 남북한 법률전문가 회의에서 남북한 철도 연결 시 예상되는 문제와 법제도 개선방안에 대해 장시간 논의했다. 남북의 철도와 도로가 서로 연결된 지는 제법 되었지만 지금까지는 서울과 평양 등 주요 도시 중심의 점을 잇는 방식이었고, 교통편도 고속열차와 항공편으로 제한되었다. 그러다가 금년부터는 철도와 도로를 상시적으로 연

---

2   미래를 가상하여 쓴 글이다. 그때까지 통일이 안 되더라도 남북이 서로 왕래할 가능성이 있다. 철도와 도로가 연결되고 상호 왕래 합의를 하면 가능한 일이다. 남북한과 비슷할 수도 있는 중국과 대만 사이에는 연간 수십만 명이 왕래한다.

결하기로 합의하였다. 며칠 전 뉴스에서 남북한 철도 연결을 앞두고 시험 운행한다는 소식을 얼핏 들었는데, 이 기차가 시험운행열차였나 보다. 파주와 개성까지 철도를 연결한 지는 몇 달 되었지만 개성에서 평양까지 연장 운행하는 것은 새로 합의한 사항이다. 파주와 개성 사이 남북경계선 구간에서는 남북한 승무원 교체와 서로 다른 신호체계에 맞추느라 한 시간 정도 정차하는데 이 시간을 어떻게 단축할 것인지는 전문가들의 관심사항이다.

오늘은 토요일이고 특별한 약속도 없었지만 집에서 기다리고 있을 아내가 걱정되었다. 스마트폰을 꺼내 집으로 전화했다. "여보, 늦게 미안한데. 내가 그만 깜박 잠이 들었나 봐. 내일 아침에 다시 연락할게. 걱정 말고 자." 차마 여기는 북한이라고는 말하지 못했다. 걱정이 많은 아내가 밤을 꼬박 새울지도 몰라서 현재의 상황을 자세히 말하지 않았다. 그나마 전화통화가 자유로워서 다행이다. 수년 전 남북한의 전화통신망이 연결되었다. 평양과 신의주에서 서울과 부산으로 전화를 할 수 있다는 광고를 자주 보았지만 막상 직접 전화를 해 보기는 처음이다. 남북한 사이에 자유왕래가 허용된 직후 평양에 놀러 갔을 때만 해도 전화연결은 쉽지 않았는데, 이젠 남북한의 물리적 구분이 거의 없어졌다. 그렇게 가보고 싶던 북한이었지만 평양과 개성을 몇 번 다녀오자 시들해졌다. 사람 사는 곳이 다 비슷한 것 같기도 했고, 내가 사는 곳에도 북한 출신이 여럿이라 북한에 대한 궁금증은 동네에서 대부분 해결되었다.

이젠 어떡하지? 걱정하고 있는데 열차 승무원이 지나간다.

"잠깐만요. 제가 깜박 잠이 들어서 이곳까지 왔는데 파주로 돌아가려면 어떡해야 하지요?"

"아이구, 노인장께서 주무셨나 봅니다. 가만있자, 금천역은 기차가 자주 오지 않으니 사리원까지 가시지요. 거기서 서울로 가는 첫 열차를 타면 될 거요. 그 열차가 파주에서 정차하는지는 잘 모르겠네요."

"열차 요금은 어떡하지요?"

"그냥 가시라요. 아직 요금 체계가 정비되지 않아서… 그리고 지금은 시험운행 중이라…."

승무원은 난감한 표정을 지었다. 나는 감사하다고 인사를 한 후 내려야 할 역인 사리원을 검색하기 시작했다. 사리원은 황해북도의 도 소재지로 인구 30만 명이고, 북한 제일의 농업도시다. 벼농사 중심지이며, 밀·옥수수·수수·콩 등의 밭작물과 사과·배·복숭아의 집산지이다. 또한 사리원은 북한 교통의 요지다. 경의선에서 황해청년선(사리원~해주)의 분기점이며, 사리원을 중심으로 평양·개성·해주·안악·신천·봉천 등을 연결하는 도로가 있다. 사리원은 봉산탈춤의 발상지로 알려진 곳으로, 5월 단오절이면 경암루 아래에서 탈춤놀이를 한다.[3]

사리원은 얼떨결에 처음 가보는 도시지만 스마트폰 자료를 보면서 안심했다. 교통의 요지고 농업도시라면 뭔가 풍요로울 것 같았다. 봉산탈춤이라, 사진에서 보던 탈춤이 이곳에서 시작되었구나. 내가 아는 뭔가가 있다고 생각하자 한결 마음이 놓였다. 혹시 또 잠이 들까 봐 사리원 도착시간 새벽 3시에 알람설정을 해 두고 창밖을 본다. 밤이라 보이는 것이 별로 없지만 보름달 덕분에 넓은 들판을 지날 때는 멀리 산의 윤곽이 보이고, 기차에서 산까지 그 사이의 들판도 보이고, 들판 가운데 네모나게 구획된 마을도 자주 보였다. 사리원에 도착하면 새벽 3시, 거기서 서울로 가는 첫차는 아침 6시라 들었다. 3시간 동안 어디서 무얼 하면서 보내지? 서울에서 하듯이 스마트폰을 켜서 '사리원에서 뭐 하지?'라고 입력해 보았다. 도움이 될 만한 내용이 별로 없다. 주요명소

---

3 [네이버 지식백과] 사리원시[沙里院市]

와 대표적인 식당이 쭉 나오는데 새벽시간에 이용하기는 어려울 것이다. 잠깐 들어가 쉴 찜질방이나 밤새 영업하는 카페나 식당이 역 근처에 있으면 좋으련만. 승무원에게 물어보았지만 평양에 사는 그는 사리원역 주변은 잘 몰랐다. 그냥 역에서 밤을 새워야 할지도 모르겠다. 한번 깬 잠은 쉬이 다시 오지 않았다. 열차는 계속 달리고, 드문드문 앉은 승객은 모두 잠이 들었고, 내가 지금 꿈을 꾸나 싶기도 하고, 스마트폰으로 페이스북, 인스타그램을 보다가, 오늘 일어난 황당한 사건을 어떻게 SNS에 올릴까 생각도 하다가, 배가 고파지는 것 같기도 하고 해서 뭔가 요기할 것이 없을까 찾으러 일어섰다. 자판기에서 과자와 음료수를 꺼내 와서 자리에 앉아 먹고 있자니 기운이 났다.

"잠시 후 사리원역에 도착합니다. 사리원역에 내릴 분은 미리 준비하세요." 북한 여자 목소리의 안내방송이 나온다. 자리에서 일어서며 짐을 챙긴다. 첫발을 내딛는 사리원은 어떤 모습일까, 역 주변을 걸어볼까, 나처럼 역에서 밤을 새우는 사람을 찾아서 말을 붙여볼까, 이런저런 생각을 하는 사이에 기차는 역으로 들어서고 있었다.

(2022. 7.)

사리원역에서 2

　내 이름은 민경수, 사리원시 검찰소 교통담당 검사다. 그날 새벽은 조금 특별했다. 새벽 3시에 사리원역으로 나가는 건 평소라면 하지 않을 행동이다. 며칠 전 검찰소장으로부터 교육을 다녀오라는 지시를 받았다. 다음 주 일주일 동안 신의주시에서 열리는 조중(朝中)교통회의에 참석하여 실무경험을 습득하라는 지시를 받았다. 누군가 참석해야 할 회의라 생각은 했지만 막상 내가 가게 될 줄은 몰랐다. 북남 간의 철도와 도로가 연결되면서 조만간 남측에서 올 주민을 어떻게 대우할 것인지가 새로운 문제가 되었다. 교통담당 검사로 내가 주로 하는 일은 단속하고 처벌하는 일이 아니라 준법질서를 확립하는 일이다. 주민들이 법을 잘 지키도록 제도를 만들고 제도를 널리 교육하는 역할이다. 평소에는 그리 바쁘지 않지만 교통환경이 변하면 할 일이 많아진다. 지금이 딱 그런 시기다. 북남 간의 철도가 상시적으로 연결되면 조만간 남측 사람들이 대거 몰려올 것이다. 그들이 북측 법질서를 잘 따르도록 유도하고, 안내하는 일이 나의 일이다. 북남 주민이 접촉하면서 생길 문제도 미리 대비해야 한다. 나는 평소 사람들이 법을 위반한 다음에 처벌하는 것은 하책이고, 상책은 법과 제도를 잘 홍보하여 사람들이 법을 위반하지 않도록 만드는 것이라 믿고 있다. 공화국에선 인민이 법을 위반하지 않도록 교양하는 것이 사회주의 법무생활의 기본방침이다. 중국과 조선은 몇 년 전부터 통행의 양이 확 늘었다. 그때 중국 사람들이 대거 조선으로 몰려오면서 그들에게 조선의 질서를 지키도록 제도를 정비한 일이 있었는데, 그 경험을 배우러 가는 것이 이번 출장의 목적이다.

다음 주 월요일부터 바로 교육이 시작되기 때문에 일요일 저녁까지 신의주 시내의 지정된 숙소에 도착해야 한다. 사리원에서 신의주로 바로 가는 열차는 없어 평양에 가서 갈아타야 한다. 뒤늦게 예약한 탓에 평양발 신의주행 기차는 새벽 6시 표밖에 없었다. 하는 수 없이 그 시간에 맞추어야 한다. 그래서 이 새벽에 사리원역에 나왔다. 4시에 사리원을 출발하는 기차를 타기 위해서 서두르다 보니 조금 일찍 나왔다. 교통 검사인 내가 표를 구하는 것이 어렵진 않지만 이런 일에 특권을 행사하고 싶지 않았다. 그래서 일반 주민들과 같이 역에 가서 기다리기로 마음먹었다.

하품을 길게 하며 역 구내를 살핀다. 어디 조용히 앉아 있을 자리가 없나 두리번거리는데, 왠지 어설퍼 보이는 사람이 눈에 띈다. 나이 든 노인이 역에서 막 나오는데 주변을 두리번거리는 것이 이곳 사람이 아닌 듯싶어 보였다. 가만히 그를 보고 있는데, 그가 내게 다가왔다.

"안녕하세요. 제가 이곳이 처음이라 그런데 혹시 근처에 잠시 쉴 만한 곳이 있을까요?"

"말씨가 이곳 분이 아닌데 어디서 오셨지요?"

"서울에서 파주 가는 길이었는데 그만 깜빡 잠이 들어서요. 평양에서 서울로 가는 기차가 여기를 지나간다고 해서 중간에 내렸어요. 6시 기차시간까지 좀 쉴 곳을 찾습니다."

"아, 그런 일이 있었군요. 이 시간에 갈 만한 곳이 없어요. 노인장께서 괜찮으시면 저와 이야기나 나누시면 어떨까요?"

"좋지요. 나도 이곳 상황이 궁금한 터이니 서로 궁금한 것을 물어봅시다. 내 소개부터 하지요. 나는 권 변호사라 합니다. 이젠 은퇴해서 파주에서 조용히 살고 있어요. 북한법을 오랫동안 공부한 덕분에 북한,

참, 여기선 공화국이라 하지요. 공화국 사정을 제법 알고 있어요. 이번 철도 연결사업에도 법률자문을 하고 있어요."

"그러시군요. 아주 잘 되었네요. 저는 이곳 사리원시 검찰소 민 검사입니다. 남조선 사람들이 철도를 이용하는 데 불편이 없도록 제도를 정비하는 일을 하고 있습니다. 그래 노인장께서, 아 참, 변호사님께서 생각하시는 철도이용의 문제점이 있으면 말씀해 주시지요. 제가 최대한 반영하겠습니다."

"그렇군요. 마침 잘 만났네요. 어제 서울서 회의하면서 북측 담당자도 초대해서 같이 문제를 찾고 해결방안을 모색해 보자고 했는데, 여기 딱 맞는 분이 계셨군요."

그렇게 시작된 이야기는 끝도 없이 계속되었다. 권 변호사가 말한 몇 가지는 미처 생각하지 못했던 것이었다. 신분증 검사가 필요하겠지만, 남측 사람들은 스마트폰에 대부분 정보를 넣어 다니기 때문에 신분증을 잘 가지고 다니지 않는 점을 고려해라. 남측 사람이 북측 역에 내리면 안내소를 찾을 것이므로 그곳에 그 지역에서 유의할 점과 홍보할 자료를 갖춰 놓으면 도움이 될 것이다. 길 안내를 도와주는 북측 안내원이 배치되면 남측 사람들이 말 붙이기 쉬울 것이다. 택시기사들도 교육해서 한나절이나 당일치기 도시 안내를 하도록 교육시키고, 요금도 미리 정해두면 서로 간에 시비가 줄어들 것이다. 남한에서 온 사람들이 공화국 사람들과 만나면서 오해도 생기고 더러는 다투기도 할 텐데 그럴 때 양측의 이야기를 듣고 조정하는 역할을 누군가 해주면 좋겠다. 자신처럼 은퇴한 사람들에게 그런 일을 맡기는 것도 고려해라. 남한사람들은 자원봉사라는 형태로 일하는 것을 좋아한다. 사리원시도 남측 도시와 자매도시를 맺어 서로 도우면 좋을 것이라 했다.

나는 권 변호사의 말을 들으면서 수첩에 적기도 하고, 의문이 드는 것은 되묻기도 했다. 사리원시는 천안시와 자매도시라 대답하면서 천안시와 자원봉사 방안에 대해 협의를 해 보겠다고 대답했다. 대화가 술술 흘러가자 나도 궁금한 것을 물었다. 요즘 공화국 사람들은 걱정이 많다. 지금까지는 나라에서 시키는 대로 하면서 살았는데 이젠 모든 일을 스스로 해야 하는 처지가 되다 보니 당최 무슨 일을 어떻게 해야 할지 걱정한다. 그러면서도 남조선 사람들이 온다고 하니 이 기회에 살아갈 방도를 찾아야겠다고 궁리하는 사람들이 많다. 앞으로 어떻게 될 것 같으냐고 물었다.

권 변호사는 세상이 많이 변하겠지만 어떻게 변할지는 자신도 잘 모르겠다고 하면서 남북의 주민이 서로 사이좋게 잘 사는 길을 찾는 것이 우리가 할 일인 것 같다고 대답하면서 내 손을 맞잡았다. 4시가 다 되어가는 터라 서로 연락처를 주고받으며 자주 연락하자고 인사했다. 권 변호사가 서울로 가는 기차표를 어떻게 사느냐고 묻기에 매표소로 안내해 주었다. 역무원으로부터 아직은 시험운행 중이라 그냥 가서도 된다는 말을 들었다. 역무원에게 권 변호사는 남측에서 오신 분인데 6시 기차를 태워 드리라고 부탁한 다음 역 대합실을 빠져나왔다. 내가 타야 할 기차가 도착하고 있었다.

그날 새벽, 우연히 한 사람을 만났다. 일찍 집을 나서길 잘한 셈이다. 남측도 철도연결 사업을 중히 여기고 있고, 새로 발생할 문제를 고민 중이라는 사실을 알게 되었다. 혼자서 고민할 것이 아니다. 두 당사자가 만날 때 생기는 문제라면 해결책도 두 당사자가 만나서 의논해야 한다. 이번 교육과정에서 질문할 사항도 여러 가지 생겼다. 새로운 목표를 구체화할 생각에 설레며 플랫폼에 들어선다. 저쪽에서 어둠을 뚫고 평양행 기차가 다가온다.

(2022. 7.)

비무장지대 소송[4]

    환경단체를 통해 사건 상담 의뢰를 받았다. 공익봉사차원에서 사건 검토를 해 달라는 요청이었다. 며칠 후 사단법인 비무장지대생태보호협회 사무총장이 일행과 함께 찾아왔다. 악수를 하는데 손이 거칠고 두텁다.

    자신들은 임진강변에 사는 주민인데 비무장지대 인근 지역이다. 비무장지대는 군사분계선으로부터 남쪽으로 2킬로, 북쪽으로 2킬로 동서 155마일 길이의 띠 모양으로 한반도를 가로지른다. 폭 4킬로미터의 이 지대는 비무장지대란 말이 무색하게 군사력이 밀집된 곳이다. 가끔 노루나 사슴이 한가롭게 오가는 사진이 '생태의 보고'라는 자막과 함께 보도되지만 지뢰폭발, 북한군인의 남하, 철책 근무 중인 군인들 간의 폭행사고 등 우울한 소식도 있다. 사무총장은 수년째 청년들과 함께 비무장지대를 따라 동서로 이어진 평화누리길을 걷고 있다. 행사를 주관하면서, 청년들에게 애써 가르칠 필요가 없고 분단현장을 경험할 기회를 주면 청년들 스스로 답을 찾아간다는 것을 알게 되었다. 그는 미래세대에 희망을 가진다. 지금 이 환경을 잘 보존해서 넘겨주는 것이 자신의 역할이라 생각한다. 매년 강화에서 강원도 고성까지 평화의 길을 수년째 걷는다. 2020년 8월에는 29박 30일 동안 586킬로미터를 걸었다. 그는 수년간 걸으면서 이곳에도 개발이 시작되고 있다는 것을 알았다. 사람이 살지 않는 곳이라 민원이 없고, 설령 무슨 일이 있어 소

---

4   가상의 이야기다. 장래 발생 가능한 현실을 소재로 글을 썼다.

송을 제기하려 해도 원고가 될 주민이 없는 이곳에도 변화의 바람이 불기 시작했다.

인사가 끝난 후 나는 그들에게 무슨 문제 때문에 오신 건지 물었다. 그들은 축산폐수 때문이라 한다. 축산업은 애물단지다. 민원 때문에 민가 근처에는 축사를 지을 수가 없고, 지자체들도 조례로 인가 근처 수백 미터 이내에는 축사 신축을 금지하기 때문에 축사를 지을 곳이 절대적으로 부족하다. 다행히 남한의 최북단 비무장지대 근처는 인가가 없고 수도권과 거리도 가까운 편이라 이곳으로 축사를 이전하려는 시도가 계속되고 있다. 군부대 외에는 별다른 장애요인이 없기 때문에 지자체에서도 허가를 쉽게 해 주는 추세다. 그런데 문제는 축산폐수가 비무장지대 내 임진강으로 흘러들면서 이 지역 생태계에 영향을 미치기 시작했다. 강 주변의 식생이 변하고, 물고기가 떼죽음을 당하는 사례도 가끔 관찰된다. 임진강은 생태계가 잘 보존되던 곳이라 작은 변화에도 민감하게 반응한다. 비무장지대 인근은 워낙 사람이 살지 않는 곳이라 이런 일이 일어나는 것을 아는 사람도 거의 없다. 협회 관계자들도 처음에는 잘 몰랐는데 수년간 이 지역을 왕래하면서 알게 되었다.

그러던 어느 날 주민들은 해외뉴스에서 강이 원고가 되어 소송을 제기할 수 있다는 말을 들었다. 그곳이 뉴질랜드인지 우루과이인지 하여튼 잘 모르는 나라였다. 그 소식을 듣고 협회사람들끼리 의논했다. 주민이 없다면 비무장지대가 원고가 되어 소송을 제기하면 어떻겠느냐고? 그래서 전문가를 찾았다. 자신들의 생각이 말이 되느냐고 물어보고 싶었다.

주민들의 말을 들은 후 법률검토를 해 보겠다고 하고 회의를 마쳤다. 이런 형태의 분쟁은 통상 이렇게 진행된다. 축산업자가 축산업허가 신청을 하면 행정청은 법에서 정한 기준에 맞으면 허가한다. 이 단계에서 인근 주민이 반대민원을 제기하거나 행정청을 상대로 축산업허가처분을 취소하라는 소송을 제기한다. 소송을 제기하는 주된 이유는 축산폐수로 인한 환경훼손이다. 법에서 정한 기준을 다 충족하더라도 인근 주민이 반대하면 사업을 하기 어려운 것이 현실이다. 그런데 문제는 누가 원고가 되는가 여부다. 통상은 피해를 입는 지역의 주민들과 그들이 만든 환경단체 등이 원고로서 소송을 제기하는데, 인가로부터 멀리 떨어진 지역에서 축산업을 하겠다는데 누가 무슨 피해를 입는지를 입증하는 것이 문제다. 현재의 법률에는 이런 상황에 대한 고려가 없다. 사람 중심의 법체계이기 때문이다.

그들이 놓고 간 자료를 통해 2017년 뉴질랜드 사례를 보았다. 왕거누이 강에게 법인격을 인정한다는 내용이다. 강이 회사처럼 권리를 가지고 소송도 제기할 수 있다는 말이다. 놀라운 생각이다. 인도에서는 2017년 고등법원이 갠지스 강에 법인격이 있다고 결정한 사례도 있다. 권리가 인정되면 강은 대리인을 통해 강 명의로 강물을 오염시키는 이들에게 소송을 제기할 수 있다. 변호사로서 국내 사건에만 관심을 가지는 동안 세상은 놀랍게 변하고 있었다. 뉴질랜드 법원은 강을 특별하게 보호해야 한다는 원주민의 주장을 받아들였다. 마오리족은 "강의 건강은 강 주변에 사는 사람들의 건강과 직접적인 연관이 있고, 강 그 자체의 정체성을 인정받아야 한다."고 주장했다.

우리나라에도 이런 시도가 있긴 했다. 2003년 고속철도 사업을 진행할 때 양산시 부근 천성산의 도롱뇽 보호를 위한 도롱뇽 소송이다. 그때 도롱뇽이 원고가 되고 '자연의 친구들'이라는 시민단체가 도롱뇽 대리인으로 소송에 참가했는데, 법원은 도롱뇽에게는 소송을 제기할 자격이 없다고 판단했다. 그 무렵 학자들 중에는 도롱뇽에게도 소송을 제기할 권리가 있다는 주장을 하는 분도 있었지만 현행법의 해석으로는 무리고 입법적으로 해결되어야 한다는 주장이 다수였다.

뉴질랜드 소식을 찬찬히 살펴보다가 왕거누이 강은 오랫동안 원주민들의 삶의 터전이었고 원주민들이 신성시하는 지역이라는 사실에 주목하게 되었다. 비무장지대가 소송을 제기하려면 그 지대를 특별하게 보아야 할 이유가 있어야 한다. 비무장지대만의 고유한 생태계, 이 지역에 뿌리를 둔 사람과 자연의 특별한 관계를 주장할 수 있어야 한다.

사무실 의자에서 잠깐 잠이 들었나 보다. 창밖이 소란하여 일어났다. 꿈에서 본 모습이 생생하다.

법정에는 남북주민이 함께 앉았다. 그들이 판사 앞에 선 나를 쳐다본다. 비무장지대를 사이에 둔 남북 주민들이 환경보호를 목적으로 뭉친 것은 얼마 전의 일이다. 임진강 강물로 농사를 짓고, 봄이면 황복을, 가을이면 민물 게를 잡으며 조상 대대로 살고 있는 주민들이다. 분단으로 서로 왕래가 끊어졌지만 각자 강에 기대어 살고 있다. 그들이 주장한다. "이곳에 사람이 살지 않는다고 말하지 말라. 군인이 막고 있어서 그렇지 비무장지대가 내 집이다. 지금 사는 곳은 비무장지대 밖이지만 땅과 물, 공기는 다 연결되어 있다. 사람만 철조망을 쳐 놓고 오가지 않을 뿐이다. 주민들은 환경 변화를 느낀다. 우리는 깨끗한 환경에서 살고 싶다." 그들이 외치는 소리가 들린다. 그들의 말에 힘을 얻어 변론을 시작하려다가 잠에서 깨어났다.

책상 위에 펼쳐진 헌법책에는 헌법[5]은 건강하고 쾌적한 환경에서 생활할 권리가 있다고 선언하지만 비무장지대나 임진강이 축산업자를 상대로 소송을 제기할 수 있다는 법률은 제정된 바 없다. 이런 생각이 들었다. 그래 한번 해 보자, 안 될 일이 무엇인가? 해 보고 나서 말하자. 다른 나라 사람들이 하는 일인데 우리라고 못 할 일이 있겠는가? 이 기

---

5 헌법 제35조 ① 모든 국민은 건강하고 쾌적한 환경에서 생활할 권리를 가지며, 국가와 국민은 환경보전을 위하여 노력하여야 한다. ② 환경권의 내용과 행사에 관하여는 법률로 정한다.

회에 남북주민이 서로 만나는 것도 좋고, 비무장지대 안의 무장상태를 치우고 평화의 땅으로 되살리는 것도 좋다. 한번 해 보자. 꿈인 듯 생시인 듯 외친다.

(2021. 3.)

독자와 저자가 함께 쓴 글

　　북한 연구자들 모임에 참석하고 토론하면서 통일을 생각한다. 전문가들이 모이면 각자가 알고 있는 현재의 남북관계 정보를 주고받는다. 그러면서 지금 우리는 무엇을 해야 하는가를 의논한다. 대개 의견이 일치하지만 가끔 서로의 생각이 다를 때는 그 이유가 무엇인지 논쟁할 때도 있다. 혼자 생각하는 것보다는 여럿이 의논하는 것이 더 낫다. 다양한 관점에서 볼 필요가 있는 북한문제는 더욱 그렇다. 건강한 토론의 자리가 더 많이 더 자주 있어야 한다. 그러면서 한 걸음씩 앞으로 나아가야 한다. 통일은 우리가 만들어 가야 할 공동체의 미래다.

임진각에서

2023년 11월 초, 토요일 아침에 임진각으로 갔다. 주차장에 차를 세우는데, 사람이 제법 많았다. 변협 통일문제연구위원회 위원들이 분단현장을 답사하는 행사, 7명의 위원이 참석했다. 신청서를 작성하고 버스 이용료를 내려고 줄을 섰다. 제법 긴 줄에는 DMZ 투어를 하러 온 외국인이 많았다. 이른 아침에 외국인 관광객이라니, 나는 예상치 못한 상황에 깜짝 놀랐다. 우리에겐 분단 현장이지만 외국인들에겐 서울에서 가까운 특별한 관광지인 듯싶었다. 신분증을 보여주고 표를 사서 30분 단위로 출발하는 버스를 탔다. 민통선을 넘어가는 여정이라 허가된 버스를 타야 들어갈 수 있다. 버스를 타고 검문소에서 군인들에게 신분증을 보여주는 절차를 거쳐 민통선을 넘었다. 그렇게 제3땅굴 광장에 도착했다. 홍보영상관에서 북한의 남침 사례에 대한 영상을 보았으나 별 감흥은 없었다. 땅굴로 들어가는 방법은 지하로 연결된 궤도차를 타거나 걷는 것, 일행은 걷기로 했다. 안전모를 쓰고 비스듬한 길을 걸어 땅굴까지 250미터쯤 내려갔다. 지하통로는 땅굴 견학용으로 만든 것인데, 환기와 조명시설이 좋아서 불편하지 않았다. 10여 분을 걸어 지하 70미터쯤에서 땅굴을 만났다. 북쪽 방향으로 난 길을 따라 땅굴을 100미터쯤 걸었다. 높이가 낮은 편이라 고개를 숙이고 걷는 구간이 많았다. 돌아서 나오는 외국인들과 교차하면서 눈인사를 나누었다. 외국인들은 이곳에서 무엇을 볼까? 그들은 무슨 생각을 할까 궁금했다. 천 년 이상의 세월을 같이 살았던 한 나라가 외세에 의해 분단된 채 78년이 지난 것, 그냥 분단 상태가 아니라 서로 총을 맞대고 있는 적대관계라는 것, 70년 전에 종료된 전쟁이 아직도 끝나지 않아 지금도 정전 상태라는 것, 이런 곳은 전 세계에서 유일하다는 것, 번화한 서울에서 1시간 거리에서 북한을 볼 수 있다는 것, 이런 것들이 묘한 매력인가 짐작한다. 역설의 관광지다.

땅굴을 본 후 다시 버스로 이동했다. 그곳은 언덕 위의 전망대. 전망대 옥상에서 개성이 내려다보였다. 개성공단도 보이고 그 너머 뒷산은 송악산이지 싶다. 3층 찻집에서 커피를 마시며 이야기를 나누었다. 여기도 외국인 단체여행객이 많았다. 종업원은 영어로 주문을 받는 데 익숙했다. 나는 옥상정원의 망원경을 통해 본 북한의 마을과 개성공단의 모습을 더 보고 싶었다. 창가 자리에 앉아 개성분지를 한참 동안 보았다. 군사분계선이 보이고, 남북 사이를 흐르는 강도 보이고, 저 멀리 개성시내도 보였다. 송악산 아래 만월대는 찾지 못했다. 그렇게 개성분지를 내려다보다가 문득 깨달았다. 개성은 산으로 둘러싸인 분지이고 그 가운데 강이 흐르고 있는 천혜의 땅이다. 통일이 된다면 이곳에 수도를 세우면 좋을 것 같았다. 인구 30만 명 정도의 행정도시를 건설하기에는 최적지로 보였다. 분지라 시가지로 할 구역이 넓은 편이고 강이 흘러 도시생활에 필요한 물 걱정도 없어 보였다. 더구나 이곳은 분단의 최전선이라는 이유로 마을과 시설물도 거의 없다. 새로운 수도 후보지로는 엄청난 장점이다. 이곳에 통일한국의 수도를 건설한다면 분단의 현장을 통일의 현장으로 바꾸었다는 상징성이 생긴다.

현장에 가야만 볼 수 있는 것이었다. 이날 여행은 개성분지를 본 것으로 충분했다. 다시 버스를 타고, 통일촌 마을에 들렀다. 상가 구역이다. 파주와 장단의 명물인 농산물을 파는 마트와 식당이 있다. 일행은 매장에서 장단콩과 기념품을 샀다. 민간인 통제선 밖으로 나올 때도 군인들이 신분증을 확인했다. 버스 안에서 신분증을 꺼내고 군인의 확인을 받는 것은 오랜만에 해 보는 일이다. 수십 년이 지나도 변하지 않는 일도 있다.

늦은 점심은 임진각 부근 두부집에서 먹었다. 식사 전에 회의를 겸하여 간단히 소감을 들었다. 임진각은 처음이라는 사람일수록 감동이 컸다. 버스 기다리면서 본 자유의 다리, 증기열차, 납북자박물관, 미군 참전 기념비에 대한 이야기도 있었다. 서울에서 1시간 거리에 이런 곳이 있다는 것이 놀랍다는 말이 많았다. 나는 개성시를 내려다보면서 커피를 마시는 것이 비현실적이었다고 말했다.

토요일 아침 조금 일찍 일어났을 뿐인데 지금 여기서 무엇을 보고 있는가 새삼스럽기도 했다. 신분증을 지참하고 표를 구매하고 버스를 타야만 갈 수 있는 곳이지만 그래서 더욱 매력이 있는 곳, 임진각을 다녀왔다.

(2023. 11.)

독자와 저자가 함께 쓴 글

『평양에서 재판하는 날』이라는 에세이집을 발간했다. 출판사에서 책을 구매해서 주변 분들에게 나누어 주고, SNS에 출판소식을 알렸다. 감사인사와 함께 소감문을 여럿 받았고, 어떤 분은 SNS에 평을 올렸다. 독자의 평은 향후 글쓰기에도 영향을 미친다. 아래 글은 독자평에 내 소감을 괄호에 넣어 추가한 것이다.

"…글도 잘 쓰시고 깊은 생각도 배어 있어서 아주 유익하고 재미있었습니다. 덕분에 북한 문제에 대해서 진지하게 생각해 보는 좋은 기회가 되었습니다. 고맙습니다. 앞으로도 좋은 글 기대합니다." (대학동기로 법관인 친구로부터 받은 칭찬, 기분 좋다.)

"교수님, 책 구매해서 몇 시간 만에 다 읽었습니다. 이런 책을 써주셔서 감사합니다." (대학원 강의에서 만난 청년, 청년들이 읽기를 바라고 낸 책인데, 이런 평을 들으니 책을 낸 보람이 있다.)

"…책 재미있게 잘 읽었고요. 북한과 통일에 대한 변호사님의 관심과 열정이 느껴져서 좋았습니다. 내친김에 『북한을 보는 새로운 시선』도 샀어요. 지금 훑어보니까 앞으로 제 연구에도 큰 도움이 될 만한 좋은 내용이네요. 알찬 공부할 수 있는 기회 주셔서 감사합니다." (통일연구원에 근무하는 경제학 박사, 경제학자에게도 도움이 되었다니 뿌듯하다.)

"…펴자마자 한 번에 완독하였습니다. 의미 있고 흥미 있는 내용이었습니다… 평양사무소에서, 무하국 이야기… 다음번에 만날 때 저자 사인 부탁드립니다." (그럼요, 얼마든지 사인해 드리지요. 미래 이야기에 흥미가 있으셨군요. 새롭게 시도한 형식인데 관심을 가져주셔서 힘이 납니다. 시민단체에서 만난 분인데 떡 한 상자와 함께 문자메시지를 보내주셨다.)

　"…한 주간 업무를 마무리하고 읽었습니다. 책을 읽으면서 많은 생각을 하였고, 그 생각이 이어져 잠을 제대로 이루지 못했습니다. (잠까지 설치시다니!) 변호사님이 20년간 북한법을 연구하고 북한을 생각하면서 통일을 염원하였는데, 통일부에 근무하는 사람으로서 변호사님만큼 많은 경우의 수를 생각하고 업무를 하였는지 반성하였습니다. (반성의 계기가 되었다니, 저도 자세를 바로잡습니다.) 통일이라는 큰 과업을 어떻게 달성할 것인지 담론조차 합의하지 못한 상태에서 우리에게 액션플랜이 있는지 반성합니다. 앞으로 제 책꽂이에 항상 비치해 두고 나태해지거나 게을러질 때마다 읽겠습니다." (통일부 과장, 독후감을 정리해서 문서로 만들고 그것을 사진으로 보내주셨다. 그 정성에 감사 드린다.)

　"우봉 아재, 책 흥미롭게 읽고 있어요. 북한주민을 왜 도와주느냐는 물음에 대해서는 남한 국민이 동의할 뭔가가 있어야 한다고 봅니다 (나도 그렇게 본다.) 너무 어려운 문제네요. 평양에서 재판하는 날 3건의 가상재판은 흥미롭습니다. 엄청난 청사진이네요. (와우, 흥미로웠다니… 나도 기쁘다.) 개성공단 중단 책임을 개별 회사가 지는 건 좀 무책임한 면이 있네요. 애초에 이런 경우에 대한 손해배상책임을 명확히 했으면 헌재까지 가지도 않았을 텐데요. (그러게 말이야. 지금 시점에서 법을 개정한다면 어떻게 해야 할까?) 평소 북한에 대한 관심도 없이 무하국 사람처럼 서로 두렵고 무서운 존재로만 여겼네요. 아재가 주장하신 대로 같은 민족이 더이상 분열하면 안 되고 서로 대화하고 소통하면서 조금씩 알아가다 보면 접점이 생기고 그렇게 통일로 갈 수 있다고 생각하시는데 동의합니다. 제가 딴 건 못해도 아재가 하시는 거 응원은 해 드릴게요. 언젠가 아재의 희망이 이루어지시길 기원합니다." (지방공무원인 조

카로부터 받은 소감, 약간 두서없이 글을 보내기는 했지만 청년층이 이 정도로 반응해 준 것은 기쁜 일이다.)

"…더위에 어떻게 지내시지요? 책 잘 읽고 있습니다. 아주 공감 가는 부분이 있네요. 특히 '북한 출신 아버지는 왜 말이 없었을까'라는 내용은 저도 경험한 내용입니다. 부친이 평안남도 출신입니다. 한번 놀러 오세요." (경남 바닷가에 사는 지인이 전화를 했다. 그가 북한문제에 관심이 있을 줄 몰랐다. 북한문제는 전 국민 모두의 문제이고 전 국민이 전문가다.)

"책 속의 한 문장에 즐거웠습니다. 너와 나의 생각이 서로 다를 때는 어떻게 해야 하는지 생각했다. 각자 자기주장의 근거를 공개하고 제3자의 공감을 얻을 수 있을지 논의하면서 답을 찾아 나갔다. 남북 사이의 일도 그럴 것 같다. 내 뜻대로 되는 일은 많지 않을 것이다. 우선 상대의 생각을 알아야 하고 내가 할 수 있는 일 그리고 해야 할 일도 찾아야 한다. 그런 과정을 통해 도달할 수 있는 미래 그것이 통일이라 믿는다." (국토연구원 박사, 책 속의 한 문장을 인용해주시는 분도 고맙다. 인용될 만한 수준의 글을 써야겠다고 다짐한다.)

"…문학적 가치가 충분할 뿐만 아니라 남북교류 지침서로서도 손색이 없습니다. 재미있어서 읽기 시작하면 끝까지 책을 놓지 못하게 만드는 매력 있는 책입니다." (수필 작가, 문학평론도 하는 분인데 좋게 보아주시고 재미있다고 하니 글이 되긴 한 것 같다.)

"…존경합니다. 그리고 부러워합니다. 의미 있고 보람 있는 일을 하며 살고 있군요. 나를 돌아보게 합니다. 북한과 통일문제에 대한 새로운 시각을 갖게 되었습니다. 꼭 재판 내기 바라면서 수정할 곳을 적어 보냅니다. 오탈자 없는 책의 발간은 신의 영역입니다." (70대의 작가 분이 책을 다 읽으셨고, 새로운 시각을 가졌다니 감사하다.)

"존경하는 형님이 쓴 책이지만 솔직히 기대하지 않았다. 통일과 남북한에 관해 쓴 책, 더구나 법조인이 법과 관련해 쓴 책이니 다소 딱딱하고 어색하고 불편하지 싶었다. 통일에 대한 논의는 고리타분하고 피상적일 듯도 했다. 그런데 완전히 예상 밖이었다. 통일이 이렇게 재미있는 주제가 될 수 있고 우리 일상에서 이만큼의 논의가 가능하다는 것이 신기했다. 각각의 사례들은 의미도 깊고 재미도 있었다. 특히 형님의 발랄함에 감탄을 연발했다. 남북한 사이 서로 다른 법을 두고 펼친 상상력은 기발함 그 자체다. 법이 다른 것도 그렇지만 그 차이를 상상의 사건으로 꾸며 재미있게 구성한 것이 놀라웠다. 제5장은 아예 콩트나 우화집으로 꾸며져 있다. 동서로 나뉜 무하국에서 사랑을 키우고 헤어지는 도도와 나나의 이야기를 통해 남북한에서 일어난 이야기는 분단과 갈등, 세뇌와 강압을 다루었다. 그래도 형님은 끝내 통일의 희망을 놓지 않는 듯하다. 여기에 나오는 금자를 찾는 무하국 청년이야말로 분명히 형님의 모습일 것이다…. 손자에게 통일 이야기를 들려주고 경주행 고속 열차를 타게 하는 그날이 꼭 왔으면 좋겠다." (고향 후배이자 언론인이 인스타에 올린 글이다. 그는 책을 몇 권 낸 작가다. 전문가로부터 호평을 받은 기쁨, 읽히도록 썼다는 뿌듯함이 있다.)

"…부드럽고 진솔한 시선 속에 따뜻하고 묵직한 고민이 담겨있다. 저자의 일상 속 다양한 소재를 자연스럽게 풀어내면서 자신의 생각을 솔직하게 드러내었다. 아들과의 대화, 독서 후 단상, 강의와 연구, 여행과 출장 속에 겪었던 에피소드가 어느새 통일이라는 주제와 맞닿게 된다. 저자의 상상력이 가미된 수필도 여럿 있다. 먼 훗날 평양에서 재판에 참여하게 될 자신을 그려보며 그때 나타날 다양한 법률문제와 사회 현상을 다루기도 하고, 무하국(無何國)이라는 가상의 나라를 통해 소설 형식으로 남북한 현실을 우화처럼 드러내는 글도 실었다. 전문가적 식견을 담으면서도 통일과 관련한 다양하고 민감한 주제를 피하지 않고 자신의 생각의 변화, 한계까지 솔직하게 드러내었다. 2016년부터 2022년까지 남북관계가 롤러코스터를 타던 시기에 쓴 글이라 더욱 우리의 현실을 돌아보게 한다." (시민단체 사무국장, 북한학 박사이기도 한 그는 정기적으로 신간도서를 소개하는 데 내 책도 소개대상이 되었다. 북한 연구 동반자의 칭찬에 힘이 난다.)

책을 냈고 독자의 평을 들었다. 칭찬받으면 책을 낼 때의 힘들었던 고생이 싹 사라진다. 이런 맛에 책을 내는지도 모르겠다. 다른 분의 책에도 성의 있는 서평을 해 드려야겠다고 다짐한다. 책을 낸 작가에게는 글로써 칭찬해드리는 문화를 만들어 가고 싶다. 이 글의 절반은 독자의 글이다. 그래서 독자와 저가가 함께 쓴 글이다.

(2023. 8.)

말도 많고 탈도 많은 북한 인권법

2023년 11월 초순 시청 부근 회의실, 한국법제연구원이 주최한 통일법 포럼 행사. 윤여상 북한인권정보센터 소장이 "북한인권법의 현안과 쟁점"을 발표하고 토론했다. 11년간의 논의 끝에 북한인권법이 제정되었지만, 7년이 지나도록 북한인권재단의 이사진을 구성하지 못해 사실상 사문화된 법률, 이 법률의 문제가 무엇이며 우리는 무엇을 해야 하는가를 논의했다. 약 30명 정도의 청중은 모두 토론자가 되어 토론문을 작성해서 사전에 제출했고, 그것이 자료집으로 미리 배포되었다. "인권은 정치와 무관해야 하지만 가장 정치적인 성격이 강한 영역이다."는 말이 이 문제의 복잡성을 보여준다.

마침 발표자의 옆자리에 앉은 덕분에 궁금증을 해소할 수 있었다. 여야 합의로 제정된 법이 집행되지 않는 이유는 법제정 당시 민주당의 핵심 24명이 기권을 했는데, 지금까지도 그 의원들을 설득하지 못하기 때문이다. 정부는 이들을 설득해야 한다. '인권이 비정치적이어야 한다는 원칙은 어떻게 유지할 것인가?'라는 질문에 대해 윤여상은 'UN인권결의안에 남한은 기권하기도 하고 불참하기도 하는 등 정권에 따라 입장을 바꾸었는데, 그럴 것이 아니라 일관되게 참여해서 의견을 개진해야 한다'고 말했다. '그렇게 일관되게 행동하면 북한도 국제사회도 변한다. 그것이 인권문제를 비정치적으로 관리하는 방편'이라고 주장했다. 탈북자를 상대로 인권침해사례를 조사해 보면, 1990년대 입국한 분들에 비해 최근에 입국한 분들은 인권침해사례가 대폭 줄었고, 침해의 정도도 가벼워졌다고 대답한다. 그만큼 북한이 변한 것이다. 정작 변하지 않는 것은 북한이 아니라 북한을 보는 우리의 시선일지도 모른다. 윤여상은 정부에 대해서도 쓴소리를 많이 했다. 그가 정부에 북한인권정책을 제안하였더니, 처음에는 북한인권법이 만들어지지 않아서 실행할 수 없다고 하다가, 막상 법이 제정된 이후에는 북한인권재단이 구성되지 않아서 실행할 수 없다고 변명한다. 그가 보기에는 법률의 근거가 없어도 의지만 있으면 추진 가능한 일이 많은 편인데, 의지가 없는 것을 법률의 미비로 핑계를 대는 것이다. 자신은 정부에 쓴소리를 하는 편이라 어느 때부터는 정부위원회에 위촉되지도 못한다고 했다. 전문가들이 대거 참여하는 이 회의에서 평소 하고 싶었던 말을 모두 하는 듯 보였다. 사실 이런 이야기를 할 곳이 마땅치 않은데 통일부와 법무부의 공무원이 다수 참석한 이런 자리에서 시원하게 말 잘한다 싶었다.

　윤여상은 '남북한 주민의 자유왕래를 선언하고 추진하자'는 것이 자신의 오랜 주장이라 했다. 그것은 평소 내 생각이기도 해서 구체적으로 물었다. 그런 말을 하면 정부 측에서는 무어라고 답변하더냐고 물었다. 너무 과격하다고 비현실적이라고 지적하더란다. 자유왕래가 무엇이 과격하냐고, 북한으로 가기를 원하는 비전향장기수나 북한이 고향인 나이 많은 사람을 일시적이거나 영구히 보내겠다는 것이 무슨 문제냐고 동조했다. 그러면서 공무원들이 그런 말을 하는 속내는 무엇이더냐고 다시 물었다. 방북승인이 자신들의 권한인데 자유왕래가 되면 인허가권이 없어진다고 하더란다. 국정원도 부정적인 입장인데 윤 소장이 보기에는 자유왕래가 허용되면 국정원은 할 일이 늘어나서 좋을 것 같은데 공무원들은 기존의 제도를 바꾸려 하지 않는 것 같다고 했다. 이날 우리 둘은 자유왕래지지파가 되었다. 세계인권선언에도 "모든 사람은 자기 나라로 돌아갈 권리가 있다."는 내용이 있다고 하면서 지금이라도 남한 정부가 그런 선언을 해야 한다고, 먼저 남한이 선언하고 만일 북한이 수용하지 않으면 그것을 비난하고 압박해야 한다고, 자유 왕래는 돈이 드는 것도 아니고 대북제재와도 무관하다고 열띠게 이야기했다. 법학자들이 자주 언급하는 남한 헌법에도 거주이동의 자유가 있고, 북한 헌법에도 마찬가지의 권리가 있다. 헌법이 규정하는 기본권을 실현하겠다는데 누가 무슨 이유로 반대할 것인가. 그런 이야기를 한참 하다가 현실로 돌아왔다. 현 정부는 자유왕래를 허용할 의사가 없어 보인다는 점에 둘 모두 공감했다. 세상사 중에는 이치는 간단한데 실행되지 않는 일이 더러 있는데 이것도 그런 일이다. 오랫동안 자유왕래가 되지 않았다고 해서 앞으로도 그래야 한다는 것은 논리가 아니다. 그런 말은 기왕의 관습을 따르자는 말이고, 기왕의 것을 바꾸고 싶지 않다는 말이고, 그런 것이 지금 나에게 도움이 되기 때문이고, 민감한 남북문제에서 돌팔매를 맞기 싫다는 말이다. 한심하고 가슴 아픈 일이다.

(2024. 1.)

이젠 새로운 세대에게

언제부터인가 나는 남북문제에서 진영논리와 고정관념을 극복해야 한다는 생각을 한다. 과거의 생각을 그대로 가진 채로 미래로 가기는 어렵다. 언론 보도를 볼 때 이런 생각이 자주 든다. 시대가 변하고 상황이 변했는데, 전문가들의 주장은 왜 예전 그대로일까?

사례를 하나 들어보자. "남북관계를 되돌아보면 북한이 합의해 놓고도 지킨 것을 거의 찾아볼 수 없다. 북한이 미사일을 쏴도 우리 정부는 도발이라는 표현을 쓰지 않았다. 북한주민까지 우리 국민으로 생각하고 당근과 채찍을 모두 쓰면서 대처해야 효과를 얻을 수 있다."[6]는 인터뷰 기사를 보았다. 이 말이 맞을까? 통일부 자료를 보면, 남북한 사이에 258건의 합의가 있었다. 합의서를 하나씩 검토해 보면 합의내용 중 이행된 것이 상당히 많다. 물론 이행되지 않은 것이 더 많을 수도 있다. 어떻든 기사 내용이 맞다고 보기는 어렵다. 제3자의 입장에서 보더라도 한쪽(북한)이 약속을 전혀 지키지도 않는데 다른 쪽(남한)이 수십 년간 그렇게 많은 합의를 하였다면 그 다른 쪽(남한)은 사리분별도 못하는 바보란 말인가? 다음으로, 북한주민도 우리 국민으로 생각하자는 주장을 보자. 남한의 정책 당국자들은 북한주민을 진정 남한국민으로 보았던가 자문해 보아야 한다. 이 주장은 말 그대로 우리의 생각의 문제다. 우리가 그렇게 생각했는지는 가만히 돌이켜 볼 일이다. 고난의 행군 시기, 북한 주민이 굶어 죽을 때, 그 이후 기근에 시달릴 때 같은 국

---

6 오현환 논설위원의 청론직설, 김석우 전 통일원 차관, "북핵 미사일 해법은 한미 동맹 강화와 북한내 표현의 자유 확대"(서울경제 2022. 2. 17.) 우연히 본 기사다.

민으로서의 최소한의 의무를 다했는가 생각해 보자. 대부분의 남한 주민들은 그런 사태를 마음 아파했지만 한 나라에 사는 국민이라고 여기지는 않았다. 그렇다면 위 언론 기사는 객관적 사실에도 맞지 않고 기왕의 사건과도 맞지 않는다.

통일연구원 등 국책연구기관이 연합하여 남북기본합의서 발효 30주년을 기념한 학술행사를 열었다. 이때 들었던 내용 중에 기억에 남는 것이 있다. 남북기본합의서에서 남북 사이의 관계를 '통일을 지향하는 잠정적 특수관계'라 표현한 것이 무슨 말인지, 남북 사이를 두 개의 나라로 보자는 이른바 two korea를 받아들이자는 주장에 대해서는 어떻게 생각하는지 묻는 질문이 있었다. 전직 통일부장관과 저명한 학자들은 '두 개의 한국' 주장은 받아들이기 어렵다고 했지만 왜 그런지는 명확히 설명하지 못했다. 그들이 무엇이라 설명했지만 나는 그들의 말을 이해하지 못했다. 남북합의서의 문구는 그 당시의 남북 대표들이 합의한 것이다. 합의문은 의미가 있지만 그것이 절대 진리는 아니다. 1991년에 만든 합의서는 그로부터 한 세대의 기간이 지난 지금은 달리 해석할 수도 있다. 앞 세대가 자신이 만든 해석을 뒤 세대에 강요할 권리는 없다. 기왕에 합의한 것이니 가급적 존중하자거나, 그렇게 하는 것이 공동체의 이익을 위해 도움이 된다고 설득할 수는 있겠지만 그때의 합의과정에 참여하지 않은 지금의 남한주민들에게 일단 합의된 것이라는 이유로 그 견해를 받아들이라고 요구할 수는 없다.

나는 남북합의서의 위 말이 무슨 의미인지 생각한다. '통일을 지향하는' 이 문구는 지금도 유효하다. 여론조사에도 아직 과반수의 시민이 통일을 지향한다. '잠정적 특수관계' 이건 무슨 의미일까? 잠정적이란 말은 시간 단위다. 일시적이란 말이다. 합의시점으로부터 30년 이상 지났으면 객관적으로도 상당한 시간이 흘렀다. 당시 생각한 '잠정'이 아직도 유효한지 재검토해야 한다. '특수관계'는 또 무슨 말인가? 다른 나라에서는 찾기 어려운 독특한 사례라는 말인 듯싶다. 분단된 지 78년이나 된 지금도 남북이 모두 주장하는 통일을 이루지 못했고, 적대감도 여전한 남북 양측은 특수하다면 특수하다. 냉전이 끝나고 새로운 세기인 21세기가 시작된 지도 20년 이상 지났다. 지금 전 세계는 4차 산업혁명이 진행 중이고 코로나19로 비대면 주문과 화상회의를 경험하고 있다. 그런 엄청난 변화에도 남북 사이의 관계는 30년 전이나 지금이나 큰 변화 없이 지지부진하다. 지금은 적대적인 이웃나라라 해도 될 그런 사이가 되었다. 남북이 붙어 있지 않고 뚝 떨어져 있었다면 서로 아웅다웅하지도 않을 것이다. 한편으론 북한을 향해 교류협력을 하자고 하면서 다른 한편으론 북한은 여전히 반국가단체로 보는 남한법원의 판단이 유지되어야 하는지도 잘 모르겠다.

1991년 합의서 체결 무렵에 국정에 참여했던 분들이 지금에 와서 자신의 견해를 바꾸기는 쉽지 않을 것이다. 공무원이었다면 자신이 현역으로 활동하던 10년 전 혹은 20년 전의 경험을 바탕으로 지금의 현실을 설명하기 쉬울 것이다. 그런데 그런 분들의 말을 지금도 존중해야 할지는 현재를 살아가는 사람들이 선택할 몫이다. 지난 30년 동안 현실은 상당히 바뀌었다. 북한에선 김일성과 김정일이 사망하고 김정은이 집권한 지도 10년이 넘었다. 미국은 부시, 오바마, 그리고 트럼프를 거쳐 바이든이 대통령이 되었다. 남한에선 정권교체가 몇 번 있었다. 국제정세도 변했다. 중국의 부상과 미·중 갈등이라는 새로운 국제질서가 형성되었다. 이런 것들은 모두 30년 전에는 예상하기 어려웠다. 지금부터 30년 전에 고위 관료로 있었거나 전문가로 일했던 분들의 시각은 자신들의 활동시기에 고정되었을 가능성이 있다. 언론은 이미 검증된 전문가의 의견을 보도하는 것이 편한 것 같다. 시민들은 언론이 보도하는 인물의 경력을 보고 그들의 전문성을 존중한다. 기존에 형성된 프레임으로 현재를 설명하면 이해하기도 쉽다. "당신의 선택은 어느 쪽인가? 우방국 미국인가, 무례한 중국인가"라는 틀, '안보는 미국, 경제는 중국'이라는 틀은 설명이 쉽다. 그런데 현실은 그렇게 단순하지 않다. 이분법으로 나눈 둘 다 아닐 수도 있고, 두 주장에 진실이 조금씩 섞였을 수도 있다. 그럴 땐 현실을 어떻게 이해할까? 현실을 설명할 새로운 틀을 만드는 것은 연구자들에게도 힘든 일이다. 과거 전문가들의 설명을 들으면 뭔가 이상하고 시대에 맞지 않는다는 느낌이 들기도 하지만, 현안에 대한 집중도가 낮은 일반 시민들로서는 뭔가 납득이 되지 않는다는 느낌이 들어도 그것이 왜 그런지, 그렇다면 내 생각은 무엇인지를 말하기는 어렵다. 나도 마찬가지다. 북한학 박사로 북한을 연구하지만 나는 주로 법률의 측면에서 현실을 보는 것이라 안보나 경제는 잘 모른다. 남북한의 국력 차이가 50배가 넘는다는데 왜 남한의 군사력이 북한을 압도하지 못하는지, 북한의 핵이 비대칭전력으로 위협적이기 때문에 우리도 맞대응 준비를 해야 한다는데 도대체 어떻게 무슨 준비를 해야 한다는 것인지, 핵무기가 실제로 사용될 가능성은 얼마나 될지 답변이 쉽지 않은 질문만 겨우 할 뿐이다.

중국 작가 루쉰(1881~1936)의 산문을 읽으면서 100년 전 중국 지식인의 고민을 되새겼다. 루쉰은 '중간물'이라는 독특한 개념을 주장한다. 자신은 어둠의 마지막 인물이며 새 시대의 주인공이 못 된다는 생각이다. 내가 새 시대를 열어주겠다는 게 아니라 나는 어둠과 같이 쓰러질 터이니 청년들이 새로운 세상에 우뚝 서라고 말한다. 자신을 포함해 어른들은 깨끗한 척해도 때가 묻어 있다는 죄인 의식 혹은 희생 의식을 가진다. 역사가 발전하려면 그렇게 해야 한다는 생각이다.

그가 말한 중간물은 앞 세대와 뒤 세대를 이어주는 다리와 같은 역할이다. 자신은 전통사회에서 나고 자랐지만 근대화된 세상을 경험했다. 다음 세대를 위해 나아갈 길을 제시하지만 자신은 그들을 건너게 해주는 역할에 충실하고 앞 세대와 함께 사라지겠다는 다짐이다. 북한 연구에서도 이런 역할이 필요하지 않을까. 냉전시대에 형성된 생각의 틀이 가진 한계를 지적하고 이제는 그 틀을 벗어나야 한다는 방향을 제시하자. 그렇게 하여 다음 세대들은 과거의 유산을 징검다리 삼아 짚고 나가서 새로운 땅을 밟게 하자. 냉전시대, 분단국가의 틀은 그동안의 경험으로 충분하다. 전 세계적 차원에서 냉전이 종식된 지금은 그 틀을 벗어나 새로운 틀을 세워야 한다. 그것이 복지국가든 시장경제든 또는 사회연대든 과거에 얽매이지 않기를 바란다. 나는 징검다리를 만드는 돌을 한 덩이 놓고 싶다. 새로운 땅에 발 디디지 않고 징검다리에 그대로 남아도 좋다. 루쉰이 왜 그런 생각을 하게 되었는지를 곰곰이 생각해 본다. 기성세대는 왜 강을 건너지 말아야 할까. 기성의 권위로 새로운 생각을 제약할까 봐 걱정한 것은 아닐까. 누가 기성세대인가, 지금 남한에선 586세대다. 바로 나의 세대다.

내가 아니면 안 되는 일은 죽는 일뿐이다. 내 죽음은 다른 사람이 대신할 수 없다. 그 밖의 다른 일은 누군가 대신할 수 있다. 진정한 리더는 자신이 없을 때 조직이 제대로 돌아가는지 보면 안다. 지난 수십 년간 남북관계는 어떠했는가? 기성세대가 없어진다고 하여 문제가 될 것인가? 그렇지는 않을 것 같다. 장강의 뒷물이 앞물을 밀어내는 것은 앞물이 할 일을 다 했기 때문이다. 이젠 새로운 세대에게 길을 열어주어야 한다.

(2023. 8.)

평양문화어보호법을 아십니까

최근 북한소식(데일리NK, 2023. 3. 29.)이다. '인쇄공장, 사진관, 대학 들이쳐 반사회주의·비사회주의 검열, 대학생들 다수 붙잡혀가'라는 제목 아래 함경북도 반사회주의·비사회주의 연합지휘부(연합지휘부)가 "인쇄공장과 사진관들, 개인 디지털 사진기를 등록·보관하고 있는 대상들, 대학 도서관과 콤퓨터(컴퓨터)실, 대학생들의 노트콤(노트북) 등에 대해 일주일간 정식 검열 중이고, 이번 검열은 '평양문화어보호법'이 제정된 뒤 실시된 첫 검열로, 이제껏 말로 좋게 해서 기다려주면서 스스로 퇴치하고 반성할 기회를 주었는데 여전히 국가법을 우습게 아는 자들이 있다면 법의 맛을 보여주려는 것이다." 사진관과 디지털 사진기를 가지고 있는 개인들이 결혼사진, 환갑사진, 생일사진 등을 찍어주는 것은 허용되나 뒷배경을 하와이 등 해외 휴양지나 해외 고층 건물들, 한국 자동차 등으로 해서 합성하는 것은 안 된다며 이런 행위들을 단속하겠다고 나섰다. 연합지휘부는 이번 검열에 걸려들면 기기 등을 모두 압수하는 것과 동시에 그로 인해 벌어들인 모든 재산까지도 철저히 몰수할 것이라고 밝혔다. "이번 검열을 받은 대학교 학생들은 닥치는 대로 달려드는 연합지휘부의 행태를 보면서 '청년들을 잡아먹는 귀신들같이 눈에 똥달이 떠가지고(눈에 불을 켜고) 으르렁거리더라', '일본 순사가 독립운동하는 청년들 잡으러 날뛰는 모습 같더라'는 반응을 보였다."

여기서 말하는 평양문화어보호법은 2023년 1월에 제정되었다. 법률내용을 살펴보면, 괴뢰말투를 쓰는 현상을 없애기 위한 법으로, 제1장 기본에 이어, 제2장은 '괴뢰말 찌꺼기를 쓸어버리기 위한 전사회적인 투쟁'으로 괴뢰말 류포원점을 차단하고 감시와 수색을 강화하는 내용인데, 제19조 '괴뢰식 부름말을 본따는 행위금지' 조항에서 "청춘남녀들 사이에 오빠라고 부르거나 직무 뒤에 님을 붙여 부르는 것"을 금지하고 있다. 또한 제22조 '괴뢰식 억양을 본따는 행위금지' 조항에서는 "비굴하고 간드러지며 역스럽게 말꼬리를 길게 끌어서 올리는" 억양을 금지하며, 괴뢰식 이름짓기, 괴뢰말이나 괴뢰서체로 표기된 편집물, 그림, 족지의 제작과 류포를 금지한다. 법 제3장은 '비규범적인 언어요소의 사용금지'인데, 국가적으로 승인되지 않은 외래어의 사용금지, 힘든 한자말의 사용금지, '촌스럽고 별나게 말꼬리를 올리는 것'과 같은 억양으로 말을 하는 것이 금지된다. 제4장은 '사회주의적 언어생활기풍의 확립'에 대해, 제5장은 '법적 책임'을 규정한다. 제58조 '괴뢰말투 사용죄'는 6년 이상의 로동교화형에 처하고, 정상이 무거운 경우에는 무기로동교화형 또는 사형에 처한다. 벌금처벌 조항은 '자녀들에 대한 교양과 통제를 바로하지 않'거나 '가격표, 차림표를 게시해 놓았을 경우'에 적용한다.

　　이 법을 읽으면서 여러 번 놀랐다. 법률문장에서 '오빠'라는 구체적인 단어를 금지하거나 '말꼬리를 길게 끌어서 올리는' 등의 구체적 표현을 하고 있어 놀랐고, '정상이 무거운 경우'에 사형에 처한다는 엄벌규정을 둔 이유가 궁금했다. 비록 이 법에서 남한을 적대시하거나 괴뢰말은 남한 말이라는 직접적인 표현은 없지만, 오빠라 부르지 말고, 말꼬리를 올리지 말라고 하는 것으로 보아 남한식 언어사용을 막기 위한 것임을 알 수 있다. 이 법이 규정하는 괴뢰말은 남한 사람이 쓰는 말, 그리고 남한의 드라마에서 사용하는 말인데, 주민들의 남한말 사용을 금지하기 위하여 사형까지 처벌이 가능한 법을 만든 것이다. 주민통제 수단으로 법이 이용되는 것 같고, 법으로 정하지 않으면 단속하기 어려운 현실을 보여주는 것 같기도 하다.

이 법을 보면, 남북한의 분단이 길어지고 군사적 위협 수준이 높아지면서 북한이 고슴도치가 되어 가는 것 같다. 체제를 보호하기 위해 주민들의 언어사용까지 통제한다. 하지만 언어사용을 통제하는 법을 만든다고 북한주민의 말을 금지할 수 있을까 의문스럽다. 벽을 쌓고 칼을 든다고 하여 불어오는 봄바람을 막을 수는 없다. 올해 봄, 날씨는 화창하고 꽃은 만발한데, 이 땅에 사는 사람들은 아직도 찬바람 속에 있는 것 같아 답답하다.

(2023. 4.)

촉진이냐 제약이냐

우리민족서로돕기운동 대회의실에서 '남북 교류협력의 원칙과 제도: 촉진이냐 제약이냐'는 제목의 정책포럼행사에 토론자로 참석했다. 평화나눔센터 78회 평화나눔 정책포럼이다. 프리드리히 에버트재단 한국사무소가 후원한다.

사회자는 김성경 교수, 발제 1은 강영식 전 남북교류협력지원협회 회장이 '남북교류협력제도의 현황과 실태, 발전방향'에 대해, 발제 2는 김남주 변호사가 '북한 언론 출판 방송 개방 논의와 남북 교류협력제도'에 대해 각 40분 정도씩 발표했다. 나는 토론자로서 20분 정도 토론했다. 토론요지다.

남북교류협력에서 법과 제도는 남북교류를 촉진하기 위한 것이다. 그런데 일단 만들어진 제도가 시대와 환경의 변화에 맞게 변화하지 못하면 제약이 된다. 따라서 우리가 할 일은 세상의 변화에 맞추어 법과 제도를 적절하게 변화시키는 것이다. 시민단체 운동가, 전문가, 학자들이 모여서 토론하는 이유는 변화의 방향과 내용을 논의하기 위한 것이다. 그런 점에서 오늘과 같은 자리는 의미가 있다.

1989년 당시를 회고하면, 정주영, 문익환, 임수경, 박철언 등이 북한을 방문했지만 당시에는 통치행위 차원에서 이루어진 일이었고, 방북과 관련한 법률이 없었다. 1990년 교류협력법이 만들어지면서 남북교류도 법치주의 영역 안에서 추진되었다. 현재 논의되는 접촉승인요건의 강화도 법률의 개정을 통해서 이루려 한다. 남북교류라 하여 법치주의의 예외가 될 수 없음이 분명해졌다. 현재의 상황은 1990년 당시에는 예상하지 못했다. 기술발달과 교통통신의 발달이 주된 원인이다. 인터넷과 이메일이 일상화된 시대, 유튜브를 통해 평양주민의 삶을 볼 수 있게 된 시대, 중국여행과 체류가 자유롭게 된 시대, 그래서 단동에서 일상적으로 북한주민을 만날 수 있는 시대, 이런 상황에서 1990년 휴전선을 넘어가는 방북접촉만 예상했던 시대의 법률로 현실을 규율하기는 어렵다. 이제는 포지티브 시스템을 네거티브 시스템으로 전면 전환해야 한다. 접촉과 교류는 원칙적으로 자유롭게 해야 한다. 남한의 젊은 층, 제3국 사람의 기준에 맞는 상식을 찾아 나가야 한다. 남북한의 국력이 50배 이상 차이나는 현실에 맞추어 새로운 법과 제도를 만들어 가야 한다. 변법해야 한다.

남북문제는 정권차원의 문제가 아니라 국가적 과제다. 남북문제에 대한 기준은 헌법과 법률로 정리되어 있다. 평화통일 원칙은 교류촉진, 남북경제공동체 구현, 민족동질성 회복, 인도적 문제해결의 방향으로 추진해야 한다. 남북문제에 대한 논의는 많다. 찬성하는 이유와 반대하는 이유가 10가지 이상 있다. 이제는 선택의 문제다. 선택의 방향과 기준은 헌법과 법률이다. 사실 답은 이미 정해져 있다. 선택하고 실행하면 된다. 남북한 사이에 5차례의 정상회담, 260번의 합의가 체결된 현실을 존중하고 인정해야 한다.

비교사례로 양안관계를 들고 싶다. 1990년까지 남북한과 양안은 서로 교류가 없는 유사한 상황이었다. 당시 대만은 3불정책을 추진했다. 접촉도 대화도 합의도 하지 않겠다는 정책이다. 그러다가 냉전체제가 무너지면서 급변했다. 양안은 92합의(하나의 중국, 대표는 각자 해석)를 했다. 남북은 1991년 남북기본합의서를 체결했다. 상대방의 체제를 인정하고 내정간섭하지 않고 교류협력한다는 내용이다. 출발은 비슷했는데 지금은 어떤가? 양안은 연간 수백만 명이 왕래하면서 모든 형태의 교류를 하고 있다. 반면에 남북한의 2023년 교류는 제로상태다. 왜 이런 일이 일어났는가? 양안은 해협회-해기회의 반관반민단체를 통해 접촉했고(그래서 당국간 접촉의 부담을 덜었다). 정치 상황의 변화에도 불구하고 교류의 맥은 꾸준히 이어갔다. 남북은 그러지 못했다. 남북의 상황이 더 엄혹했을지도 모른다. 우리에겐 아직도 시련이 부족한지도 모르겠다.

2시간 세미나를 마치고 참석자들과 인사를 나누었다. 유튜브로 송출하는 것이 점점 일상화되어 간다. 발표와 토론도 그에 맞추어지는 느낌이 든다. 이것도 현실의 변화다. 날도 춥고 밤도 깊어 바로 귀갓길에 올랐다. 이날 토론회에 참석한 이유는 북한연구 분야에서 법률가들의 역할이 있다는 것을 명확히 하면서, 법과 제도가 기여하는 바가 크다는 것을 알리고 싶었기 때문이다. 나는 북한법을 연구하는 법률가들이 연구할 수 있는 생태계를 유지하고 보존하고 싶다. 약간의 사명감과 의무감일지도 그런 노력을 하고 싶었다. 찬바람이 시원하다. 강영식 대표가 '과도한 자기검열'을 할 때가 많다고 하자, 김성경 교수도 글을 쓰거나 말을 할 때 검열하는 자신을 발견한다고 했다. 그런 시기는 이제 그만 끝내야 하지 않을까? 새해에는 보다 희망찬 논의를 해야 하지 않을까 싶다.

(2023. 11. 29.)

문학이 필수적인 시대

아민 말루프 작가의 대담회에 참석했다. 아민 말루프는 1949년생으로 레바논에서 나고 자랐다. 레바논의 수도 베이루트의 일간신문에서 기자로 활동하다가 레바논 내전을 피해 20대에 프랑스에 귀화했다. 그는 소설을 비롯해 역사와 문명 비평 에세이, 오페라 대본 등 다양한 분야에 걸쳐 활발하게 글을 쓰고 있다. 제11회 박경리문학상 수상자로 방문하였다.

교보빌딩 23층, 강당에서 문학평론가 정과리 교수가 대담을 진행했다. 한국말과 프랑스말, 그 사이에는 동시통역이 있어 말을 주고받는 데 불편함은 별로 없었다. 상대방이 사는 곳과 그들의 삶에 대한 나의 관심 부족이 문제였을 뿐, 대화 자체는 큰 문제가 아니었다. 레바논 출신의 프랑스 작가라는 특유성에 대한 질문이 많았고, 말루프가 쓴 작품에 대한 질문도 여러 가지였다. 이슬람 사회의 시인과 문학가들, 아랍인이 본 십자군 전쟁의 모습 등을 보면서, "무엇이 잘못되었기에 이 지경에 이르게 되었을까?"라는 의문이 생겼다. 이 질문은 유럽과 아랍 사이의 갈등에 대한 것이지만 남북한 사이에도 적용될 수 있는 질문이다. "도대체 우리가 무엇을 잘못하고 있기에 아직도 이 지경인가? 우리는 지금 무엇을 해야 하는가? 누가 누구를 용서해야 하며, 무엇에 대해 어떻게 용서를 구해야 하는가?"

말루프는 15세기 탐험의 시대 이후 유럽 문명이 세계의 규범이 되면서 다른 문명이 소외되는 현상이 나타났다고 지적했다. 언어의 다양성과 관련하여서는 세계어와 자국어를 동시에 하는 시대가 되었지만 세계어가 단일어가 되는 것은 바람직하지 않다고 했다. 인류에게 필요한 가치는 희망을 잃지 않는 것이다. 우리가 길을 잃고, 의무를 다하지 않고, 상황을 바꾸려는 노력을 하지 않는 채 살고 있기에 핵전쟁의 위험이 가까워지는 시대를 살게 되었다. 그런 재앙적 현실 속에서 기적적인 해결책을 상상해 보기도 했다. 말루프는 여전히 희망을 가진다고 했다.

정과리는 '국경없는 의사회'와 같은 방식의 '국경없는 지식인' 모임을 만들어서 이런 문제를 논의하면 좋겠다고 제안했다. 남북문제도 이런 방식의 모임이 필요하다. '국경없는 그리고 편견 없는 지식인 모임'에서 우리가 꿈꾸는 미래의 모습을 그려보고 싶다. 그림이 그려지면 그 꿈을 실천하기 위한 길을 찾고 세부적으로 하나씩 벽돌을 쌓을 수도 있을 것이다. '문학의 힘은 무엇인가'라는 질문에 말루프는 '문학은 힘이 없지만 다른 방식으로 살아가는 법을 가르쳐 줄 수는 있다'고 했다. 역경을 헤쳐 갈 수단이 있으나 방법을 모르는 사람들에게 다른 길을 가르쳐주는 것은 상상력이다. 과거의 장애요인은 물리적인 것과 지식부족이었다면 현재의 장애는 머릿속에 있다. 현재의 행동을 바꾸는 법은 우리 스스로 찾아야 한다. 다른 해결책을 찾도록 도와야 하고 그것이 생존을 위한 대책이다. 각성하고 다양한 수단을 동원하면 멋진 세계를 구축할 수 있을 것이라 했다. 희망찬 말이다. 그의 말 중에 문학이 필요한 이유가 있다.

"우리는 문학이 필수적인 시대에 살고 있다. 문학은 타인을 이해하는 열쇠다. 러시아·우크라이나 전쟁, 북핵 위기 등 오늘날 많은 갈등은 **우리가 조화롭게 살아가는 세상에 대한 상상이 부족하기 때문에 벌어지는 일이다.** 문학은 나와 다른 문화와 타인을 깊숙이 이해하게 만든다. 또한 문학은 국가의 구조적인 정체성을 결정한다."

나는 북한 관련한 에세이를 쓰면서 상상력이 부족하다는 생각을 한다. 통일된 미래의 내 모습을 상상하기가 어려웠다. 법률실무에 종사하는 사람이라 상상력이 부족해서 그런 줄 알았는데, 말루프의 말을 들어보면 나만의 문제가 아니라 이 시대의 문제이기도 하다. 우리가 조화롭게 살아가는 세상, 공동체를 상상할 수 있다면 그 방향으로 나아갈 수 있을 텐데, 그런 상상력이 부족하기 때문에 현안에 매몰되는지도 모르겠다. 가끔 문학 작가의 이야기를 들어야 할 필요가 여기 있다.

(2022. 10.)

통일법 포럼 행사장에서

한국법제연구원이 주최하는 제23회 통일법 포럼, 발제자는 임을출 교수, 주제는 "윤석열 정부의 담대한 구상: 주요 내용, 특징 및 법적 과제"다. 임을출은 1992년 코트라에 다니면서 남북경협을 연구하기 시작했고 30년 이상 연구자의 길을 걷고 있다고 자기소개를 했다. 그의 말을 들으면서 동년배의 고민을 느꼈다. 이날 발표내용이다.

현 정부는 비핵화가 우선되어야 한다는 확고한 입장을 가지고 있다. 포괄적 합의와 단계적 이행. 초기 조치로는 초기 협상 시에 초기 경제지원을 한다는 것, 예를 들어 한반도 자원식량 교환프로그램이나 민생개선 시범사업을 하겠다는 것이다. 북한 측 반응은 "정말 우리를 이해하지 못하느냐?"는 것인데, 그것이 무슨 의미인지는 애매하다. 제성호는 진보정부처럼 돈을 달라는 것이라고 하고, 윤여상은 한·미동맹을 포기하고 주한미군을 철수하라는 것인데 그 말을 직접 못하니까 돌려 말한 것이라고 하는데, 내 생각에는 체제보장을 하라는 말로 들린다. 그 체제보장은 미국이 북한과 수교하고, 남한이 북한과 평화협정을 체결하는 것이다. 그러면 결국 북한을 국가로 인정하고 외국으로 대하는 것이다. 김여정이 말하는 "서로 신경 쓰지 말고 각자 살자"는 말이 의미가 있게 된다. 토론 과정에서 이 문제를 정면으로 거론하지 않으니까 토론은 겉돌고 이 문제는 답이 없다는 소리만 한다. 윤석열 정부는 MB 정부처럼 북한문제를 그냥 그렇게 지나갈 가능성이 높다. 우리가 할 일은 진정성을 보이면서 일관된 메시지를 전달하는 것이고 현금이 건너갈 때는 WMD(대량살상무기)와 무관하다는 투명성을 지켜야 한다. 유엔제재는 건별 면제방식이 대부분인데 제재위원회는 미국의 동의가 있어야 승인이 가능한 구조다. 임을출은 현물지급방안이 그나마 현실적이라고 제안했다.

여러 사람이 순차로 발언했는데, 요지는 이렇다. 민간접촉은 과거 모델이다. 북한이 반동사상문화배격법을 만든 현 시점에서 남북한 주민의 접촉은 어렵다. 전면적 제재해제도 유엔의 결의 내용이나 미국의 법률규정상 북한이 조건을 맞추기 어렵다. 남북사업에 대한 아이디어는 많은데 실천으로 나가기 위한 동의확보가 어렵다. 코로나 시기 어려운 상황에서도 북한은 2035년 우리식 사회주의 전면적 발전을 향해 나아가고 있다. 그런 동력이 어디서 나오는지 연구해 보자. 리스크를 관리하면서 팩트 중심으로 분석하고 대응하자. 북한의 관심은 강원도 일대와 원산시 지역이다. 이 지역에 관심을 가지자.

나는 임을출의 말이 합리적이라 생각한다. 현 정부는 한·미동맹에 의지하여 안보상황을 관리하는 데 주력할 것이고 간헐적으로 인도적 협력이 진행될 것이다. 말 그대로 '담대한 구상'이라고 하려면 상대방에 대한 요구 없이 내가 먼저 행동을 해야 하는데 현 정부의 제안에는 그런 내용은 없다. 따라서 현 정부의 제안을 북한이 수용할 가능성도 낮다. 북한의 요구가 내 생각대로 체제보장이라면 그것은 미국이 결단할 문제인데 미·중갈등으로 미국은 이 문제에 나설 여력이 없다. 그렇다면 현 시점에서 할 수 있는 것은 이런 것들이다. 남한 내부의 남남갈등을 해소하고 통일방향에 대한 의견을 모으는 것, 미래세대의 통일에 대한 관심을 불러일으키는 것, 남북한의 교류에 대한 법제도를 정비하는 것, 북한의 최근 법제동향을 연구하는 것이다.

(2022. 12.)

국익을 명확하게 하자

동북아평화연구원 산하 중국연구팀의 발표행사 자리, 국립통일교육원의 김지영 교수가 "미·중 패권경쟁의 담론과 실제: 화웨이 5G 사태 중심으로"라는 내용으로 발표했다.

사이버안보 문제를 제기하면서 미국이 중국제품의 불매를 강요하는 사건이 있었다. 유럽은 현실적인 이유를 들어 군사영역은 불매, 민간영역은 허용하는 것으로 정리하였다. 한국기업들도 고민하였고, 다소간 피해를 입었다. 한국기업 중 LG는 중국기업 화웨이와 거래 비중이 높았다.

세미나 중에 내가 질문했다.

"사이버안보라는 확인이 어려운 문제를 제기하여 미국은 중국제품 불매담론을 만들었고, 우리는 미국과 중국 사이에 끼어 어려움을 겪었다. 다행히 군수영역과 민간영역으로 구분하는 담론이 만들어지면서 살길이 생겼지만 그 담론도 유럽이 주도한 것이다. 장차 남북문제에서 우리에게 닥칠 문제의 담론을 형성할 기회가 생겼을 때 담론형성의 기준은 무엇인가? 국익이라 할 때 그것은 무엇인가? 안보, 경제, 인권, 법치 등 다양한 가치를 어떻게 조정하나? LG를 매국노라 비난하는 사례를 보면서 우리 사회 내부의 소통이 중요하다고 생각하게 되었다. 내부를 통합하는 방안은 무엇인가?"

김지영의 답변은 명확했다.

"미국과 중국은 50년, 100년의 국가목표가 있다. 그 목표를 달성하기 위한 구체적인 구도를 정하면 현재의 목표가 생긴다. 그것이 국익이다. 우리 사회도 그런 목표를 세우는 노력을 해야 한다. 집단지성을 발휘해야 할 영역이다. 내부 통합은 학술단체, 시민단체 등이 논의해야 한다. 담론의 형성과 유지에 대해 계속 논의하자."

시원한 답변이었다. 내가 추구하는 방향이 더욱 뚜렷해지는 느낌이 든다. 남북관계에서 해야 할 일이 무엇일까? 30년 전에 만든 민족 공동체통일방안을 재조명하자. 3단계 통일방안 중 1단계인 교류협력을 제도화하고 안정화하는 것이 현재의 과제다. 최종 목표인 통일을 전제로 1단계 완성에 주력하고 그것에 도움이 되는 일을 해야 한다. 법과 제도의 형성, 누적된 교류협력 실체의 제도화, 그 과정에서 국민인식의 변화가 필요하다. 김지영은 김대중의 햇볕정책이 담론형성의 좋은 사례라 한다. 서양인이 이해할 수 있는 이솝우화를 배경으로 하고, 중국과 베트남의 개혁개방이 미국에도 도움이 되었다는 실리를 추가하여 복합적인 구조로 북한을 개혁개방으로 유도하자는 담론을 형성했고 그것으로 미국을 설득했다. 김대중으로부터 20년이 지났다. 이제 새로운 방식의 담론형성을 위해 노력해야 할 때다. 갈 길이 점점 명확해진다.

(2022. 4. 19.)

감사합니다라는 말 한 마디

장면 1

2018년 9월 19일 남북정상회담 2일째, 문재인 대통령은 15만 명의 평양시민을 대상으로 7분간 연설을 했다. 문 대통령은 "지난 70년간의 적대를 완전히 청산하고 다시 하나가 되기 위한 평화의 큰 걸음을 내딛자"고 역설했다. 평양 5·1 경기장을 가득 메운 북측 주민들은 기립박수와 함성으로 화답했다. 문 대통령은 "김 위원장과 나는 우리 민족의 운명은 우리 스스로 결정한다는 민족 자주의 원칙을 확인했고, 남북관계를 전면적이고 획기적으로 발전시켜 끊어진 민족의 혈맥을 잇고 공동번영과 자주 통일의 미래를 앞당기자고 굳게 약속했다"고 하면서 평양시민들에게 감사하다고 의례적인 인사말을 했다. 평양시민은 13번의 박수를 보내며 뜨겁게 반응했다.

이 장면을 보면서, 문 대통령에게는 연설이 훌륭했다고, 연설기회를 준 김정은 위원장에게는 전례가 없는 일을 했다고 칭찬하고 싶었다. 특별히 이상하다고 느낀 점은 없었다.

장면 2

2018년 9월 20일 통일부에서 위원회 회의를 마치고 위원들과 점심을 먹는 자리였다. 탈북자 출신의 위원이 말했다. "어제 저녁 문 대통령의 대중 연설이 아주 인상적이었어요. 금방이라도 통일이 될 것 같은 분위기였지요. 북한 사람들이 통일이 금방 될 거라고 오해할까 걱정돼요. 문 대통령이 연설 마지막에 감사합니다라고 말하는 걸 들었지요?

그때 김정은 위원장 표정 보셨어요?" "어떤 표정이었는데요?" 나는 질문의 취지가 가늠되지 않아 그 위원에게 되물었다. "북한에서 감사합니다라는 말은 함부로 쓰는 말이 아닙니다. 인민들이 수령의 은혜에 감사하다고 할 때만 사용합니다. 일상적으로 사용하지 않아요. 그런데 남쪽 대통령이 평양시민들에게 감사합니다란 말을 사용했으니 김정은에게는 놀라운 일이었을 겁니다." "아, 그래요. 그러면 친구들끼리 선물을 주고받으면 감사하다는 말을 하지 않나요?" 내가 되물었다. "네, 그저 마음속으로 고맙다고 생각하지 그걸 꼭 말로 하지는 않아요." 여전히 의문이 남은 나는 다시 물었다. "그러면 친구가 과일을 선물로 주면 뭐라 그래요?", "응 그래 하고 받지요. 감사하다는 말을 하지 않습니다. 그걸 꼭 말로 해야 하나요?" 탈북자인 위원은 당연하다는 듯이 말했다. 문득 며칠 전 라디오 방송에서 탈북주민이 하던 말이 기억났다. "평양말은 앞쪽에 강세가 있어요. 그런데 서울말은 조곤조곤하다가 끝에 그랬니? 하고 뒤 끝을 올리잖아요. 북한에선 서울말은 매가리 없다고 해요. 여자들 말 같기도 하고요."

상대를 제대로 이해하기 위해서는 언어습관의 차이에도 관심을 가져야 한다. '감사합니다.'란 말 한마디에도 남북한 사이에 차이가 있다는 것이 놀랍기만 하다. 북한공부를 하면 할수록 알아야 할 것이 늘어난다. 20년 이상 북한법을 공부하고 있지만 나는 북한에 대해 얼마나 알고 있나 되묻는다. 정말 아는 것이 많지 않다. 계속 공부하고 연구해야 하는 이유다. 어떤 분은 이런 말을 했다. 문 대통령이 평양시민을 상대로 대중 연설을 할 때 그냥 "김정은 위원장과 나는 이런저런 합의를 했다"고 표현했다. 북한 주민들이 최고 지도자 앞에 '위대한' 등의 수식어 없이 그냥 이름과 직책만 말하는 것을 듣는 것도 충격이었을 것이다. 듣고 보면 그 말도 일리가 있다. 늘 듣던 표현이 아닌 새로운 표현은 그들에겐 충격일 수도 있겠다.

장면 3

이 무렵 언론기사에서 눈에 띈 것. 2007년 평양회담 취재기자가 본 2018년 정상회담은 분위기가 많이 변했다는 내용이다. 2007년 당시 노무현 대통령이 5·1경기장에서 대집단체조를 보는 것은 그 자체로 논란이 되었다. 북한체제선전 공연을 보아야 하느냐는 논란은 북한이 내용을 수정하면서 해결되었으나, 대통령이 공연 도중 기립박수를 친 것이 시빗거리가 되었다. 또 당시 영접한 사람이 김정일이 아닌 김영남 최고인민회의 상임위원장이라는 점도 격식에 맞지 않는다는 비판을 받았다. 그때와 비교하면 이번에는 이런 문제는 거론되지도 않았다.

앞서 본 몇 장면에 대한 내 생각이다. 70년간 서로 다른 체제하에서 살고 있는 사람들끼리 대화를 하는 것은 쉽지 않다. 일제 강점기 35년의 영향을 벗는 데 얼마나 오랜 시간이 걸렸는지를 생각해 본다. 그 두 배의 시간 동안 총을 맞댄 상대를 이해하는 것이 쉬울 리가 없다. 그렇지만 남북 주민은 오랜만에 만나도 설령 평생 처음 만나도 말이 통한다. 그래서 상대를 이해한다고 오해한다. 남북이 차라리 하나의 민족이 아니었다면, 혹은 동일한 언어를 사용하지 않았다면 서로를 이해하기가 더 쉬웠을지도 모른다는 생각을 해 본다. 말이 서로 달랐다면 내가 상대를 잘 알지 못한다는 것을 인정하고 상대의 말에 좀 더 주의를 기울일 것이다.

남북한 주민들은 상대방을 잘 모른다. 그러면서도 자신의 무지를 인정하지 않는다. 내가 상대를 오해하는 사례를 찾는 것은 멀리 갈 것도 없다. 내 가족, 내 동료만 봐도 알 수 있다. 내가 아는 그들과 진정한 그들의 모습에는 차이가 있고, 그런 사실을 발견할 때마다 깜짝깜짝 놀란다. 평소 자주 만나는 사이야 오해를 풀 기회도 자주 있겠지만 70년간 단절된 남북한 주민들은 만날 기회조차 갖지 못했다.

오랜만에 만난 남북한 정상이 나눈 이야기에 대한 해석은 여러 가지로 나뉠 수 있다. 내가 보는 관점은 11년 전에 비해 큰 폭으로 나간 현실이다. 평양시민을 상대로 남한 대통령이 대중연설을 하고, 현지에서 결정한 일정에 따라 두 정상이 백두산을 같이 오르고, 서로 평화를 이야기하고… 새로운 길을 열려면 앞으로 나아가야 한다. 가보지 않은 길에 무엇이 있을지 알 수 없다. 미지의 길이 두려울 수도 있지만 걸음을 떼야만 한 발자국씩 나갈 수 있다. 눈을 크게 뜨고 계속 걷자. 지금부터, 그리고 나부터.

(2018. 10.)

대법원 행사 회의록을 보면서

어느 날 한 통의 메일을 받았다.

"안녕하세요. 대법원 특수사법제도연구위원회 서기를 맡고 있는 하 사무관입니다. 지난 37차 회의에 참석해 주셔서 감사드립니다. 특수사법제도연구위원회는 매년 회의 발표자료와 회의록을 모아서 '남북교류와 관련한 법적 문제점'이라는 책자를 발간하고 있습니다. 지난 회의의 회의록 초안이 작성되어 보내드리오니 위원님의 발언 내용을 검토하셔서 수정할 부분이 있으면 수정해서 저에게 보내주시기를 바랍니다."

2016년 7월 초 대법원에서 열린 회의와 관련된 내용이다. 당일 장맛비가 오락가락하는 궂은 날이었지만 20여 명이 참석해서 3시간가량 회의를 했다. 남북교류는 전면 중단되었지만 그래도 정부가 해야 할 일은 있다. 재판과 등기, 호적을 관장하는 대법원으로서는 언젠가 닥칠 통일에 대비한 연구를 지속해야 한다. 이날 두 건의 발표를 듣고 토론했다.

먼저 이은정 교수가 북한 내부 자료를 바탕으로 '북한의 신분등록·공민등록·주민등록제도'라는 제목으로 발표했다. 위원들은 남북한 주민등록제도의 통합 가능성에 대해 논의했다.

다음으로 임성택 변호사가 '개성공단 폐쇄에 관한 법적 검토'라는 제목으로 발표했다. 2016년 초, 북한은 국제사회의 반대에도 불구하고 핵실험과 장거리 미사일발사를 강행했다. 남한 정부는 이를 이유로 2016년 2월 10일 개성공단 전면중단조치를 했다. 정부의 설명에 의하면, "이제 우리 정부는 더 이상 개성공단 자금이 북한의 핵과 미사일 개발에 이용되는 것을 막고, 우리 기업들이 희생되지 않도록 하기 위해 개성공단을 전면중단하기로 결정했다." 발제자는 개성공단 폐쇄조치는 명확한 법적 근거 없이 이루어진 것이므로 이 조치로 피해를 입은 입주 기업과 근로자들의 피해를 보상해 주어야 한다는 의견이었다. 보상방안은 특별법을 제정하는 것이 현실적이라 했다.

이어서 한명섭 변호사가 지정토론을 했다.

"가끔 이런 말을 들어요. 개성공단 같은 정치적인 문제를 왜 법률적으로 해결하려고 하느냐고 해요. 법률적으로 해결하기가 참 어렵죠. 개성공단을 전면 중단한 것에 대해 여론조사를 해 보면 국민 과반은 잘했다 하고, 전문가들은 잘못했다는 견해가 좀 더 많은 것 같고 그렇습니다. 잘잘못에 대한 정책적인 문제를 여기서 얘기하긴 어렵고, 법률적인 쟁점에 대해 말씀드리자면 남북관계와 통일문제도 법치주의원칙에 따라 처리하자는 발표자 의견에 공감합니다. 이번 개성공단 전면 중단 조치의 1차적인 피해는 입주기업들이겠지만 그것보다 더 큰 피해는 법치주의의 근간이 훼손된 것입니다."

한명섭 변호사는 발제자의 의견에 동의하면서 남북교류협력법을 개정하여 이런 사태에 대한 대비를 하자는 나름의 해결방안을 제시했다.

발표와 지정토론이 끝나면 위원들이 자유롭게 토론한다. 평소에는 여러 분이 토론에 나서는데, 이 문제는 정치적인 민감성이 있는 것이어선지 선뜻 토론에 나서는 분이 없었다. 평소 이 문제에 대한 의견이 있던 터라 발언권을 얻어 내 의견을 말했다.

"두 분 의견의 기본방향에 동의합니다만 조금 다른 관점에서 말씀드리겠습니다. 남한 정부의 개성공단 폐쇄조치가 적법한지 여부에 대해서는 헌법소원이 제기되어 있고, 조만간 어떤 형태로든 소송도 제기될 것 같습니다. 그런데 법률가들의 대체적인 예상은 청구가 기각될 가능성이 높다는 것입니다. 상황이 이렇다 보니, 발표자나 토론자께서도 다 특별법으로 가자. 보상은 특별법으로 하고, 이 기회에 남북교류협력법을 개정하여 향후에는 이런 경우에 적용할 법적 근거를 만들자는 의견을 제시하셨습니다. 그렇게 가기 위해서라도 저는 법원에서 이번 조치는 위법하다는 선언을 해야 한다고 봅니다. 이건 관련해서 과거를 되돌아보면, 2008년 관광객피살사건을 계기로 금강산 관광이 중단됐고, 2010년 천안함 폭침을 이유로 개성공단을 제외한 남북교류를 중단하는 내용의 5·24 조치가 있었지요. 2013년에는 북한이 일방적으로 개성공단의 근로자를 철수시켜 3개월간 개성공단이 중단되는 사태가 있었습니다. 그때마다 남북경협을 하던 사업자들이 큰 피해를 입었습니다. 세 번의 사건을 겪으면서 피해를 입은 기업을 보상하자는 논란이 반복됐습니다. 5·24 조치 이후 3건의 소송이 제기되었습니다. 법원에선 남북경협을 중단하는 정부의 조치는 위법한 것이 아니어서 책임을 물을 수 없고, 손실보상을 해 줄 근거법률이 없어서 보상도 할 수 없다고 판결하였습니다. 피해자들은 국회에 청원하여 보상법률안을 제출했습니다마는 보상법률은 제정되지 않았습니다.

　현재 정부는 실태조사로 파악된 피해액 7,800억 원 중 4천억 원 정도를 경협보험으로 보상해 주고 이 문제를 매듭지으려 합니다. 그런데 개성공단 입주기업들은 피해를 직접 신고한 규모가 9,500억 원인데다가 간접적인 손해와 협력업체의 손해를 포함하면 그 규모가 2조 원에 이르기 때문에 정부가 경협보험으로 지원해 주는 수준의 보상만으로는 피해회복이 어렵다고 주장합니다. 개성공단기업은 중소기업들이라 정부를 상대로 소송을 할 힘도 별로 없습니다. 지난 세 번의 사건처럼 이번에도 이렇게 흐지부지될 것 같아요. 그러면 정부 입장에서 두 분이 논의하는 수준의 조치를 취할까요? 제가 보기엔 안 할 것 같습니다. 그냥 가만둬도 해결되는데 그런 일을 할 필요가 없다고 생각할 것 같습니다.

그런데 발제자께서 말씀하신 논리를 냉정하게 보면 사실 좀 이상하지요. 정부가 공단폐쇄라는 극단적인 조치를 취했는데 그것이 어느 법에서 정한 어떤 절차에 따라 했다는 것을 밝히지 못하고 있습니다. 지금 헌법소원 중이기 때문에 정부 쪽 의견이 제출되겠습니다마는 아직까지 정부가 어떤 근거로 이런 조치를 취했다고 의견을 제시한 것은 없는 것 같아요. 저는 그것만 봐도 이상하다는 거죠. 굉장히 심각한 재산적 권리를 침해하는 조치가 있었고 그에 따른 피해가 생겼는데 그 행위를 한 정부의 조치가 법적 근거가 없다면, 그것은 위법한 조치일 가능성이 있습니다.

그런데도 법조인들은 정부를 상대로 소송을 해 봐야 이길 수 없을 것이라 합니다. 그러면 법은 무슨 의미가 있느냐는 의문이 듭니다. 이렇게 되면 결국은 문제 해결을 위해 국회에서 또는 통일부 앞에서 시위를 하는 수밖에 없습니다. 저는 사회적 갈등을 합리적으로 해결하는 데 법이 도움이 되어야 한다고 생각합니다. 이번 조치를 긴급조치하고 비교할 수 있을지 모르겠습니다마는 1970년대 유신헌법에 따른 긴급조치가 발령되었지요. 한참의 세월이 지나서 긴급조치는 위헌이다, 또는 위법하다고 선언이 됐죠. 마찬가지로 이것도 어느 정도의 시간이 지나면 법령상 근거가 없이 한 조치는 잘못이라고 판단될 것입니다. 저는 지금 당장 그런 판단을 해도 된다고 봅니다. 현재 우리가 이룩한 재판의 경험이나 법조 인력의 수준을 보면 그런 판단이 충분히 가능합니다. 우리가 만든 헌법, 행정법 판례들의 수준에 비춰서 이런 판단을 하는 데 문제가 될 것이 없다고 봅니다. 결론적으로 법의 분쟁해결기능을 되살리고, 사회적 갈등을 법의 틀 안에서 해결하는 그런 측면에서도 이 문제에 대해서는 판사님들이 전향적인 사고를 할 필요가 있다고 생각합니다."

내가 발언한 토론문을 읽었다. 구어체의 말을 글로 적으니 어색한 곳도 있고, 정확하지 않은 부분도 제법 있다. 발언의 요지를 바꾸지 않는 선에서 문맥을 정리하고 문장을 가다듬어 회신했다. 이날 회의에선 개성공단 폐쇄로 생긴 문제를 해결할 답을 찾지 못했다. 애초부터 정답을 찾을 목적으로 모인 자리도 아니었다. 대법원이 주관하고 판사, 검사, 변호사, 헌법재판소 연구원, 법학교수 등 출신이 다양한 위원이 참석한 자리여서 의견의 통일을 얻기도 어려웠다. 이날 법률가들은 개성공단 폐쇄를 어떻게 다루어야 할지를 논의했고, 이 문제에 대해 검토할 점이 여럿 있다는 것을 확인했다. 전문가들의 모여서 의논을 해 보면 생각의 폭이랄까 접근방향이 넓어진다. 그러다가 하나의 방향으로 의견이 수렴된다. 그것이 여론이고 시대의 흐름이다. 북한 문제처럼 어려운 문제일수록 의견을 모으고 남의 의견을 듣는 노력을 많이 해야 한다. 우선은 남한 내에서 의논하고, 장차는 북한 사람들과도 의논해야 한다. 너와 나의 문제를 나 혼자 결정할 수는 없다.

최근의 공법학 연구 성과에 의하면, 국가는 영토 내의 사회질서를 보장하기 때문에 존재하는 것이 아니라 정의로운 질서를 추구하기 때문에 정당화된다. 대한민국은 대내외적인 안전보장뿐만 아니라 정의로운 질서를 추구하는 노력을 해야 한다. 그중에 한 가지는 자기의 잘못이 없이 기왕에 하던 사업이 갑자기 중단되었다면 피해를 입은 사업자들에게 합당한 보상을 하는 것이다. 중단의 원인을 제공한 자가 북한이라고 하여, 남한 정부의 조치가 부득이한 것이었다고 하여, 보상할 법률상의 근거가 없다고 하여, 지금까지 보상한 선례가 없다고 하여… 이런저런 이유를 들어 외면하는 것은 정의로운 질서가 아니다. 국가는 공동체 구성원들의 눈물을 닦아 주어야 한다.

(2016. 8.)

그날 밤 바이마르에서

9박 10일의 여행이 거의 끝날 무렵이었다. 독일 프랑크푸르트에서 출발하여 버스를 타고 오스트리아, 슬로바키아, 헝가리, 폴란드를 거쳐 다시 독일로 큰 원을 그리며 다녔다. 남북물류포럼은 해마다 여름에 해외답사를 가곤 했다. 2019년, 동유럽 체제전환국 답사를 한다는 말에 끌려 참가했다. 일정표상 여행 일정이 좀 무리다 싶었지만 수년 전 중국과 이란에서 하루에 4~5시간씩 버스를 타본 경험이 있었고, 휴게소도 없던 사막지대와 달리 유럽이야 기반시설과 풍광이 좋을 것이라 가볍게 생각했다. 막상 여행이 시작되자 현실은 기대와 달랐다. 매일 숙소가 바뀌고, 한나절은 버스에서 보내는 일정이 일주일쯤 이어지자 일행들은 지쳤다. 체제전환국을 다닌다고 하여 특별한 것이 보이지도 않았다. 어젯밤을 보낸 베를린에서 불평이 터져 나왔다. 숙소를 시내 중심에서 30분이나 떨어진 곳으로 하면 어떡하느냐, 밤에 도심에 나가보고 싶어도 외딴곳이라 나갈 수가 없다, 아침에 호텔 주변을 산책해 보았지만 동독시절의 낡은 공장지대에 호텔만 우뚝 서 있어서 볼 것이 없더라, 여행경비를 제대로 내고 왔는데 숙소위치가 너무 나쁘다… 불평을 입 밖으로 말한 사람은 한둘이었지만 말하지 않은 사람들 속내도 비슷했을 것이다. 사실 내 심정도 비슷했다.

베를린에서 숙박한 다음날 오전에는 독일대사관에서 세미나를 했다. 독일대사가 특강을 하고, 통일부에서 파견 나온 공무원이 동유럽

체제전환 역사에 대해 설명했다. 질의답변 과정을 거치면서 체제전환 30년의 변화가 어슴푸레하게 보였다. 지난 며칠 동안 다녔던 동유럽 여러 나라의 주민들이 체제전환 과정에서 겪었던 이야기들이 실감 났다. 대사관 행사 후 다시 이동하여 오후에는 포츠담회담이 열렸던 궁전을 둘러보고 숙박지인 바이마르 외곽 호텔에 도착한 것은 저녁 9시 무렵이었다.

뷔페식 저녁식사, 여행 마지막 밤이다. 내일은 오전에 한 군데 둘러보고 오후에는 프랑크푸르트에 잠시 들렀다가 공항으로 간다. 여행 중에 사귄 사람들끼리, 룸메이트끼리, 군데군데 모여서 식사를 한다. 나는 회장님과 한 테이블에 앉았다. 회장님이 넋두리하듯 말을 꺼냈다. "오늘 저녁에 정식으로 항의가 들어왔어요. 그동안 숙소가 도심 외곽에 있어 저녁에 도심을 체험할 기회가 없었다는 불만이에요. 내일 한나절이라도 도심지에서 자유 시간을 가지게 해 달라네요." 회장님과 연배가 비슷한 분이 "그래도 회장님 덕분에 여러 군데 둘러보게 되어 좋았어요."라고 인사말을 했다. 자신을 편드는 사람이 등장하자 회장님의 신세한탄이 이어졌다. "사실 이번 여행은 저도 여행사에 당했어요. 제가 여행 전에 여행사 측에 두 가지를 요구했어요. 호텔은 시내에 잡아라, 그리고 식사는 제대로 된 곳에서 해라. 두 가지를 몇 번이나 부탁했어요. 그런데 막상 현지에 와 보니 숙소가 완전 외곽이잖아요. 가이드에게도 따져 보았지만 본사 지시라 자기는 모른다고 하지요. 속이 터집니다. 숙소를 어디로 정했냐고 계속 물었는데 여행사 측에서 끝까지 숙소에 대한 확답을 하지 않더니 막판에 싹 바꾸어버렸어요. 성수기라 어쩔 수 없다는 핑계를 대면서 말이에요."

60대 후반의 회장님은 지쳐 보였다. 일행은 별말이 없고, 어색한 침묵이 잠시 흐른다. 내가 나섰다. "당초 내일 일정은 뭔데요? 바꾼다면 어떻게 바꿀 수 있지요?" 회장님이 말을 받았다. "당초 일정은 공항 가는 길에 오래된 성을 한 군데 둘러보는 것이지요, 일정을 바꾼다면 바이마르 도심지를 여유 있게 둘러보고 바로 프랑크푸르트로 가는 것이지요." 그러자 가만히 있던 다른 분이 제안했다. "그럼 여기서 의논해서 결정합시다." 하지만 회장님은 신중한 태도를 보였다. "한두 사람이 말한다고 해서 정해진 단체일정을 함부로 변경할 수는 없지요. 내일 아침에 다른 분들 의견도 들어야 할 것 같아요." 다시 내가 끼어들었다. "두 의견의 장단점을 비교해 보면서 대안을 찾아보시지요." 여러 사람이 이런저런 의견을 내었는데 당초 계획대로 하자는 의견이 우세했다. 그사이에 항의를 한 분도 합석하고 식사를 마친 다른 테이블에서도 몇 분이 더 합석해서 결국 당초 일정대로 진행하기로 했다.

식사를 마치고 일어났다. 맥주를 한잔했더니 피곤이 몰려왔다. 자리에서 일어서는 회장님이 힘들어 보였다. 회장님께 잠시 산책하자고 제의해 둘이서 호텔 주변을 걸었다. 내가 말을 걸었다. "단체행사 진행하기가 만만치 않으시지요?" 앞만 보고 걷던 회장님이 "이젠 이런 행사도 그만해야겠어. 여행사는 속이지, 참가자들은 불평하지, 예전에 이런 일도 있었어. 여행 첫날 숙소에 도착했는데 한 명이 자기는 이런 숙소에서 못 잔다고 당장 돌아가겠다고 하는 거야. 그 사람 달래느라 고생했어." 무슨 칭찬이라도 해 드려야 할 것 같았다. "이번 여행 일정이 좀 무리했지요. 그래도 덕분에 동유럽을 한꺼번에 둘러볼 수 있어 좋았어요." 그러자 회장님이 "다른 사람들도 그렇게 생각해 주면 좋은데 말이야."라며 표정이 조금 밝아졌다. 시간은 어느덧 11시를 넘어서고 있었다. 밤하늘의 별이 밝았다. 머리를 들어 하늘을 보았다. "저기 북두칠성이 보이네요. 별자리 일곱 개가 모두 보여요." 놀란 듯이 말을 하자, "권박사 눈 좋네. 네 번째 별자리 보이면 눈이 좋은 거야." 회장님도 시원한 목소리로 대답했다. 밤바람은 시원하고, 하늘엔 별이 가득하다. 이렇게 많은 별을 본 것도 참 오랜만이다. 이제 그만 들어가자고 했다.

다음 날 아침, 밤사이 무슨 일이 있었는지, 바이마르 시내에서 자유 시간을 갖는 것으로 일정이 바뀌어 있었다. 가이드가 공항 가는 시간을 고려했을 때 시내 구경이 낫겠다고 의견을 낸 모양이다. 여행 참가자들은 주최 측에 불만을 제기할 권리가 있다. 숙소가 외딴곳에 있다면 불평할 수 있다. 행사를 주최한 사람은 그런 불만을 들어주어야할 의무가 있다. 그런 행사를 계획한 책임이 있기 때문이다. 그런데 권리가 있다고 하여 꼭 주장을 해야 하는 것일까? 여행 중에 주최 측에서 여러 번 사과하면서, 여행사 측에 당했다고 해명하고, 한 곳이라도 더보여주려다 보니 일정이 빡빡했다고 양해를 구했다면, 자기가 원한대로 진행되지 않더라도 참아야 할 때도 있다. 내 주장을 줄이고 상대를 배려해주는 그것이 나의 권리라고 생각해 볼 수는 없을까?

백 년 전 독일 헌법이 제정된 바이마르에서 권리와 의무는 무엇인지 생각해 보았다. 내가 가진 권리는 어디까지 주장할 수 있으며, 내가해야 할 의무는 어느 정도로 준수해야 하는지, 어떤 일이 내게 권리이고 상대에게 의무라면 권리와 의무 중 어느 것을 우선해야 하는지… 그런 논의를 정리한 것이 법이다. 백 년 전 독일 사람들은 권리와 의무를 어떻게 규정했는지 갑자기 궁금해졌다.

남북한 사이에는 어떤 권리와 의무가 있을까. 상대를 비난할 권리도 있겠지만 어려운 처지에 처한 상대를 배려할 의무도 있다. 통일을 지향하는 사이라면 비난보다는 배려가 우선해야 한다.

무더운 여름을 보내고 있다. 서울의 더위를 피해 독일로 왔지만 여기도 마찬가지다. 어디서나 어쩔 수 없는 일을 만난다. 이 여름 무더운 날씨가 어쩔 수 없듯이, 다소 불편한 상황을 어쩔 수 없이 참아야 할 때

도 있다. 사실 나도 불평을 하고 싶었지만 다른 사람들의 선제 불만에
밀려 미처 내 의견을 말하지 못했다. 지금 와서 생각하면 잘한 일이다.
권리주장은 한발 늦게 하는 게 때론 더 좋을 수 있다. 이 여름에 얻은
생각이다.

(2022. 7.)

이상한 나라

"제가 1982년에 프랑스로 유학 가서 7년을 살았어요. 처음 든 느낌이 이 나라가 곧 망하지 않을까 싶었어요. 일을 열심히 하지 않아요. 게다가 게으른 사람을 나무라지도 않아요. 제가 사는 아파트에 공용공간을 청소하는 직원이 있었는데, 물걸레 청소를 하고 나면 냄새가 나요. 걸레를 잘 말리지 않고 사용해서 그런 것 같았어요. 그런데 그 아파트 주민 중 아무도 뭐라고 하지 않아요. 아파트 관리회장이 항의랍시고 겨우 한다는 소리가 계단 청소를 일주일에 3번 하게 되어 있는데, 왜 두 번밖에 하지 않느냐고, 그것도 계약서를 들이대며 따지는 정도예요. 참 기가 막히지요. 식당에 가도 그래요. 누구도 음식이 늦게 나온다고 따지지 않아요. 10분이고 20분이고 줄 때까지 그냥 기다려야 해요. 왜 음식이 늦느냐고 하면, 종업원은 자기 스타일대로 일할 뿐이라고 해요. 해고가 쉽지 않아서 그런가 봐요.

그때 유학을 마친 이후 한국에 돌아와서 살다가 2002년에 다시 프랑스로 가서 10년간 살다가 왔어요. 다시 갔더니 프랑스 경제상황이 더 심각해졌어요. 노인들은 연금이 제대로 나올 수 있을까 걱정하고 있었어요. 연금은 해마다 줄어들어요. 청년들은 부모 세대보다, 심지어 조부모 세대보다 자신들이 더 못살게 될 것이란 걸 받아들이는 눈치예요. 석사 학위가 있는 학생을 한 명 알고 있는데 아르바이트해서 집세를 겨우 내요. 식비와 교통비, 통신비는 아버지 도움을 받아서 살고 있어요. 그래도 이 나라 사람들은 별 걱정이 없어 보여요. 체념한 것 같기도 하고요. 나라가 커서 그런지 생각하는 게 우리랑 좀 달라요. 도시에서 살기가 어렵고 실업수당도 줄어들면 시골로 내려가요. 시골 부모가 살던 헌 집에서 채소 조금 키우면서 책 읽고 살아요. 그래도 사는 데는 별 지장이 없대요. 이 나라는 아직도 대학교육을 거의 무상으로 해요. 매사 의견이 엇갈리는 정치인들도 무상 교육문제만은 의견이 일치해요. 시민의식도 우리와 달라요. 길거리에서 담배 피고, 꽁초도 아무 데나 버려요. 지하철에서 나오면 표를 바닥에 그냥 버려요. 왜 버리느냐고 하면, 그래야 청소부도 할 일이 있지 않느냐고 해요. 농담인지 진담인지 구분이 잘 안 가요."

장미란 선생이 말을 마치자, 누군가 물었다.

"버스나 지하철에 경로우대석이 있나요?"

"저는 못 봤어요. 젊은이들이 이런 말을 해요. 열심히 일하러 다니는 우리가 힘들지 퇴직한 노인이 힘드냐? 노인들이 한가한 시간에 다니지 않고 왜 출퇴근시간에 다니느냐고 해요. 자리 양보하는 사람도 별로 없어요. 실제로 자리 양보도 함부로 못 해요. 특히 여자인 제가 남자 노인에게 자리 양보하면 상대방에게 상처를 줄 수도 있어요. 이 나라는 아무리 기운이 없어도, 아무리 늙어도 남자는 여자를 배려해야 하는 문화가 있어요. 80대 지도교수님과 함께 다닐 때도 제가 문을 열어 드리면 안 돼요. 그러면 지도교수님이 제가 열고 있는 문이 아니라 다른 문을 열고 나가세요. 비틀거리는 노인이라도 그 남자가 열어주는 문으로 나가는 게 예의예요."

"지하철역에 무거운 짐을 든 할머니가 있어요. 그럴 경우에 할머니 가방을 들어 드리는 사람은 있나요?"

"그런 경우는 한 번도 못 봤어요. 짐을 들고 나올 정도면 자기가 들고 갈 수 있는데 왜 남이 도와주느냐는 생각이 있어요. 이 나라 사람들은 자율성에 대한 의식이 강해요. 저도 장 보러 갈 때 걷기도 힘들어하는 이웃 할머니를 만나요. 장을 대신 봐 드리고 싶지만 그런 말 꺼내기가 쉽지 않아요. 시민의식도 우리가 생각하는 것과는 좀 달라요. 쓰레기는 함부로 버리지만, 경찰관이 시민을 부당하게 대우하면 자기 일처럼 같이 저항해요. 공권력에 대한 저항의식이 시민의식이라고 보는 것 같아요. 프랑스 친구가 서울에 놀러 와서 놀라는 것은 지하철에 붙은 안내판이에요. 여기에 줄을 서라. 저기에선 저렇게 해라. 무슨 행동은 하지 말아라. 뭘 이렇게 가르치는 것이 많으냐고 해요. 시민들이 알아서 할 일인데 말이죠."

장 선생의 이야기는 끝나가고 있었다.

"프랑스, 참 이상한 나라죠? 그런데 우리나라도 이상해졌어요. 2005년경인가 하여튼 그 무렵부터 '부자 되세요'라는 인사말을 하기 시작했어요. 예전에는 안 그랬잖아요. 돈이 없어도 그렇지 부자 되란 말을 그렇게 하지는 않았잖아요. 프랑스에 살 때 '부자 되세요'라는 인사말은 들어 본 일이 없어요. 하긴 프랑스도 최근 들어 변하기 시작했어요. 미국이나 중국에 대해 허리를 굽히기 시작하는 것 같아요."

2016년 봄, 민화협이 주최한 통일 행사에서 회의를 마치고 식사를 하는 자리였다. 옆자리에 앉은 장미란 선생과 이야기를 나누던 중 그녀가 프랑스에 오래 살았다는 이야기를 듣고 한두 마디 묻기 시작한 것이 발단이었다. 주변 사람들도 끼어들면서 이야기는 점점 흥미로워졌다.

"10년이나 20년이 지나면, 우리도 지금의 프랑스와 같아질까요?" 내가 물었다. 그녀는 그렇지는 않을 거라 했다. 유교문화를 바탕으로 한 우리의 정서는 시민혁명으로 공화국을 만든 프랑스인들과는 다르다고 했다.

식사를 마치고 사무실로 걸어가면서 생각해 보았다. 프랑스와 한국, 어느 나라가 이상한가? 두 나라 모두 이상한가? 혹은 어느 나라도 이상하지 않은가? 도대체 나라가 이상하다는 것은 무엇인가? 나와 다르면 이상한가?

　　길거리에 쓰레기를 함부로 버릴 수 있는 나라는 마음이 편할 것 같다. 반면에 길거리에선 함부로 담배를 피우면 안 되고 쓰레기나 담배꽁초를 아무 데나 버리면 양심의 가책을 받는 나라는 거리가 깨끗해서 좋다. 하지만 그뿐이다. 쓰레기 버리는 일로 양심의 가책을 받아야 하는가? 쓰레기 버리는 방식이야 같이 사는 가족들 간에도 서로 다른데 그깟 일로 상대를 이상하다고 할 것은 아닌 듯싶다. 지하철 자리도 그렇다. 노인이든 젊은이든 간에 자리에 먼저 앉으면 자기 자리가 되는 것이지, 내 자리를 양보해야 한다는 법은 어디도 없다. 그렇다고 양보하면 안 된다는 법도 없다. 그런 일은 제 하고 싶은 대로 하면 된다. 남에게 그렇게 하라고 가르치거나, 내 방식이 맞다고 고집하기 때문에 문제가 생길 뿐이다. 그저 서로 간의 생각이 다를 뿐이다. 이 나라가 택한 방식이 옳으니, 저 나라 것이 그르니 따져볼 수야 있겠지만 어느 편을 택해야 한다고 법으로 정하고 강제할 성질은 아니다.

　　그러고 보면 프랑스인의 생활태도가 이상할 것도 없다. 그들 나름의 사는 방식이 있고, 그렇게 사는 이유를 들어보면 수긍 못 할 바도 아니다. 그건 내 나라의 방식도 마찬가지다. 그런데 그 나라가 참 이상한 나라라고 생각했던 것은 왜일까? 막연히 프랑스인의 삶은 멋질 것이라 생각했는데 생각과 달라 이상해 보였을 뿐인가? 그것도 아니면, 프랑스인이 사는 모습을 이상하다고 생각한 그녀와 거기에 동조한 내가 이상한가? 알 수 없는 노릇이다.

(2016. 3.)

남북의 신뢰와 교류협력 없이는

통일과 관련된 일반적인 내용, 통일정책에 관한 글을 모 았다. 통일은 분단된 두 나라가 하나로 되는 거대한 과정이다. 고려해야 할 점이 많고 사람들에게 미치는 영향도 크다. 혼란 과 고통을 줄이려는 노력을 해야 한다. 통일과정을 구상해 보 고 그 과정에서 예상되는 문제를 파악해 보자. 그러면서 그때 적용될 법과 제도를 만들자. 통일에 관심 있는 사람들을 모으 고 그 사람들의 전문성을 살리자. 그런 노력은 지금부터 통일 의 그날까지 쭉 이어가야 한다. 나는 그런 일에 관심을 가진 다. 이 글은 그런 노력의 일부다.

먼저 그대가 건전한 인격이 되어라

"우리 중에 인물이 없는 것은 인물이 되려고 마음먹고 힘쓰는 사람이 없는 까닭이다. 인물이 없다고 한탄하는 그 사람 자신이 왜 인물 될 공부를 아니 하는가. 그대는 나라를 사랑하는가. 그러면 먼저 그대가 건전한 인격이 돼라." 도산 안창호 선생의 말씀이다.

스스로에게 묻는다. "너는 나라를 사랑하는가. 통일을 원하는가. 그러면 먼저 너 자신이 통일을 준비하라." 나 스스로에게 하는 말이다.

김구 선생의 말

독립운동가 정정화 선생의 『장강일기』(학민사, 1998)를 읽다가 서문에서 김구 선생의 말을 발견했다. 지금 내가 추구하는 바와 같다. 괄호 안에 내 희망을 적었다.

"나라는 내 나라요, 남들의 나라가 아니다. 독립(통일)은 내가 하는 것이지 따로 어떤 사람이 하는 것은 아니다. 우리 민족 삼천만(팔천만)이 저마다 이 이치를 깨달아 이대로 행한다면 우리나라가 독립이 아니 될 수도 없고, 또 좋은 나라, 큰 나라로 이 나라를 보전하지 아니할 수도 없는 것이다. … 나는 내가 못난 줄을 잘 알았다. 그러나 아무리 못났더라도 국민이 하나, 민족이 하나라는 사실을 믿으므로 내가 할 수 있는 일을 쉬지 않고 하여 온 것이다."

구체적인 계획이 없는 목표는

"구체적인 계획이 없는 목표는 허튼 꿈이다."

－생텍쥐페리

대한민국의 통일정책이 그런 사례가 아닌가 두렵다. 통일을 하겠다고 말은 하지만 구체적인 계획이 있는지 잘 모르겠다. 몇 년도까지 무슨 일을 하겠다는 계획은 없는 것 같고 정부가 교체되면 새 정부는 북한과 관계개선을 위한 노력을 하겠다는 말만 하는 것 같다. 신뢰프로세스, 신한반도평화정책, 원칙 있는 남북관계, 북한이 비핵화에 진전을 보이면 경제지원을 하겠다는 모호한 말이고 계획이다.

그러다가 북한이 핵실험을 하고 미사일을 발사하면 다시 원점으로 돌아가 국제사회의 경제제재에 동참하자는 주장이 반복되고 있다. 결국 허튼 꿈을 계속 꾸어온 셈이다. 얼마나 더 꿈을 꾸어야 현실로 돌아올까? 나부터 잠에서 깨어나야겠다. 2045년 분단 100년이 되기 전에 통일을 이루기 위해서는 대한민국의 민족공동체 통일방안의 2단계(남북연합)를 10년쯤 해 보아야 한다. 그 이전에 교류협력의 1단계를 완성하자. 2단계 이후에는 단일국가를 위한 헌법제정과 국민투표를 하는 3단계를 추진하자. 각 단계별로 필요한 법과 제도를 연구하고 보완하자. 그렇게 하려면 그 사이에 검토해야 할 법률적 문제가 얼마나 많은가? 할 일이 너무 많다.

(2022. 5. 18.)

우리의 핵심 이익에 비춰볼 때

앞으로 국제사회에서 '우리의 핵심 이익에 비춰볼 때'라는 말을 자주 하는 것이 중요하다. 급변하는 국제질서 속에서 중요한 것은 핵심이익에 대한 분명한 입장표명이다. 핵심이익이란 북한과의 관계, 안보문제다. 전략적 유연성은 상대방이 우리의 핵심이익이 무엇인지 명확히 알아야 가능하다. 요구의 상한선이 어디고 타협할 수 있는 가능성은 어느 정도인지 상대방이 알아야 협상이 가능하다. 밖으로 전하는 레드라인에 대한 메시지가 흐려지면 전략적 유연성을 담보할 수 없다. 전략적 유연성은 레드라인에 근거해 상대방도 계산할 수 있는 방향으로 가야 한다(정하늘, 국제법질서연구소장에 대한 인터뷰).

-서울경제(2022. 8. 1.). 국가 간 협상서 전략적 모호성 더는 안 통해.

우리나라의 핵심이익은 무엇인가? 북한문제에서 핵심이익은 무엇인가? 자문해 본다. 정부나 전문가들 간에 합의된 것이 있는지도 명확하지 않다. 남북통일이라고 명확히 말하는 것, 그리고 그 목표시한을 정하는 것이 필요하다. 중국과 대만 사이에서 하나의 중국이라는 원칙을 세우는 것처럼. 2045년 분단 100년이 되기 전에 남북이 통일하겠다는 선언을 하고 그 목표를 향해 나아가는 것, 남북이 합의하고 노력하는 것, 국제사회에도 목표를 천명하고 이 목표에 방해가 되는 조치에는 단호히 저항하고, 목표달성에 협조하는 측에게는 과감히 협력하는 것, 그런 목표설정이 필요하다. 중국이 미국과 협상과정에서 대만문제가 거론되면, 하나의 중국 원칙에 위배된다고 강력히 저항하는 것처럼 할 수는 없을까. 최근 낸시 펠로시 미 하원의장이 대만을 방문하였는데, 중국이 하나의 중국 원칙에 위배된다고 강력히 반발하였다. 중국은 대만을 포위하는 군사훈련을 며칠간 진행했다. 이런 사태를 보면서, 우리 사회에는 남북통일을 하겠다는 결기가 있는지 자문해 본다. 대만의 차이잉원 총통이 대만독립을 주장하는 것과 같은 의지를 가진 정치인이 있는지도 궁금하다. 우리가 진정으로 원하지 않는 것을 남들이 대신해 줄 리는 없다.

정해진 답과 원칙이 없다

외교는 선택의 연속이다. 우선 우리가 지켜야 할 국가이익의 우선순위를 정하고 거기에 맞는 정책 수단을 찾아내야 한다. 정해진 답과 원칙이 없다. 진보와 보수의 이분법적 논리, 진보는 친중 보수는 친미라는 단순 이분법적 편향에 매몰되면 우리 사회에서 의미 있는 토론은 사라지고 편 가르기만 남는다. 선택할 수단을 실현해야할 목표보다 앞에 놓고 논쟁하는 건 앞뒤가 뒤바뀐 것이다. 수레바퀴를 말 앞에 놓은 격이다. 이분법에 매몰되면 우리가 꼭 해야 할 외교목표와 수단에 대한 치열한 고민은 하지 않고 헛된 구호만 난무하게 된다. … 한반도 문제는 6마리의 말이 각기 다른 방향으로 마차를 끌고 가려는 형국이다. 이 마차가 평화와 비핵화라는 목표에 제대로 도달하려면 우리가 우리의 운명을 결정짓는다는 주인의식을 갖고 마차의 중심에서 방향을 잡아 안정시키는 역할을 해야 한다. 우리 스스로가 생각이 분열되어 있으면 이러한 역할은 불가능하다. 외교의 선택은 실리로 판단하고 명분으로 포장해야 한다. 실리가 목표이고 명분은 이를 실현하는 수단일 뿐이다. 진보 보수의 이분법에서 벗어나 외교정책의 목표와 수단에 초당적인 대타협을 이루자 [김원수(전 유엔 사무차장) 칼럼].

－내일신문(2022. 12. 23.). 지구촌 외교에는 진보와 보수 없다.

외교관의 경험을 소중히 여겨야 한다. 당장 눈앞의 이익을 위해, 나라의 장래를 포기해서는 안 된다. 힘든 길이라도 가야 할 때가 있다. 눈 쌓인 들판을 헤쳐나가야 할 때도 있다. 여기가 아닌 저기로 가려면 움직여야 하고, 그러려면 내가 가려는 목표에 맞는 길을 찾아 한발씩 나가야 한다. 나부터 한발씩 나아가자.

남북의 신뢰와 교류협력 없이는

지난 30년 비핵화 협상의 좌절이 보여주는 것은 남북의 신뢰와 교류협력 없이는, 북한의 실체를 인정하지 않고서는 한반도 평화가 불가능하다는 사실이다. 북한의 생존을 위협하는 정책을 바꾸지 않으면 대재앙을 피할 수 없다는 미어샤이머의 경고를 귀담아들어야 한다…. 독일 통일의 비결은 '독일은 공통의 문화유산을 가진 하나의 민족'이라는 신념으로 소통과 교류의 끈을 놓지 않았다는 것, 정권이 바뀌어도 이전 정부의 정책이 일관된 흐름 속에 진화 발전되었다는 점이다. 전 정부 지우기보다 실용성 일관성을 추구하고, 평화에 대한 철학적 성찰, 인문학적 사유를 가져야 한다(홍면기 칼럼).

–내일신문(2022. 12. 28.). 환상과 착시 걷어낸 평화의 철학을 고대한다.

과거의 경험을 냉정하게 분석하고 진영논리를 제외한 알맹이를 추출해야 한다. 우선 북한의 위협에 대응하면서 안보를 유지해야 한다. 그다음에는 통일협의를 통해 긴장도를 낮추고 쌍방의 이익에 맞는 공통 관심사를 찾고 확대해야 한다. 우리가 가야 할 유일한 길이다.

지나간 일만 안다면, 그건 기억력이 무척 나쁜 거란다

우리는 과거가 없으면 살지 못할 존재처럼 지나간 것에 집착하는 경향을 보인다. 잦은 반성이나 성찰의 시간은 물론이고, 미래를 지향한다는 명분으로 펼치는 기획 프로그램조차 지난 일에 기댄다. 과거의 사건을 파헤쳐 청산하고자 애쓰는 노력으로 역사적 의무를 수행한다. 학교에서 가르치고 배우는 내용은 끊임없이 재생산되는 옛 지식과 정보들이다. 정치 무대에서 벌어지는 싸움에 가장 자주 동원되는 무기는 어제 저지른 상대방의 실수다. 어린 시절 비행이 하나만 드러나도 개인의 미래는 일순 먹구름 속에 빠져든다. 모든 뉴스는 어제의 일이며, 창조는 세계의 모방에 지나지 않는다. 그러니 법조의 영역은 말해 무엇하겠는가. 수사나 재판이나 변론이나 판례평석이나, 지난 것이 소멸해버리면 존립이 불가능하다…. 마냥 과거에 떠밀리다시피 새날을 맞을 수는 없는 노릇이다. 낡은 과거를 파괴하기보다 참신한 미래를 건설하는 일에 몰두할 수 있다면 우리의 기분은 한결 나아질 수 있으리라. 루이스 캐럴의 『거울 나라의 앨리스』는 151년 전에 나온 책인데, 한 페이지에는 이렇게 씌어 있다. '지나간 일만 안다면, 그건 기억력이 무척 나쁜 거란다.'(차병직 칼럼)

-법률신문(2022. 12. 22.). (13) 미래의 기억.

차병직의 글에 동감이다. 과거를 되풀이해 봐야 자기 확신만 강해질 뿐이다. 통일법포럼에서 비슷한 경험을 했다. 같은 테이블에 앉은 두 교수는 북한을 신뢰할 수 없기 때문에 비핵화가 될 때까지는 그냥 기다리자는 제안을 했다. 현시점에서는 맞는 말이지만 그 의견에는 미래가 없다. 과거만 있을 뿐이다. '과거를 봐라, 북한을 믿을 수 있느냐,

그러므로 저들이 핵을 포기하도록 압박하면서 기다리자.'는 논리다. 답답한 일이다. 미래는 정해진 것이 아니다. 우리가 만들어 가는 것이다. 기억력이 무척 나쁜 사람이 되지 않으려는 노력을 해야 한다. 지나간 일을 알아야 하지만 그것만 알아서는 안 된다.

2045년에 통일하자

'대한민국은 5년 안에 달을 향해 날아갈 수 있는 발사체의 엔진을 개발하고 10년 후인 2032년에는 달에 착륙해 자원 채굴을 시작할 것입니다. 2045년에는 화성에 태극기를 꽂을 것입니다.' 윤석열 대통령이 28일 7대 우주강국으로의 도약을 위한 로드맵과 정책 방향을 발표했다. 우주항공청 설립을 위한 추진단도 본격 출범하면서 글로벌 우주패권 전쟁에 적극 뛰어들겠다는 의지를 보였다. 광복 100주년을 맞는 2045년에는 무인 탐사기를 화성에 착륙시키기로 했다. 로드맵 실행을 위해 달·화성 탐사, 우주기술 강국 도약, 우주산업 육성, 우주인재 양성, 우주안보 실현, 국제 공조 주도 등 6대 정책 방향을 제시하며 5년 내에 우주개발 예산을 두 배로 늘리고 2045년까지 최소 100조 원 이상의 투자를 이끌어 낼 것이라고 말했다. 과학기술정보통신부는 이날 우주항공청 설립 준비를 위한 범부처 전담 조직 '우주항공청설립추진단'을 출범시켰다. 추진단은 우주항공청 설립의 법적 근거를 담은 특별법 제정, 인력·부지·시설·예산 확보, 조직 설계 등 설립 업무 전반을 맡는다. 이를 위해 과기부뿐 아니라 행정안전부·기획재정부·법제처·인사혁신처·국방부·산업통상자원부 등 총 7개 부처가 참여한다. 정부는 내년 중 우주항공청을 개청할 예정이다.

－서울경제(2022. 11. 28.). 尹 "10년뒤 달… 광복 100주년엔 화성 간다" 로드맵 발표.

　　나의 버전으로 통일국가 목표를 제시한다면, 먼저 5년 안에 남북한의 주민을 상대지역에 보내겠다. 서울사람 1천 명쯤 평양에 장기 체류시키고, 평양사람도 1천 명쯤 서울에 장기 체류시키고 싶다. 10년 후인 2032년에는 남북연합의 구체적인 단계로 나아간다. 상시적으로 정상회의, 각료회의, 평의회를 개최한다. 2045년에는 통일헌법을 만들고 남북한 주민의 투표로 통일을 완성한다. 이런 과정을 위해 정책방향을 제시하고 담당기구를 만들어 추진한다. 우주로 나아가듯이 통일로 나아가자.

자신이 원하는 만큼 위대해질 수 있다

인간은 자신이 원하는 만큼 위대해질 수 있다. 자신을 믿고 용기, 투지, 헌신, 경쟁력 있는 추진력을 가진다면, 그리고 가치 있는 것들을 위한 대가로 작은 것들을 희생할 용기가 있다면 가능하다(빈스 롬바디).

'생각이 팔자'라는 말이 있습니다. 생각하는 대로 팔자가 변한다는 말입니다. 모든 것이 같은 상황에서 성공하리라 믿으면 성공하고, 실패할 것이라고 지레 겁먹으면 실패하는 사례들을 많이 경험하게 됩니다. 헨리 포드도 '할 수 있다고 생각하는 사람도 옳고, 할 수 없다고 생각하는 사람도 옳다. 그가 생각하는 대로 되기 때문이다.'고 생각의 중요성을 설파했습니다(조영탁).

－행복한경영이야기 메일링 서비스(2022. 12. 30.).

이런 말을 들으면 통일도 그렇다고 생각한다. 통일이 될 것이라는 사람도 옳고, 통일은 되지 않을 것이란 사람도 옳기 때문이다. 원하는 대로 되는 것이다. 하느님이라도 원하지 않은 것을 이루어주기는 어렵다. 일단 원하고 다음으로 그것을 위해 노력하고 희생하고 그다음에 운명에 맡기든 하느님께 매달리든 그런 노력을 해야 한다.

미래는 발명될 수 있다

성공한 벤처 투자자의 말, 그의 신조는 겸허함이다. 모르는 것을 모른다고 해야지 안다고 하면 안 된다. 미래의 예측불가능성을 인정하는 겸허한 투자가 성공 확률이 높은 투자다. 투자는 미래를 만드는 행위다. 경제현상이 물리적 현상보다 예측하기 힘든 것은 더 복잡해서만은 아니다. 인간의 행위가 미래를 바꾸기 때문이다. 투자 행위가 경제의 미래를 바꾼다. 물리학자 데니스 가보어는 미래는 예측할 수 없다, 그러나 미래는 발명될 수 있다고 했다. 발명이 미래를 바꾼다. 발명이 미래를 바꾸려면 투자가 있어야 하고, 투자는 비전이 있어야 한다. 비전이 미래를 바꾸는 것이다. 비전은 의지가 투영된 미래예측이다.

-내일신문(2022. 12. 21.). 예측할 수 없는 미래. 만들어 가야 한다.

물리학자의 말을 통일문제에 적용해 보자. 통일이 될지 안 될지, 되더라도 어떤 형태의 나라가 될지는 알 수 없다. 하지만 우리가 비전을 가지고 만들어 갈 수는 있다. 그런 비전이 미래를 바꾸고 꿈꾸던 현실을 실현 가능하게 만들 수 있다. 물리학자들이 하는, 과학적인 근거가 있는 말이다.

등불 하나 켜는 게 낫다

시인 구상 이야기, 우리 민족은 시비에 밝은 국민이다. 시비 정신의 발동이 소의(小義)와 소아(小我)와 소리(小利)에 너무 치우쳐 대의(大義), 대아(大我), 대리(大利)를 놓치는 경우가 많다. 대의(大義)는 인간이 마땅히 행해야 할 도리를 말한다. 이에 비해 소의(小義)는 사사로움을 앞세운다. 대아(大我)는 '참된 나', 소아(小我)는 '자기중심적인 나'를 뜻한다. 다른 사람을 긍정적으로 보는 눈을 가지려면 자기밖에 모르는 소아의 경계를 넘어 대아의 세계로 나아가야 한다. 대리(大利)는 그야말로 '큰 이익'이다. 대의를 위해 '작은 이익'을 버리면 손해 볼 것 같지만 오히려 더 큰 결실을 거둘 수 있다. 이를 거꾸로 하는 게 소탐대실(小貪大失)이니, 개인의 삶이나 정치·외교에서도 대리(大利)를 망각하고 소리(小利)에 집착하면 대패(大敗)하게 된다. … "어둠을 불평하기보다 등불 하나 켜는 게 낫다" 그는 평생 "말에는 눈에 보이지 않는 언령(言靈)이 있으므로 참된 말만 해야 하고, 글을 쓸 때도 교묘하게 꾸며 쓰는 기어(綺語)의 죄를 범하지 말아야 한다"고 강조했다.

-한국경제(2022. 12. 7.). [고두현의 문화살롱] 어둠을 불평하기보다 등불 하나 켜는 게 낫다.

구상 시인, 멋진 시를 많이 남긴 분이다. 그의 정신을 살펴야겠다. 최근 그의 에세이집을 다시 읽었다. 세상을 보는 따뜻한 시선과 겸손한 말씀에서 힘을 얻었다.

황홀한 모험

동서양을 막론하고 '줄타기'라는 기예가 있다. 줄타기의 속성상, 지지대가 서 있는 양쪽 끝이 가장 안전하고, 당연히 양쪽 지지대에서 가장 먼 한가운데가 제일 위험하다. 줄이 가장 많이 흔들리기 때문이다. 줄타기 고수는 가장 위험한 줄의 한 가운데에서 논다. 거기서 관객을 위해 갈고닦은 재주를 부린다. 황홀한 모험이다. 내가 생각할 때 민주주의 사회의 지식인은 줄이라는 경계에 서 있는 줄타기 광대와 같은 존재다. 거기 섰을 때 양쪽 극단의 진영에선 도저히 보이지 않는 다원적인 가치가 보이기 때문이다. 물론 안전도, 자리도, 기회도 보장되는 건 없다(김도언).

-법률신문(2022. 11. 14.). 경계에서 기꺼이 줄타기의 모험을 즐기는 조광희 변호사.

이 글을 읽으면서 비유가 절묘하다고 생각했다. 남북문제를 연구하다 보면 그런 느낌이 들 때가 있다. 꾸준히 공부한 사람만이 볼 수 있는 것, 그런 것들은 기성의 관점과 다를 때가 많다는 것, 그렇게 발견된 것을 발표하고 글로 쓰는 것은 짜릿하지만 위험할 수도 있다는 것, 그런 관점을 발견한 자신을 보호하는 것은 자기 자신뿐이라는 것, 흔히 신념이라 말해지는 것뿐이라는 생각을 할 때도 있다. 리영희의 자서전 『대화』를 읽으면서, 리영희도 그런 고독한 모험을 감행한 사람이라는 생각을 했다.

상호 신뢰에서 참된 평화가 확립된다

사실 한반도에는 1958년 1월부터 미군의 전술 핵무기가 배치되었다. 한때는 900여 발의 전술 핵무기가 남한 지역에 배치되었는데 부시 미국대통령의 철수 비밀명령(1991. 9. 27.)으로 모두 회수하였다…. 미국과 소련의 군사적 긴장이 최고조에 달했던 시기 성 요한 23세 교황은 "전쟁무기의 균형으로 평화가 이룩되는 것이 아니고, 상호 신뢰에서 참된 평화가 확립된다는 원리를 이해해야 한다…. 이러한 평화가 객관적으로 가능할 분만 아니라 사실 올바른 이성의 외침이며 대단히 바람직하고 더욱 높은 유익을 인간에게 가져올 것이다."라고 했다(강주석 베드로 신부).

-가톨릭신문(2022. 11. 13.). '공포의 균형'을 넘어서.

'무기를 통한 평화'라는 현실주의적 주장이 대세인 시대를 살고 있다. 6·25 전쟁의 역사를 보면, 전쟁으로 해결할 수 있는 일은 별로 없다. 공멸일 뿐이다. 새로운 해결방안을 찾으려는 노력, 상상력을 발휘하는 일이 절실히 필요하다.

남북의 산은 한 번의 끊김 없이 모두 연결돼 있다

한국 여성 산악인 남난희(65) 씨는 스위스 베른의 스위스알프스박물관에서 열린 '알베르 마운틴 어워드' 시상식에서 상을 받았다.

> "백두대간을 걸을 때 남쪽 마지막 지점에서 철조망에 가로막혀 더 갈 수 없었습니다. 절망하고 울었습니다. 38년이 흘렀습니다. 누구도 길을 뚫어주지 않았고 열릴 기미도 보이지 않았습니다. 그리고 저는 이렇게 늙어가고 있습니다. 지금도 간절히 바랍니다. 백두대간을 이어 백두산까지 걸어가기를…. 우리나라 산은 한 번의 끊김 없이 모두 연결돼 있습니다. 마음만 먹으면 강 한 번 건너지 않고 모든 지역을 이동할 수 있죠. 나무뿌리처럼 남과 북, 우리 모두를 이어주고 있는 존재, 그것이 백두대간입니다."
>
> –서울경제신문(2022. 11. 8.). 백두대간 타고 백두산 갈 날 간절히 바라죠.

남 씨는 1984년 국내에서 처음으로 백두대간을 종주했다. 부산 금정산에서 강원 진부령까지 76일간 군사지도와 나침반만으로 길도 없는 산을 헤치고 나아갔다. 거칠 것 없을 것 같던 발걸음은 남북을 가로막는 철조망 앞에서 막혔다. 산은 이어졌지만 길은 끊겼다. 절망했지만 그래도 그에게는 젊음이라는 것이 있었다. '지금은 돌아가지만 언젠가 꼭 다시 와서 산줄기를 이어 완전한 백두대간을 걷겠다'는 다짐도 했다. 60대 중반에 들어선 지금 그 희망이 가물가물해졌지만 버릴 수는 없었다.

산악인의 꿈, 계속 이어서 걷고 싶다는 그 꿈을 좌절시킨 것은 누구인가? 우리 모두는 가해자이기도 하고 피해자이기도 하다. 남난희의 꿈은 이루어져야 한다. 나도 나이가 들어간다. 통일법 분야에 주춧돌이라도 놓고 싶다. 내가 뭐라 한다고 당장 무엇이 이루어질 것은 아니겠지만 그래도 많은 사람이 같은 꿈을 꾸게 하고 싶다. 그래서 글 쓰고 연구하고 토론한다. 남난희 씨의 꿈이 곧 나의 꿈이다. 동참자가 늘어나길 바란다. 같이 실천해 볼 만한 일이다.

모든 색을 합치면 무채색

개인은 화려한 유채색입니다. 누구든 보수적이기고 하고, 진보적이기도 하고, 때로는 중도적이기도 합니다. 그만큼 개인은 복잡합니다. 그러나 모든 색을 합치면 무채색이 되듯 군중이 되는 순간 흑백세계에 갇히게 됩니다. 전체주의가 민주주의의 적인 이유입니다. 생각대로 살지 않으면 사는 대로 생각하게 된다는 폴 브루제의 말이 생각나는 시대입니다. … 21세기 포퓰리즘은 '탈진실(Post-truth)' 시대를 열었습니다. 탈진실은 객관적 사실보다 주관적 신념이나 감정에 호소하는 것이 여론 형성에 더 큰 영향력을 발휘하는 현상을 말합니다. 포스트 모더니즘이 '너도 옳고, 나도 옳고, 우리 모두 옳다'며 극단적 다원주의를 불렀다면 포스트 트루스는 '나만 옳고 너는 틀리다'며 극단적 진영 전쟁을 불렀습니다. 정치는 종교전쟁이 되었습니다(박성민 칼럼).

-법률신문(2022. 10. 10.). 법문정답.

북한문제도 마찬가지다. 포퓰리즘이 작동하기 쉬운 영역이다. 개인적으로 이야기를 나누어 보면 유채색이던 사람도 군중이 되면 무채색의 맹목이 된다. 생각하는 대로 살도록 노력하는 것, 군중의 주장에 휩쓸리지 않는 것, 그런 개인적인 노력에 더하여 내 주장을 제대로 전달하는 것, 쉽지 않지만 그래도 해야 할 일이다.

더 많은 예산과 확장된 업무영역으로 무장한 통일부

성평등정책 전담 독립부서가 사라진다는 것은 국가 성평등 정책 실현을 위한 주요한 권한과 기능이 사라진다는 것을 의미한다. 스웨덴을 포함해 세계 97개국에서 여성 혹은 성평등 전담 장관급 부서를 둔다. 우리나라처럼 구조적 성차별이 심각한 사회일수록 더 많은 예산과 확장된 업무영역으로 무장한 주무부처가 필요하다…. 저출생 고령사회 같은 미래를 결정짓는 문제에서 우리 사회가 지속가능하기 위해 성평등이 핵심고리임을 설득해 나가겠다. 성평등 없이 민주주의 발전이 없다(권인숙 여성가족위원회장).

－『국회보』 2022년 9월호. 혐오와 차별, 소외 넘어 성평등 사회 만들 것.

통일로 바꾸어 말하면 어떤 말이 될까?

헌법상의 국가의무인 통일문제를 전담하는 부서가 사라진다는 것은 잘못이다. 남북분단으로 인한 문제가 심각하고 그 정도가 조금도 줄어들지 않는 우리나라에서는 더 많은 예산과 확장된 업무영역으로 무장한 주무부처가 필요하다. 우리 사회의 미래가 희망을 가지기 위해서는 평화통일이 핵심고리다. 평화통일없이 민주주의의 발전은 없고 민족의 미래도 없다.

이 정도 될 것 같다. 통일부 존폐 논의가 생각나서 적었다.

이 시대의 구호 만들기

1960년 4·19혁명 이후 1961년 5월 전국적 규모의 대학생조직이 채택한 구호 "가자 북으로, 오라 남으로, 만나자 판문점에서"는 놀라운 파급효과를 일으켰다. 구호는 상징적이고 시대정신을 드러내는 것이다. 매 시대마다 그에 맞는 구호가 필요하다.

지금 이 시대의 구호는 어떤 것이어야 할까? 지금 나의 주장을 정리하면, "남북 주민을 상대지역에서 장기체류하게 하자." 좀 밋밋하다. "서울 사람은 평양에서, 평양사람은 서울에서 살게 하자. 서로 섞여 살다 보면 통일도 멀지 않다." 조금 나아졌다.

직관과 용기

장르를 불문하고 오랜 사랑을 받는 명작들에는 몇 가지 공통점이 있다. 예술가들의 직관과 용기도 그중 하나다. 새로운 도전에 대한 논란과 각계의 반발을 무릅쓰고 돌파한 결과다. 타인의 까칠한 시선과 대중의 깐깐한 평가는 예술가라면 피할 수 없는 숙명이다. 대중의 눈높이를 맞추는 데만 급급한 작품 중에서 명작이 나올 리 없다. 예술가들이 각자 믿는 가치와 신념을 밀어붙일 때, 새 시대를 여는 예술이 나온다.

–한국경제신문(2022. 9. 5.). 김희경의 영화로운 예술 "철학을 음악으로 푼 파격,
차라투스트라는 이렇게 말했다".

수필을 쓰면서, 논문을 쓰면서 느낀다. 기존의 틀을 벗어나는 두려움, 다른 사람의 시선, 안전지대를 벗어나면 무슨 일이 생길까 걱정할 때도 있다. 대부분은 별 관심도 없이 그냥 지나간다. 이 시대는 타인에 대해 관심이 없다. 다만 어딘가에 기록된 것이 언젠가 공격대상이 될지도 모른다는 불안감으로 남는다. 그래도 뭔가 하는 것이 낫다. 그래야 새로운 시선이 생기고 새로운 의견도 생긴다. 그중 일부만이 살아남겠지만 안주하는 것보다는 변화가 낫다.

북한과 대치한 덕분에

우리는 북한과 직접 대치하고 있기 때문에 매우 강한 군사력을 갖춰야 했다. 한국은 그동안 좋은 무기를 만들기 위해 노력해 왔고 이제는 어느 정도 규모의 경제를 달성했다. 미국 수준은 아니지만 유럽에 근접하는 경쟁력을 갖추고 있다. K 무기의 강점은 가격경쟁력이다. 한국은 브랜드 가치를 인정받기 시작한 데다 북한과 대치하는 과정에서 오래 운용해 쌓인 데이터를 보유하고 있다. 무기를 구매할 때는 품질과 가격을 넘어 판매국과의 관계를 매우 중요하게 고려한다. 어떤 나라의 무기를 구매한다는 것은 그 나라를 오래도록 믿을 친구로 받아들인다는 의미다. 무기는 전쟁이라는 극한 상황에 대비해 만들기 때문에 부품 하나하나에 요구되는 강도, 품질, 신뢰성 등이 일반 제조품과 완전히 다르다. 방산이 일반산업과 다른 것은 제품인 무기 수요처가 군대밖에 없다는 점이다(양욱).

-서울경제(2022. 8. 17.). (청론직설) 2030년대 KF21이
한반도 하늘 장악해 北핵 · 미사일 제압할 것.

우리나라는 북한과 대치하느라 국력을 소모하였고 국가신뢰도가 낮아지는 불편함이 있었다. 그런 불편함이 법과 제도로 개인에게도 미친다. 그런데 이런 대치경험이 방위산업 육성에는 도움이 되었고, 폴란드에 최대 40조 원 규모의 방산수출을 하게 되었다. 새옹지마라는 생각이 든다.

규제개혁을 성공시키려면

> 규제개혁을 성공시키려면 포괄적으로 해야 한다. 특별법을 만들어 모든 법에 우선하도록 하든가 아니면 헌법 등에 모든 규제는 네거티브로 한다고 못 박든가 해야 그 순간부터 모든 게 고쳐질 것이다. 지금 우리나라는 정해진 것만 하라고 규정된 포지티브 규제여서 이 틀에 해당하지 않는 조금이라도 새로운 것이 있으면 규제 대상이 돼 사업을 할 수 없게 돼 있다. 이래서는 기술 혁신을 통한 경제 발전을 기대하기 어렵다(조장옥 서강대 경제학부 명예교수).
>
> ―서울경제(2022. 8. 11.). 어떻게 규제 개혁을 해야 하는가.

나는 남북교류협력법의 규제방식을 네거티브로 바꾸자고 주장한다. 경제학자 조장옥도 같은 생각이란 것을 알게 되었다. 위 답변 중 마지막 문장을 "이래서는 교류협력을 통한 남북통일을 기대하기 어렵다."고 바꾸면 내 의견이다. 제도를 바꾸는 방법은 법을 통해 완성된다. 헌법에 규정하든 특별법을 만들든 행정실무를 바꾸든 법률가들이 할 일이다. 요즘 이 사회의 많은 문제가 결국 법률의 문제라는 것을 새삼스레 깨닫는 중이다. 법률가의 역할이 큰데, 그것을 제대로 하지 못하면 책임을 져야 한다는 생각도 한다.

한국인이 승복하는 기준

한국의 민주주의는 1.0(직선제 개헌으로 평화적 정권교체), 2.0(다당제를 통한 갈등관리), 3.0(내각제 개헌을 통한 선출권력에 의한 비선출 권력통제) 순으로 가는 게 좋다. 한국은 다수결 모델보다는 합의제 모델이 더 잘 맞는다. 한국인은 51% 대 49%에 승복하지 못하고, 66% 대 34%는 쉽게 결론이 나지 않는다. 75%(3:1)이 한국인이 승복하는 기준이다. 4당 체제가 좋다고 본다. 자유당(북한에 강경하고 시장에 관대한), 공화당(북한에 강경하고 시장에도 강경한), 민주당(북한에 관대하고 시장에도 관대한), 진보당(북한에 관대하고 시장에는 강경한)… 비례대표제는 폐지하고 한 선거구에서 3~4명이 선출되는 중선거구제가 좋다.

-법률신문(2022. 8. 8.). 박성민의 법문정답(法問政答).

박성민의 의견은 새롭다. 장래 통일한국의 국가구조와 정치구조도 이런 방향으로 가면 좋을 것 같다. 북한변수를 고려하여 북한주민이나 기성정치세력의 의견을 대변할 '북한 지역당'이 추가될 수도 있겠다. 이렇게 변화하기 위해서는 연구해야 한다. 독일식의 정당구조에 대한 관심과 연구도 필요하다. 다양한 의견을 개진하고 서로의 의견을 조율해가는 외국 경험을 참고할 수 있다.

아무것도 못 하니까 아무것도 안 되죠

"어디 가서 제가 양봉한다고 하면 반응이 세 가지 정도 돼요. 첫째, "쏘이지 않아요?"라고 걱정부터 하는 사람. 둘째, 그냥 웃는 사람. 셋째, "좋은 일 하시네요."라고 칭찬하는 사람. 양봉하면서 노하우가 쌓이면 심하게 쏘이지는 않고요, 또 좋은 일 하는 것도 아니에요. 그냥 저를 위해서 하고 싶은 걸 하는 거니까요."

"누구를 위한 것도 아니란 말씀이군요?"

"논리적 근거를 찾자면 솔직히 할 이유가 없어요. 고작 양봉 통 서너 개로는 수지 타산이 맞지 않을뿐더러 '자연'이란 단어를 갖다 붙이기에는 너무나 미미한 규모니까요. 그런데 이렇게 작게라도 시작해보면 알아요. 아, 이렇게 하면 벌이 잘 크는구나, 밀원 식물에는 이런 것이 있구나, 결국 건강한 숲이 필요하구나. 자연스레 생각이 커져요."

"그런데 그저 좋아서 무언가에 도전하기가 참 어렵잖아요."

"쉽지 않죠. 나이가 들수록 이것을 했을 때 돌아올 상황이 예상되잖아요. 사실 그렇기 때문에 많은 이들이 아무것도 못 하죠. 아무것도 못 하니까 아무것도 안 되죠. 그에 비해 저는 비교적 해본 거겠죠. 무식하면 용감하다는 말이 사실 어느 정도 맞다고 생각해요. 결국 잘됐다, 안됐다는 한 끗 차이더라고요. 타이밍이 잘 맞으면 멋진 개척자이고, 아니면 괴짜겠죠. 근데 괴짜가 되면 또 어때요."(아뻬*서울 대표, 도시양봉가 이재훈)

*아뻬는 이태리어로 벌이다.

　　　　　　　　　　-신세계 빌리브 매거진(2022. 7.). 카페가 된 혜화동 허니 소믈리에의 작업실.

그래, 이런 정신이 중요하다. 한번 해 보겠다는 신념도 중요하다. "한국인은 왜 아파트, 자동차가 꿈일까" 영국 저널리스트가 쓴 책 『우리가 보지 못한 대한민국』에 대한 소개 글이다. 한국만큼 엇비슷한 목표를 향해 모두가 무한경쟁을 펼치는 나라는 드물며, 정형화된 성공 컨베이어벨트에서 낙오하는 사람에게 한국만큼 가혹한 곳도 없다는 지적이다. 모두가 막연하게 느끼는 것이지만 차마 말하지 못한 것이다. 외국인의 눈에는 선명하게 보였다. 한 번 사는 인생이라고들 한다. 그 인생, 자기의 인생을 어쭙잖은 평균적 목표에 묻고 싶지 않다. 겨우 깨달아가는 중이다.

'함께 살기'와 '기회 균등'

지난 4월 24일, 프랑스 최연소 대통령 에마뉘엘 마크롱이 재선에 성공했다. 거주에 관한 정책은 '세입자 보호 강화, 동거인 거주 인정, 주택 복리 후생 개혁, 사회주택 증식'이다. 프랑스는 국민 주거권을 헌법으로 보장하는 나라다. 즉 집주인보다 세입자가 우선이라는 말이다. 집주인이 세입자를 함부로 내쫓을 수 없도록 주거권을 강조하고 주택 임대료 보조금을 늘리고 세입자의 소득수준, 가족 구성, 취향에 맞는 다양한 사회주택(공공 임대주택)을 짓는 데 노력해 왔다. 정부와 민간 기업이 손을 맞잡고 노력한 결과 사회주택은 기피 대상이 아니라 일반 민간 주택보다 여러 면에서 훌륭한 주거지로 인정받게 되었다. 2020년 12월 기준으로 파리 사회주택 비율은 23.6%다.

 2020년 기준 유럽연합 내 자가 소유 비율이 낮은 나라는 스위스, 독일, 오스트리아, 덴마크, 프랑스 순. 프랑스는 여전히 평균 70%에 못 미친다. 왜 프랑스 사람들은 집을 사려고 하지 않는 걸까? 답은 굳이 집을 사지 않아도 편히 살 수 있기 때문이다. 언제라도 저렴한 가격에 집을 살 수 있다. 1년마다 집값이 껑충 뛰어오르고 수시로 주거 정책이 바뀌지 않으니 굳이 세금을 부담하며(주택 담보대출에 대한 이자세액공제가 없다) 영혼까지 끌어모아 집을 살 필요가 없는 것이다…. 프랑스에서 오늘날 가장 중요하게 여기는 가치는 '함께 살기'와 '기회 균등'이며 프랑스 주거 정책 또한 이를 바탕으로 마련되었다. 주거 정책은 집 없는 사람들의 문제가 아니라 모두의 문제로 받아들인다는 뜻이다. 직원 10명 이상인 회사는 직원 월급 1%를 사회주택 기금으로 낸다. 사회주택은 정부가 개입하지 않아도, 민간 기업이 운영할 수도 있고 개인과 개인이 모여 지을 수도 있다.

-신세계 빌리브 매거진(2022. 7.). 프랑스인은 왜 '영끌'하지 않나.

너무도 부러운 내용이다. 프랑스대혁명에서 주창된 자유, 평등, 박애 중 박애 정신의 실천이다. 우리 사회가 아직도 강하게 주장하지 못하는 가치다. 함께 살기, 너만의 문제가 아니라 우리의 문제라고 생각해야 한다. 그것이 복지국가이고 사회적 연대를 실천하는 길이다. 통일로 가는 과정이 박애의 정신이 확산되는 계기가 되길 바란다.

1987년 체제를 극복하려면

1990년생 작가의 글이다.

"산업화와 민주화 달성 이후 87년 체제 35년, 한국 쉼 없이 질주했지만 정치담론은 제자리, 저출산 자산격차 등 새로운 문제들 쏟아져, 좌우 정치세력 여전히 이분법적 대안 제시, 청년들 조연으로 남기 거부하며 저항 나서."

제1막은 전쟁이 끝난 1953년에서 1987년까지 34년
제2막은 1987년부터 2022년까지 35년
제3막은 지금부터, 그런데 무엇이 어떻게 시작될지 짐작도 못하는 상황, **새로운 서사**를 만들어야

-한국경제(2022. 3. 2.). [임명묵의 21세기 렌즈] 1987년에 머물러 있는 정치, 낡은 렌즈 벗어던지고 새 시대 열자.

　　1987년 체제 극복의 서사는 통일문제에서 찾으면 어떨까? 안토니오 그람시의 문제의식은 지금도 유효하다. "낡은 것은 죽어 가는데 새로운 것이 탄생하지 않은 위기의 시간, 다양한 병적 징후가 나타나는 공백기"가 지속되고 있다.

　　한국사회는, 개발독재시대에 정부 기업 국민이 암묵적으로 동의한 사회계약관계모델이 파탄 난 지 30여 년이 흘렀는데도 새 시스템 정립은 요원하다. 그 결과는 사회적 갈등 심화와 성장동력 후퇴. 지속가능한 한국사회를 만들려면 어떻게 해야 하는가라는 문제를 고민해야

한다. 1987년 헌법을 다시 보면서, 새로운 헌법을 만들어야 한다. 그렇게 하기 위해 새로운 방향에 대한 논의를 더 해야 한다. 남북문제도 중요한 한 축이 되어야 한다. 1987년 헌법에선 충분히 고려되지 않은 영역이기 때문이다.

개헌해야 한다

최문순 강원지사는 3선 임기를 마치고 퇴임을 앞두었다.

"청년은 절규하는데 민주당은 정치적 민주주의에만 매달려 있었다." 기후변화, 빈부격차, 저출산 고령화, 분권, 남북평화체제 등을 의제화하고 그것에 대해 구체적인 정책을 세우고 비전을 보여주는 것이 중요하다고 제안했다.

Q. 시대정신인 빈부격차 해소를 위해서는 어떤 게 필요한가?

A. 개헌을 해야 한다. 지금 우리 헌법은 박정희가 만든 헌법이다. 1961년에 쿠데타를 일으켜서 만든 헌법이고 대통령 중심제, 단원제, 관료제, 경제성장이 골간이다. 1987년에는 대통령을 어떻게 뽑는가만 바꾼 거다. … 박정희의 헌법은 독점자본주의를 바탕으로 한다. 우리가 민주헌법을 갖고 있는 것처럼 오인하고 있는 거다. 인간의 존엄이라는 복지국가의 철학은 2차 세계대전 이후 독일 헌법 제1조 제1항(인간의 존엄성은 침해되지 아니한다. 모든 국가권력은 이 존엄성을 존중하고 보호할 의무를 진다.)에 들어갔다. 나라체제를 바꾸고 복지국가의 토대를 마련한 것이다. 교육도 경쟁체제가 아니라 상대방을 존중할 줄 아는 것을 목표로 하고 있다. 인간존엄을 앞세우는 개헌은 민주당에서 할 수밖에 없다. 앞으로도 이 얘기를 계속할 생각이다.

-내일신문(2022. 6. 28.). 최문순 강원지사 인터뷰 기사.

나도 비슷한 생각을 하고 있다. 자유를 넘어 평등으로 그리고 이제는 연대로 나아가야 한다고 생각한다. 현행 헌법의 문제를 지적한 점이 신선하다. 법학계에서 들어보지 못한 주장이다. 그의 말이 맞다. 1961년에 그리고 1987년에 만들어진 헌법의 구조를 다시 생각해 보고 미래에 맞추어야 한다. 논의를 계속해야 할 문제다. 기후변화 문제처럼.

북핵문제 해결의 길

북핵문제 해결의 길은 하나뿐이다. 북한체제의 안정과 지속적인 발전을 유도함으로써 북한 입장에서 보더라도 핵이 불필요할 뿐만 아니라 거추장스러운 존재가 되도록 하는 것이다.

장기성을 요하는 이 과제를 담당할 수 있는 당사국은 한국뿐이다. 발상의 전환이 요구된다. 1994년 김영삼 대통령은 미국의 군사공격을 저지시켰다. 김대중은 북한과 협상에 나서도록 미국을 설득했다. 노무현은 부시대통령을 설득해 대북 강경기조를 변경시켰다. 한국은 미국의 정책을 변화시킬 능력이 있다(박세길).

　　　　　　　　　　　　　　　-내일신문(2022. 4. 18.). 북핵문제에 대한 인식의 전환.

　　북핵문제는 이 시대의 가장 거대한 주제다. 논의도 많고 해법도 다양하지만 우리가 할 수 있는 것이 무엇인지, 가능성은 있는지라는 두 가지 질문에 답변해야 한다. 박세길의 제안에 찬동한다. 닥친 문제는 해결해야 하고, 문제가 생겼다면 해결책이 있다는 것은 보편적인 진리다.

통일교육의 3가지 원칙

국립통일교육원이 발간한 『한반도 평화이해』에서 독일 이야기를 읽었다.

1976년 서독에서 학교와 시민교육의 원칙으로 합의한 '보이텔스 바흐 협약'에는 3가지 원칙이 나온다.

교조주입금지원칙(교사가 자신의 생각을 학생들에게 일방적으로 주입하면 안 된다),

논쟁성 투명화 원칙(학문과 정치에서 논쟁적인 것은 수업에서도 그대로 소개되어야 한다),

정치적 행위능력의 강화원칙(학생 개개인이 자신의 이해관계와 삶에 기초하여 스스로 정치적 판단을 할 수 있는 능력을 키우도록 장려한다).

이 원칙은 68세대가 이룬 성과로, 과거 나치주의에 대한 참회와 성찰의 산물이며 다원주의 가치를 존중하는 사회적 합의의 결과다. 이 원칙은 독일교육의 기본방침이 되었다.

지금 우리도 이런 합의를 해야 하지 않을까? 학생 각자가 자신의 삶을 주체적으로 살도록 장려해야 한다. 통일문제도 그런 방향 속에서 추진되어야 한다. 다행스러운 것은 2021년 채택된 '통일국민협약'에 그런 내용이 있다.

'한반도의 바람직한 미래상'은 인권과 삶의 다양성이 보장되고 남북한 주민 모두가 잘사는 복지국가이며, 공정한 사회체제가 정착되어 사회적 합의로 갈등이 해소되는 한반도이다.

'미래상 실현의 과정과 방법' 중 평화통일교육 항목은 "남북이 통일에 대한 공통교육을 실시한다."고 제안하는 바, 이때 통일교육의 방법으로 서독이 합의한 3가지 원칙을 포함시키면 좋겠다.

(2022. 4. 14.)

통일을 위한 교육 재정

10조 원 수준의 고등, 평생교육지원특별회계 신설 방안을 담고 있다. 국세분 교육세의 일부를 고등·평생교육에 투자하는 특별회계를 신설하게 됐다. 2019년 기준으로 경제개발협력기구(OECD) 회원국 중 우리나라의 1인당 초중등교육 투자 규모는 4위였지만 고등교육은 30위로 최하위권을 벗어나지 못했다. 이번 특별회계 신설을 통해 미래 인재 양성을 위한 고등교육재정 확충의 전기를 마련했다. 정부는 특별회계를 통해 네 가지를 중점 추진하고자 한다. 첫째, 포괄적 지원 방식의 일반재정 지원을 40% 확대해 자율에 기반한 대학 혁신을 촉진한다. 둘째, 어려움을 겪는 지방 대학을 위해 별도의 지원 트랙을 신설하고 지역밀착형 평생·고등직업교육 기능 강화에도 6,000억 원을 추가 지원한다. 셋째, 보다 안정적인 환경에서 연구에 매진할 수 있도록 국립대 노후 시설과 기자재 개선, 석·박사급 인력의 연구지원금 인상에 5,000억 원 이상을 지원한다. 마지막으로 학문 간 균형 발전을 위해 교원 양성과 인문·기초과학 분야 신진 연구자 지원도 1,000억 원 확대한다.

－서울경제(2023. 1. 1.). 최상대 기재부 2차관, 교육세 일부 떼내 10조 규모 편성.

　이 칼럼을 보면서 든 생각은 예산의 규모가 엄청나게 크다는 사실이다. 교육개혁의 한 이슈인 고등교육, 평생교육 문제를 해결하기 위한 목적으로 10조 원을 사용한다는 것이다. 그렇다면 통일을 위한 것이라면, 북한지역의 교육을 위한 것이라면, 그것이 교육시설 등 물적 기반이든 인력양성 등 기반조성비용이든 하여튼 10조원 이상의 지출도 가능할 것 같다. 이런 생각을 하는 것이 생소한 것은 그동안 이런 종류의 큰 꿈을 꾸지 않았기 때문일지도 모른다. 지방대학 지원도 중요하지만 통일을 위한 북한지역 교육은 더 중요할 수 있다. 그렇다면 예산 문제에도 그런 중요성이 반영되어야 하지 않은가? 기왕에 이런 유형의 주장을 하지 않은 것은 통일연구자와 정책담당자가 제 역할을 다하지 못하였기 때문이다.

우리는 미래를 알고 있다

웹소설이나 드라마에서 이즈음 자주 보이는 특징으로 '회귀'라는 장치가 있다. 철저히 패배한 현재를 만회하기 위해 '지금 내가 아는 것'을 자산으로 간직한 채 과거로 돌아가 성공적 삶을 설계하는 스토리이다. 이 회귀를 가능하게 하는 것은 대개 패배의 처절함과 거기서 비롯되는 원한감정의 강렬함으로, 그 고도로 집중된 에너지가 하늘을 움직여 회귀의 기회를 얻는 식이다. 이런 성공서사가 깊은 무력감의 다른 표현이며 우리 사회의 어떤 증상임을 짐작하기는 어렵지 않은데, 정작 우리에게 필요한 것은 정확히 그 반대이다.

사실 우리는 미래가 어떨지에 관해 생각보다 많은 것을 알고 있다. 기후위기에 대한 외면이 가져올 결과, 남북관계의 파탄이 야기할 비극, 그리고 그보다 가깝게는 이 정부의 지속 불가능함 같은 것들 말이다. 그런 점에서 우리는 이미 '회귀'한 사람들이며, 미래에 대해 알고 있는 것들에 대한 확신으로 현재를 바꿀 수 있다. 다만 패배의 처절함과 원한의 강렬함에 버금가는 강도의 지향과 희망, 당장은 우리에게 그런 것들이 부족해 보이기도 한다. 하지만 그건 그만큼 오래, 열렬히 싸웠기 때문인데, 이제 잠깐의 좌절을 털고 서로를 격려하며 이미 시작된 크고 작은 싸움들을 북돋울 시간이다(황정아).

－창비주간논평(2023. 2. 22.). 미래에 관해 알고 있는 것들.

웹소설과 웹툰으로 인기 있는 '화산귀환', 드라마 '재벌집 막내아들'이 회귀에 대한 이야기다. 현실이 워낙 급하게 변하다 보니 자기 당대의 일도 마치 오래된 일 같다. 삶의 고통도 속도만큼 깊다. 저자의 말처럼 사실 우리는 미래를 알고 있다. 그 미래를 얼마나 절실히 느끼고 변화의 의지가 강한가, 당장 실천할 의지가 있느냐의 문제일 뿐이다. 남북분단의 지속이 초래할 분단비용은 참고 있는 통증이다.

철조망은 휴전선이 아닌 내 마음에 있었다

2020년부터 연구 지역이 추가되었다. 파주와 연천의 임진강 그리고 DMZ 안팎이다. 'DMZ를 사이에 둔 남북의 거리는 4킬로미터인데 오두산 통일전망대에서 북한 육지까지는 왜 2.1킬로미터일까?' 질문을 하다가 그곳에는 DMZ가 없다는 답을 찾기도 하고, '한강 하구와 임진강 하류에는 휴전선이 없는데 파주 곳곳에 설치된 지도와 인터넷 지도에는 누가, 왜 유령의 휴전선을 선명하게 그어놓았을까?' 묻기도 했다.

로마에서 전시되었던 '평화의 십자가'는 애초 휴전선 철조망으로 만들었다고 알려졌다. 그러나 사실 휴전선엔 철조망 없이 1,292개의 말뚝만 서 있다. 평화의 십자가가 실제로는 동해안 철조망으로 만들어졌다는 걸 알았을 땐 사실 왜곡이 안타까울 따름이었다. 대다수 사람들은 휴전선에 대해 잘 모르고 있다. 남방한계선의 철조망 역시 1968년 전후 만들어진 것으로, 1945년 분단 이후 23년여 동안 남북 사이에 길게 이어진 철조망은 없었다(인류학자 강주원).

-창비주간논평(2022. 9. 20.). 철조망은 휴전선이 아닌 내 마음에 있었다:
외할머니의 눈으로 분단 공간 다시보기.

분단현실에 대해 모르는 것이 참 많다. 실증적으로 하나씩 따져 보고, 특정 주장이 지금도 유효한지도 검증해야 한다. 먹고 살기가 어렵던 시기, 남북 경쟁이 현실이던 시절에서 벗어난 지금은 다른 접근을 해야 한다. 앞 세대의 공은 인정하되 지금 세대가 해야 할 일은 찾아야 한다. 앞 세대가 만든 틀에 따라 살 이유는 없다.

용서 없이 미래 없다

안국포럼에서 홍유진 변호사의 발제를 들었다. 남아공의 진실화해 위원회의 역사와 결과 그리고 데스몬드 투투 주교의 『용서 없이 미래 없다』는 책에 대한 내용이다.

남아공의 인종분리정책은 법률로 뒷받침되었다는 것(법률가들 죄가 많다), 1948년에 시작된 인종분리정책은 1960년대부터 유혈충돌이 잦았고, 유엔에서 여러 번 제재하다가 나중에서야 회원국에서 탈퇴시켰다.

만델라가 대통령이 된 이후 진실화해법을 만들어서 3개의 위원회(현실조사와 청문, 손해배상, 사면)를 가동시켰다. 그 결과 수천 명이 사면을 받고 300달러 내지 3,000달러 수준의 배상도 받았지만 국고의 한계로 분할 내지 미지급도 있었다.

한편 뉘른베르크 재판에서는 24명이 재판을 받아 12명이 교수형 선고를 받았다. 2차 세계대전이라는 사건은 어마어마하지만 사법의 틀로 재단하는 것에는 물리적 제한이 있고, 간격은 컸다.

넷플릭스에서 〈도쿄재판〉이라는 시리즈물을 보면서도 그런 생각을 했다. 평상시를 전제로 만들어진 재판제도를 전쟁이라는, 그것도 인권침해 정도가 심한 무자비한 전쟁이라는 상황에 대입시키는 것은 한계가 있다.

남북한이 통일하는 경우에도 마찬가지 문제가 생길 것이다. 북한은 남아공과 상황이 다르다. 인권침해에 인종문제는 없었고 침해의 정도도 최근에는 약화되고 있다. 그런저런 사정을 고려할 때 과거사 정리라는 과제는 적당한 선에서 마무리하는 것이 바람직하다는 생각이다. 끝까지 파헤친다는 것이 불가능할 뿐만 아니라 바람직하지도 않을 수 있다. '회복적 정의'라는 관점은 유용하고, '우분투 정신'은 배울 바가 있다. 데스몬드 투투라는 종교지도자를 전면에 내 세운 위원회 운영 방식도 따라할 만하다.

(2023. 11. 3.)

평등권과 북한 주민

대한민국 헌법

제11조 ① 모든 국민은 법 앞에 평등하다. 누구든지 성별·종교 또는 사회적 신분에 의해 정치적·경제적·사회적·문화적 생활의 모든 영역에 있어서 차별을 받지 아니한다.

법에 열거된 것들은 당사자가 선택하지 아니한 품성이다. 이것들을 기준으로 법을 만들면 법에 요구되는 속성 중의 하나라고 할, 법의 일반성을 충족하지 못하게 된다. 헌법 제11조 제1항 후문은 이것을 금지하고 있다. 이것도 헌법 제11조 제1항 전단처럼 법치주의를 요구하는 것이다. 우리 헌법은 법이 기준을 정해 사람을 다르게 처우하는 것을 금지하지 않는다. 다만, 그 기준이 성별, 종교, 사회적 신분이어서는 안 된다고 말하고 있을 뿐이다. 법이 만들어지면, 모든 국민은 그 앞에서 평등하다, 즉 그 법이 정한 기준 외의 다른 요소에 의해 구별되지 않는다는 것을 말하고 있을 뿐이다. 이것들은 전부 법치주의의 요구와 일치한다. 우리는 헌법상의 평등을 다룰 때 반드시 물어야 하는 것이 있다. 법은 무엇을 표지로 다른 처우를 하는가? 그 표지는 헌법에서 금지한 것이거나 그것들과 동등한 것인가? 필자는 헌재 결정문에서 이것들을 찾아내지 못했다. 그것이 아쉽다(충남대 정주백).

-법률신문(2023. 10. 30.). 평등이 요구하는 것.

나의 의문은 여기서 시작된다. 통일과정에서 혹은 통일된 이후에 북한주민이라는 이유로 지역적인 차별을 받는다면, 혹은 과거에 사회주의 교육을 받았다는 이유 또는 뭔가 북한주민에게만 적용되는 어떤 것을 이유로 차별하면 어떻게 되는가? 채용현장에서 입시현장에서 북한주민이라 채용하지 않았다고 답변하는 것이 정당화되는가? 법에서 그런 차별을 규정해도 되는가? 법률이 아니라면 회사의 사규로 규정해도 되는가? 생각해 볼 일이다. 결국 법률에서 차별의 기준으로 정한 표지에 '북한주민'을 정해도 되는가? 북한주민이란 것이 사회적 신분인가? 헌법에 '성별, 종교, 사회적 신분' 외에 북한주민이라는 출신지역을 추가해야 하는가? 북한주민의 범위는 또 어떻게 정할 것인가? 논의가 전혀 없는 영역이다.

'현상 관리'와 '현상 변경'의 동시적 추구

송민순 전 외교부장관의 인터뷰 기사 중에 눈에 띄는 것이 있다.

한국외교와 외교관은 다른 나라의 그것들과는 다릅니다. 다른 나라들의 외교는 있는 현상을 관리하고 개선하는 것이 주목적입니다. 그런데 한국의 외교는 한편으로는 있는 현상을 관리하고 개선하는 일, 그런데 동시에 분단된 지금 우리의 비정상을 정상으로 만드는 현상 변경의 외교를 해야 됩니다. 한 사람이 한 손으로는 현상 관리를 해야 되고, 다른 손으로는 현상 변경을 해야 되는 듀얼 태스크를 갖고 있습니다. 우리 젊은 외교관들이 그런 철학을 가지고 소명을 다하기를 기대합니다(송민순).

-강정면(2023). 尹외교, 스타일 거칠어도 불가피한 선택. 지나친 급선회는 안돼. 저스트프레스 편집부 저. 법치와 자유. 저스트프레스.

이 나라의 지식인이 해야 할 일이다. '현상 관리'와 '현상 변경'의 동시적 추구, 그러기 위해서 창의력과 상상력이 필요하고, 실행력도 있어야 한다. 국제상황을 정확히 이해하고 방향을 제시해야 한다. 어려운 일이다. 하지만 도전해야 할 일이다.

(2023. 10. 17.)

리더십의 부재

전 세계적인 혼란은 곧 전 세계적인 리더십의 부재를 의미합니다. 믿을 수 있는, 존경할 만한 리더가 부재하는 현실은 국내에서도 마찬가지죠. 옛날엔 진짜 대단한 분들이 많았는데, 요새 사람들이 갑자기 다 멍청해졌느냐? 저는 그렇게 생각하지 않습니다. 실패를 회피하기 위해 도전을 기피하는 풍조, 미래를 내다보기보단 현재의 틀에 갇힌 사고 때문에 리더십이 실종됐다고 생각해요. 크게 성공한 사람의 단점이 변화를 싫어한다는 건데, 우리나라가 딱 그 모양새입니다. 눈앞의 이익을 더 중시하기 때문에 대부분 새로운 생각을 못 합니다. 조직의 장이라면 자기 시간의 절반은 미래를 생각하는 데 써야 한다고 생각해요.

요즘 젊은 세대의 생각은 다릅니다. 최빈국 출신 상사와 선진국 출신 신입사원이 함께 일하는 격이죠. 기성세대가 경제성장을 일궜다고 해서 잘못을 저지르고 양해를 요구할 권리는 없습니다. 젊은 세대가 다 옳다는 게 아니라 왜 그런 생각을 하게 됐는지 이해하려는 소통의 노력이 필요해요.

효율을 중시하는 건 교육도 마찬가집니다. 모범생을 키우는 현재의 교육으론 명문대 출신 인재의 국제적 경쟁력이 점점 더 떨어질 거예요. 틀리지 않는 기술에 특화된 그들은 새로운 도전을 하기보단 안전한 길을 가려는 경향이 강하거든요. 지금 서울대 출신들은 공부만 잘하지 리더십은 전혀 없습니다. 존경도는 점점 더 떨어질 거라 봅니다[권오현(전기공학 71학번) 삼성전자 고문].

–서울대 총동창신문(2023. 8.).

듣기에 불편한 말이지만 정확한 지적이다. 현실이 살 만하기 때문에 미래에 대한 생각, 타인에 대한 생각을 덜 한다. 그래서 문제가 악화된다. 답이 어려운 것이 아니라 실천이 어렵다. 통일문제도 그렇다. 이대로 살 만하기 때문에 변화를 거부하는 것일지도 모른다. 미래는 늘 불명확하다. 이대로 있든 변화하든 마찬가지다.

시대의 감각

어느 상황에서 단면적으로 보면 수긍할 만할 뿐만 아니라 장점이 엿보이는 것도, 시공간을 넓혀 역사 속에서 살피면 실소를 자아내게 하는 경우가 많다. 멀리 내다보지 못했다는 사후 평가를 받는다. 기존 질서에 익숙할수록 새로운 것은 불합리해 보인다. 당면한 문제의 해결에 집착할 때, 먼 훗날까지 고려하여 눈앞의 혼란한 듯한 상황을 참고 기다리기는 어렵다…. 어린 학생들의 일탈행동이 교권 침해 문제로 대두되자, 그 원인을 학생인권조례에서 찾는 사태가 벌어졌다. 학생의 폭력을 허용하는 인권조례는 세상 어디에도 존재하지 않는다. 학생에 대한 폭력을 막음으로써 학생들로 하여금 폭행을 다스릴 수 있도록 의도한 것이 학생인권조례다.

젊은 법률가가 창의성을 발휘해 만든 법률서비스 플랫폼에 제일 먼저 제동을 건 것은 변호사단체였고, 법무부 징계 절차에까지 넘겼다. 낡아 가는 모습이 완연한 단체는 무엇이 자신들의 이익인지조차 잘 판단하지 못하기 때문일 가능성이 높다. 아마도 이 시대 특정 단체의 실수라기보다, 인간의 역사적 습관일지도 모른다(차병직).

-법률신문(2023. 8. 18.). 시대의 감각.

시대가 바뀌고 환경이 바뀌면 기존의 관습도 바뀌어야 한다. 그런데 기성세대가 힘이 있기 때문에 기존 질서를 고집하면서 변화를 거부하면 충돌이 생긴다. 지나고 보면 잘못이 밝혀지겠지만 그 과정에 끼인 사람들은 힘이 든다. 남북분단의 문제도 마찬가지다. 기성세대의 의견에 얽매일 필요가 없다는 생각이다.

착하지 않아도 된다

우리는 많은 경우 착한 사람과 무서운 사람, 강한 사람의 차이를 잘 모르고 혼란스러워한다. 강한 사람이 되고 싶은 사람은 많을지언정 무서운 사람이 되고 싶은 사람은 적다. 도덕적인 사람의 경우 착한 사람이 되길 포기하는 것은 쉽지 않다. 나 역시 좋은 사람이 되고 싶은 마음이 지나쳐 나에게 부당하게 대하는 사람에게조차 친절과 웃음을 잃지 않는, 스스로에 대한 만행을 저지르기도 했다. 왜 나는 무례한 사람에게 항의하는 것은 고사하고 오히려 생글거리고 있었던 것일까? 아마도 착한 사람이 아닌 나 자신을 스스로 용납하지 못해서였던 것은 아닐까 생각했다.

나도 때에 따라서는 위협적인 존재가 될 수 있다는 것을 상대방에게 보여줄 필요가 있었다 싶어진다. 내가 벌떡 일어나 정색을 하고 항의했다면 그 사람은 누군가에게 허튼 갑질을 하려다가도 내가 돌변하던 모습이 떠올라 움찔했을지 모른다. 난 그 기회를 놓쳤다. 아직 망설여진다면 아침마다 '착하지 않아도 된다'를 10번 외우고 시작해도 좋을 성싶다. 나와 우리를 지키기 위해….

-법률신문(2023. 8. 17.). 안현주 변호사의 목요일언.

내가 느끼는 심정을 잘 표현했다. 남북문제는 정치적 견해가 갈리는 예민한 영역이다. 그렇다고 하여 함부로 말하는 것이 허용된다는 의미는 아니다. 무례한 말, 근거 없는 말, 가짜뉴스를 언급하는 사람들에겐 착하지 않아도 된다. 정색을 하고 말해야 한다. '그런 근거 없는 말 하지 말라'고.

주민들의 미래예측과 비전제시는 유용하다

4가지 미래 모델(경제의 계속 성장/사회의 붕괴/보존사회의 등장/변형사회의 시작) 중 가장 나아 보이는 방안은 '보존사회'다.

'보존사회' 선호 이유들

[지속가능] 더 성장을 바라는 거는 지금의 청년들에게 너무 큰 부담을 줄 수밖에 없어요. 그래서 성장보다는 지속에 좀 더 초점을 맞춰야 되지 않나 싶어요.

[다양한 성장] 인구가 적어지면 사회의 다양성은 더 커진다고 봅니다. 경쟁이 치열해질수록 꼭대기에 서기 위해서 서로 경쟁하게 되고 거기에 너무 많은 힘을 소비해 다른 것을 할 기회를 놓쳐버려요. 경쟁이 완화되면 각자 사회가 필요한, 비어 있는 구석을 찾아가지 않을까요.

[삶의 질] 저는 더 성장하지 않고 더 나빠지지 않는 것도 과제이지 않을까 생각해요. (경제) 성장 말고 우리가 노력해야 할 환경보존이나 교육, 분배, 문화예술, 정신건강 등 할 건 많거든요.

[인간성 회복] 보존사회에서는 부산시민들이 책을 읽을 시간도 늘어 자연스럽게 성장하고 인문학적인 얘기도 나눌 거고 미래(세대)와 대화도 가능할 거라고 생각합니다.

[주거환경] 주거 빈곤 퇴치 프로그램이 많아질 것 같아요. 작은 단독주택 위주의 주거 문화가 형성되면 부산에 청년들도 증가할 것 같아요.

-박성원(2023. 8. 14.). 지역주민들의 미래예측과 비전의 유용성:
부산시민과 미래대화 사례 연구. 국가미래전략 인사이트 75호.

통일한국의 미래도 이런 모습일 수 있겠다. 통일한국의 미래는 아직 꿈꾸어 보지 않는 미지의 영역이다. 부산시민을 상대로 대화하듯이,

남북한의 주민을 상대로 대화하고 그 결과를 모아보면 좋겠다. 남한 주민 6,000명이 참여하여 4년간 사회적 대화를 하였고, 그 결과를 모아 2021년에 통일국민협약안을 만들었다. 거기에 '한반도 미래상 실현의 과정과 방법'이 나온다. 이런 대화를 지속한다면 우리의 미래가 더욱 뚜렷해질 것이고, 그런 미래를 만들기 위해 지금부터 해야 할 일도 명확해질 것이다.

본질에 보다 더 집중해야 할 때

2019년 이후 남북 관계는 위기에 빠졌다. 이번에는 남북한 정치 엘리트 모두 위기를 극복할 필요를 느끼지 않고 이 위기에서 벗어나려 노력하지도 않고 있다. 북한은 지난 30년 동안 남한을 '버튼만 누르면 원조를 제공하는 자판기'로 봤다. 북한은 계속 통일을 운운했지만 실제로는 그러한 생각조차 없었다. 왜냐하면 '통일 한국'에서 북한 엘리트층은 특권과 권력을 유지할 수 없기 때문이다. 그 때문에 대남 정책의 핵심 요소는 남한에서 가능한 한 많은 지원을 얻어 내는 것이었다. 현 단계에서 북한은 남한의 원조에 대한 수요도 많이 떨어졌으며 그 원조를 받을 방법도 사라졌다. 남한의 원조가 옛날만큼 필요하지 않은 이유는 중국의 태도에 있다. 2019년 이후 심각해지는 미·중 대립 때문에 중국은 북한을 귀중한 완충지대로 생각하고 북한 내부에 위기가 생긴다면 어떤 대가를 치르고서도 가로막을 의지를 굳혔다. 그 때문에 중국은 북한이 필요한 원조를 제공하고 있다. 그래서 북한으로서는 조건도 있고 부작용도 있는 남한과의 교류와 원조보다 중국의 원조에 의지하는 것이 합리적이다. 결국 북한은 남한과의 관계를 통해 얻을 것이 없다. 게다가 남한과의 교류는 북한 내부에 위험한 영향을 미칠 수도 있다. 북한 지도부는 남한을 무시하고 예측 가능한 미래에 남한과 접촉·교류를 하지 않기로 결정했다.

남한에서 20여 년 동안 남북 교류 협력을 시도한 결과는 제로다. 정확히 말하면 제로보다는 마이너스다. 제일 중요한 것은 북한이 비핵화를 하지 않았을 뿐만 아니라 대륙간탄도미사일(ICBM)과 수소폭탄이라는 무서운 무기를 보유했다는 사실이다 (국민대 정치외교학과 교수 안드레이 란코프).

-서울경제(2023. 7. 24.). 남북 경제공동체라는 허상.

　　이 칼럼의 주장은 하나의 견해다. 이 주장이 맞는가? 경제공동체 그리고 그런 과정을 통한 통일의 꿈은 포기하여야 하는가는 다른 문제다. 현실을 냉정하게 분석하고, 미래를 거시적으로 전망해야 할 시기다. 나는 그와 생각이 다르다. 경제공동체 모색 과정에서 남북한은 서로 많이 변했다. 상대방이 나와 다르다는 것도 알게 되었다. 전쟁은 선택할 수단이 아니다. 그렇다면 교류협력 외 무슨 대안이 있는가? 통일의 꿈을 포기하자? 일제시대 독립의 꿈을 포기하자는 주장과 비슷한 것 아닌가? 지금 현실은 일제 강점기보다 낫다. 우리의 꿈을 스스로 단단하게 만들어야 한다. 왜 통일해야 하는지, 우리는 무슨 꿈을 꾸어야 하는지 되묻고 답을 찾아야 한다. 본질에 보다 더 집중해야 할 때다.

정전협정 70주년

우리 민족 서로돕기 운동본부의 손종도 님이 보낸 메일 중의 일부다.

정전 70년, '기이한 전투'는 아직 진행 중입니다

2023년 7월 27일은 정전협정이 조인된 지 70년이 되는 날입니다. 70년 전의 이 날 1953년 7월 27일은 한국전쟁이 일어난 지 3년 1개월 2일째가 되는 날이었습니다. 그날 판문점의 모습은 어땠을까요?

"27일 상오 10시 정각. 판문점에 마련된 정전협정 조인식장 동쪽 입구로 유엔쪽 수석대표 해리슨이 입장했다. 동시에 서쪽 입구로는 공산쪽 수석대표 남일이 들어 왔다. 두 사람은 자리에 앉자마자 파란색 탁자 위에 놓인 정전협정 문서에 서명하 기 시작했다. 단 한마디의 인사말도 악수도 목례도 없었다. 해리슨과 남일은 펜을 바쁘게 움직여 각각 36번 이름을 문서에 적었다. 오전 10시12분, 해리슨과 남일 은 서명을 마치자 조인식장을 서둘러 나가버렸다. 의례적인 기념촬영도 없이 참가 자들은 해산하였다."

– 1953년 7월 29일자 조선일보 1면 중에서

당시 조선일보의 최병우 기자가 작성한 정전 협정 조인식 르포 기사의 일부입니다. 최병우 기자는 "거기에는 의식에 따르는 어떠한 극적 요소도 없고 강화에서 예기할 수 있는 화해의 정신도 엿볼 수 없었다. **이것은 어디까지나 '정전'이지 '평화'가 아 니라는 설명을 잘 알 수 있었다.**"고 적었습니다.

정말 기이하다. 전쟁을 끝내는데 승자도 패자도 없었고, 미래를 향한 화해의 악수도 없었다. 내일부터 어떻게 하자는 말도 없었다. 나는 그런 나라에서 태어나서 한 갑자를 살고 있는 중이다. 이런 기이한 시대를 끝내고 정상국가로 만드는 일, 그런 일에 매진해 보면 어떨까 싶다.

(2023. 6. 14.)

법률이 모든 것을 할 수는 없겠지만

법률과 제도에 관한 내용 중심으로 모았다. 법률가로서 북한법을 연구하면서 알게 된 것들이다. 통일과정에서 법률의 역할은 무엇일까? 법률이 모든 것을 해결하는 것은 아니지만 대부분의 일에는 법률이 관련되어 있다. 통일한국의 법과 제도를 어떻게 만들 것인지 고민한다. 그러기 위해 다른 나라의 법률도 유심히 살펴본다.

법이 진보를 말할 때

> 지금은 불확실성의 시대예요. 이런 상황에서 법은 질서 유지를 가장 상위목표에 놓아야 한다고 생각해요. 그런 이유에서 법조인은 기본적으로는 보수적인 역할을 해야 하는 게 맞아요. 법이 진보를 말할 때는 진보적으로 문제를 해결해야 할 정치세력이 그 역할을 하지 못할 때만 예외적으로 허용돼야 해요. 미국에서 인종차별 문제를 정치적으로 해결하지 못할 때 대법원에서 차별이 불법이라는 판결을 내리면서 해결한 것이 그런 사례죠.
>
> -법률신문(2022. 10. 31.). 김도언 시인이 양건 전 감사원장과 나눈 이야기.

공감할 수 있는 말씀이다. 법이 해야 할 일이 무엇인지, 법률가는 어떻게 살아야 하는지 기준이 되는 말씀이다. '지나간 것은 지나간 대로 놓아두고 싶다.'는 말씀도 좋다. 지난 정부의 탈북 어민 북송사건, 해상에서 실종된 공무원사건 등을 보면서 '과거는 그냥 놓아두고, 앞으로 잘 하도록 제도를 개선하라.'는 말을 하고 싶다. 정치의 힘이 너무 세고 거친 시절이다. 법률을 기준으로 합법과 불법을 구분하는 법률가는 그 사이의 수많은 선택지를 놓치고 있다. 가끔 법률가라는 것이 부끄러울 때가 있다.

법률은 사회적 조화와 연대를 촉진하는 역할을 해야

"공동체를 유지하는 근간인 법제도를 다루는 법학은 존재론적 의문에 처한다. 실현되고 있는 법의 타당근거는 현재에 있듯이 법률가는 자신의 시대적 물음을 고민해야 한다. '죽은 자에 의한 산 자의 지배는 아니 된다'는 토마스 제퍼슨의 우려는 시대에 조응하는 법의 의의를 보여준다. 민주적 법치국가원리, 사회적 조화와 연대를 적극적으로 실현하는 데 나서야 한다."(김중권).

–법률신문(2022. 5. 16.). 포스트 코로나 시대에 행정법 및 공법은 어떤 역할을 해야 하는가.

공법과 행정법 분야의 역할에 대해 쓴 글이지만 통일문제에도 그대로 적용할 수 있다. 통일 분야의 대부분 법제는 공법영역이다. 나의 문제의식도 같다. 죽은 자가 만든 과거의 판례와 이론이 현재의 산 자를 지배하는 것은 부당하다. 현 시대에 맞는 문제의식을 가지고 법제를 연구해야 한다.

김 교수는 지금 우리 사회의 시대정신이 문제라고 했다. '자유' 주장은 시대에 맞지 않다. 메르켈의 독일은 취약사회라는 개념하에 양극화를 해소하기 위해 노력하는데, 우리 사회는 그런 문제의식이 약하다고 했다. 그의 주장에 공감한다. 사회연대, 사회국가원리, 양극화해소 이런 것들이 지금 시대의 과제이다. 법과 제도도 이런 문제를 해결하는 방향으로 가야 한다. 독일의 메르켈은 "법률은 사회적 조화와 연대를 촉진하는 역할을 해야 한다."고 강조했다. 그 길이 무엇일지 찾고 이 문제를 남북문제에도 적용해야 한다.

법률이 모든 것을 할 수는 없겠지만

인도 건국초기 지도자 빔라오 람지 암베드카르 초대 법무장관은 불가촉천민 출신이었다. 그는 자신과 같은 사회적 약자들을 위한 교육과 공직 진출의 기회를 헌법에 명시하는 입법을 완성시켰다. 수혜 대상에는 카스트 밖 소수 종교인과 지방부족민도 포함됐다. 이번에 15대 대통령으로 선출된 드라우파디 무르무는 여성으론 두 번째, 카스트 제도 밖의 1천여 개 지방부족 출신으론 첫 번째 대통령이다.

-한국경제(2022. 7. 25.). [천자칼럼] 인도의 첫 부족출신 대통령.

넬슨 만델라에 대한 책을 읽었다. 그는 변호사였고, 아프리카인을 도우면서 그들의 권익을 향상시키고 차별정책인 아파르트헤이트를 철폐시키는 노력을 했다. 그 과정에서 수십 년간 감옥생활을 했다. 가만히 생각해보면, 사회적 구속을 만든 것은 법률이고, 그것을 철폐하려고 노력하는 사람을 가둔 것도 법률이다. 또한 잘못된 정책을 폐지하고 새로운 사회를 만드는 것도 법률이다. 법률이 모든 것을 할 수는 없겠지만 중요한 역할을 하는 것은 사실이다. 남북문제, 통일문제도 마찬가지다. 법률이 현재의 문제를 만든다. 그런 문제를 철폐하고 바꾸는 것은 법률의 개정과 해석의 변화를 통해서 이루어야 한다. 장래 새로운 사회를 만들어나가기 위해서는 새로운 사회에 맞는 법률을 만들어야 한다. 그 모든 것의 전제가 되는 것은 자유로운 상상력이다. 지금 우리 사

회는 상상력이 부족하다. 나도 예외가 아니다. 통일헌법을 구상할 때는
암베드카르의 지혜를 참고해야겠다. 남북한 주민이 실질적으로 동등한
기회를 가질 수 있도록, 능력이 부족한 주민은 국가나 사회의 지원을
받을 권리가 있도록 헌법과 법률이 제정되어야 한다.

평화적으로 해결하는 법조인의 역할

> 앞으로 유망해질 분야는 개인정보, 인공지능(AI), 공정거래를 꼽았다…. 코로나 이후 변호사가 회사에 오지 않고 원하는 어느 곳에서든 일할 수 있도록 하는 정책을 시행했다. 대신 자기 방을 배정받기를 원하는 변호사는 주 3일 이상 회사에 출근하게 했다. LA 사무소의 파트너 절반이 자신의 방을 포기했다…. 변화의 시기에 변호사들의 업무와 역할은 오히려 커질 것이다. 변화와 혼란이 있을 때마다 이를 평화적으로 해결하는 법조인의 역할은 더욱 중요해진다('퀸 엠마누엘' 설립자 존 퀸).
>
> -법률신문(2022. 9. 15.). 성장의 비결은 오직 인재 확보, 늘 새로운 기회 모색.

시대가 변하면 변호사의 일은 늘어난다. 평화적으로 해결하는 수단으로 법이 중요하다. 시대의 변화에 맞추어 현실을 보는 노력이 필요하다. 개인정보와 인공지능에 더욱 관심을 가져야겠다. 통일로 가는 과정에서도 마찬가지다. 개인정보문제, 인공지능문제, 공정거래문제가 새롭게 등장할 것이다. 법과 제도는 새로 만들어 가야 한다. 지금 이런 고민을 하는 내가 맨 앞에 서 있는 셈이다.

변호사는 법이라는 강력한 무기를 지니고 있다

변호사는 법이라는 강력한 무기를 지니고 있습니다. 변호사만이 소송을 내고 가처분을 낼 수 있죠. 지금까지는 이 무기를 소외된 사람들을 위해 사용하는 데 소홀했던 게 사실입니다. 이제는 사회에 책임감을 가지고 약자와 소수자를 도우며 권력에 대항하는 역할을 해야 합니다."

사단법인 착한법 만드는 사람들 상임대표를 맡고 있는 김현 변호사는 "변호사들이 영리에만 몰두할 게 아니라 공익 활동에 적극적으로 나서야 한다"며 이같이 강조했다. 그는 탈북 국군 포로 강제 노역과 관련 북한 정권과 김정은 총비서를 상대로 손해배상소송을 제기해 첫 승소 판결을 이끌어 냈다. 그가 가지는 가장 큰 질문이 '국가는 국민을 보호하는가'이다. 원래 국가는 국민을 보호해야 하지만 지금은 거꾸로 시민들의 권리를 가장 침해하는 곳이 됐다는 게 김 대표의 현실 인식이다. "국민이 아닌 권력자의 이익을 위해 봉사하고, 권력을 지키기 위해 국민을 탄압하는 게 지금의 국가입니다. 이 문제를 해결하려면 변호사, 작가, 교수 등 의식 있는 시민들이 나서야 합니다."

-서울경제(2023. 3. 6.). 김현 변호사 인터뷰 기사.

김현 변호사는 훌륭한 분이다. 착한법의 취지도 좋다. 하지만 탈북 포로 소송은 잘못이라 본다. 역사의 문제를 소송으로 해결하는 것은 문제를 꼬이게 만들 뿐이다. 강제징용사건과 마찬가지의 혼란을 초래할 수 있다. 문제는 이런 수준의 논의를 할 수 있는 의사소통 구조가 없다는 것이다. 누가 김현 변호사에게 문제를 제기할 것이며, 그가 조언을 들을 것인지 의문이 든다. 내가 쓰는 글이 그런 역할을 할 수 있을까? 그렇게 되기를 희망한다.

권위는 어디에서 나오는가

다수파 기관인 입법부와 행정부를 통해 다수의 지배가 이루어지고, 비다수파 기관인 사법부의 전향적인 판결을 통해 소수의 보호가 보완될 때 다수의 지배와 소수의 보호를 핵심가치로 삼는 민주주의가 완성된다. 따라서 국민과의 관계에서 사법부의 존재이유는 다수파 기관을 통해 제대로 보호받지 못하는 소수자의 권리문제를 제기하고 전향적인 판결을 통해 이를 보호하는 데 있다. 사법부의 권위도 여기서 나온다.

대법관의 인적 구성의 다양성도 중요하다. 인적 구성에 다양성이 살아 있어서 대법원이 국민 각계각층의 목소리에 귀 기울일 줄 알고, 소수자 및 약자에 대해 대법원이 배려심을 가진다고 국민들이 느낄 때 그 대법원은 진정한 권위를 가질 수 있다.

-내일신문(2023. 8. 28.). [임지봉 칼럼] 대법원의 권위는 어디에서 나오는가.

제목이 멋지다. 나도 궁금하다. 정부의 권위는? 통일정책의 권위는? 질문을 바꾸면 여러 개가 된다. 임지봉의 글은 시원하다. 말을 돌리지 않고 하고 싶은 말을 한다. 그의 말에 동의한다. 나는 통일과 관련한 문제에서 미래지향적인 결론을 내리기 위해서 헌법재판소나 대법원의 구성원이 다양해야 한다고 주장하는 중이다.

법은 타당하다고 추정된다

Q. 하버마스가 제안하는 법과 규범이란 어떤 개념인가요?

A. 『사실성과 타당성(Faktizität und Geltung)』에 따르면, 법은 사회질서를 안정적으로 유지하는 데 꼭 필요한, 때로는 도덕보다 더욱 중요한 규범이 될 수 있어요. 사실적으로 강제할 수 있기 때문입니다. 도덕은 지키지 않더라도 사회적 비난 수준에 머무른다면, 법은 지키지 않으면 제재할 수 있으니까요. 그런데 제재 위협만 있다고 해서 사람들이 그 규범을 보편적으로 잘 준수진 않아요. 그래서 타당성이 필요합니다. 즉, 법은 타당하다고 추정돼요. 한국과 같은 민주적 법치국가에서 민주적 절차를 통해 법을 제정하고 권위를 부여하니, 법은 기본적으로 타당하다고 추정되는 거예요. 사람들은 단순히 '이 법을 어기면 처벌을 받으니까 지켜야겠다'가 아니라, 이 법을 지킬 만한 이유가 있다고 생각하죠. 하버마스는 이 두 가지를 모두 만족하는 것은 오로지 법 규범밖에 없기에, 법이 사회통합의 핵심 메커니즘이라고 봅니다.

Q. 하버마스의 이론을 일상 영역이나 법률 분야에서 구체적으로 어떻게 이해할 수 있을까요?

A. 하버마스는 인간 행위가 언제나 대화나 언어를 사용해서 조정된다고 보는데, 우리는 일상에서 언어를 통해서 행위를 조정할 때 서로 '타당성 주장(validity claims)'을 교환해서 의사결정을 합니다. 내 말이 참(true)인 사실에 근거하고, 내 말이 정당한 규범에 근거하고, 내 말이 진심에 따르고 있다는 것, 이 세 가지를 합쳐서 타당성 주장이라 합니다. 쉽게 말하면, 첫째로 뭐가 사실(fact)이냐, 둘째로 뭐가 옳냐, 셋째로 진심을 따르고 있냐는 거예요. 보다 전문적인 영역에서는 이와 같이 언어를 통한 행위 조정에 내재한 "의사소통적 합리성"을 어떻게 잘 구현할지를 고민하게 됩니다. 특히 이것이 사실문제를 다루는 것인지 규범을 다루는 것인지 모호할 때가 많죠. 만일 논의에 참여하는 사람들이 사실과

규범을 명확하게 분간한다면 좀 더 합의안을 도출할 수 있는 가능성이 높아지는데, 이게 무분별하게 혼재되면 문제해결은 물 건너가고 논의는 난장판이 되기 십상이죠.

이 두 가지를 잘 구별하기 위한 절차를 보다 제도적으로 잘 도입한다면 분쟁을 보다 합리적으로 해결할 수 있는 길이 열리겠지요.

-서울지방변호사 회지(2023. 7.). 『하버마스 입문』 역자 서요련 인터뷰.

남북문제, 남남갈등문제를 해결하는 데 하버마스의 이론이 도움이 될 것 같다. 대화의 규칙을 정하고, 도출된 합의를 존중하는 것, 그런 합의를 법률로 만들어 가는 것, 그런 것들이 중요하다.

여성배려를 법률로 할 수 있다면, 통일도 마찬가지다

지방재정법 제3조(지방재정운용의 기본원칙) 제2항에는 "지방자치단체는 예산이 여성과 남성에게 미치는 효과를 평가하고, 그 결과를 지방자치단체의 예산에 반영하기 위하여 노력하여야 한다."는 조항이 있다. 법률에도 이런 표현이 가능하다는 것에 놀랐다.

법률에 규정하는 것에 제한이 없다면 통일문제, 북한문제를 법률로 규정하면 어떨까? "지방자치단체는 예산이 북한주민과 북한지역 그리고 통일에 미치는 효과를 평가하고 그 결과를 예산에 반영하기 위하여 노력하여야 한다." 다른 법률에도 이런 조항이 들어가면 예산집행자들은 기존에 하지 않던 생각을 하게 될 것이다. '이 법률이, 이 정책이 북한 그리고 통일에는 어떤 영향이 있을까?', '가만가만, 그런데 북한은 현재 어떤 상태지? 북한을 좀 더 자세히 알아야겠네'라고 생각하다가 마침내 '우리는 한민족이고 통일을 지향하는 사이지, 우리 헌법에도 평화통일규정이 있었지, 그동안 깜빡 잊고 있었네. 당장 공부를 시작해야겠네.'라는 선순환이 이어지면 좋겠다.

참고로 위 법률 제3조 제1항은 이렇다. "지방자치단체는 주민의 복리증진을 위하여 그 재정을 건전하고 효율적으로 운용하여야 하며, 국가의 정책에 반하거나 국가 또는 다른 지방자치단체의 재정에 부당한 영향을 미치게 하여서는 아니 된다." 북한주민을 이 법의 복리증진 대상에 포함시키면 좋겠다.

(2022. 4. 14.)

개헌 필요성

> 우리는 대통령 한 사람이 모든 문제를 해결하는 방식으로는 감당하기 어려운 사회에 진입했다…. 5년 임기인 한 정권, 한 정당이 혼자 해결할 수 없는 과제가 산적해 있다…. 뛰어난 한 사람의 지도력에 의존할 것이 아니라 협력으로 운영하는 나라를 만들어야 한다.
>
> ─국회보(2022. 8.). 김진표 국회의장, 제74주년 제헌절 경축사.

1987년 헌법은 개정할 때가 되었다. 그때의 상황과 지금의 상황이 다르고, 그때는 예상하지 않았던 문제가 다수 생겼다. 미래로 나아갈 방안을 고민하고 새로운 미래를 구상해야 한다. 개정될 헌법에는 통일에 대한 구체적인 절차와 내용이 포함되어야 하고, 미래에 추구할 가치와 추진방법에 대한 내용도 포함해야 한다. 다문화, 이민, 인공지능, 4차 산업혁명, 기후변화 등이 그런 문제들이다. 과거의 좌우 이념 논쟁은 시대착오적 유물이다. 새로운 세대가 주도적으로 개정 논의에 참여해야 한다. 이젠 새로운 사람들이 새로운 생각을 모을 때다.

북한주민 북송 문제

탈북어민 강제북송에 관련한 생각이다. 어떤 문제는 깊이 생각하고 다른 사람의 여러 가지 의견을 들어보면서 내 생각을 정리하게 된다. 이 문제도 마찬가지다. 민감하다고 회피할 것이 아니라 여러 자료를 살펴보면서 생각해야 한다.

북한주민이 우연히 남한에 왔을 때 그들을 북한으로 돌려보내려면 어떤 조치를 취하나? 관련한 법률이 있는가? 그 대상자가 중국인이라면 혹은 일본인이거나 러시아인이라면 또 어떻게 하나? 정상적인 입국 절차를 거치지 않은 채 우연히 바다에서 표류하다가 남한에 온 외국인은 자국으로 돌려보내는 것이 원칙일 듯싶다. 전례를 보더라도 북한 어부가 어업 중에 표류하여 남측으로 온 경우에는 도로 보내준 경우가 있고, 남측 어부가 북측으로 표류한 경우에도 마찬가지다. 더러는 귀환이 지연되는 경우도 있었고, 그런 경우를 규율하기 위해서 '납북피해자의 보상 및 지원에 관한 법률(전후납북자법)'이 제정되어 있다.

북한주민을 남한에서 북한으로 돌려보내는 문제를 규율하는 법은 없다. 입법의 공백영역이다. 남북 사이에는 입법공백이 많다. 논란의 소지를 줄이고 소모적인 국력소모를 줄이려면 예상되는 상황에 대한 처리 기준을 명확히 하는 법률을 제정하는 것이 좋다. 법 제정 전에는 기왕에 하던 것처럼 정책 당국의 판단을 존중해야 할 것 같다. 만일 결정을 한 정권이 바뀐 이후라면 후임 정권은 앞 정부의 판단이 마땅치 않더라도 그것에 동의하지 않는다(따라서 향후 유사한 사태가 재발하면 우리는 그렇게 하지 않겠다)는 주장에서 그칠 일이지(더 나아가 현 정부는 그렇게 처리하지 않겠다고 다짐하는 선에서) 과거지사를 고발하고 수사기관이 과거사를 조사하여 재판에 넘기는 일은 바람직하지 않다. 그렇게 하여 몇 명을 형사재판에 회부한들 우리 사회가 얻을 수 있는 것이 무엇일까 싶다(유사한 사태가 재발하면 자신이 나중에 처벌될 위험을 우려하여 소극적인 대응을 할 가능성이 높다. 남북관계와 같은 정치적 사안에서 법률의 잣대로 만사를 재단하는 것이 바람직하다고 보기는 어렵다). 논란의 계기가 된 하나의 사건이 있었다면 그 사건을 통해 우리 사회, 공동체가 더 나은 방향으로 갈 수 있는 길을 찾아야 한다. 과거의 관행을 존중하되, 그 관행을 바꾸려면 여론을 기반으로 새로운 제도를 만들어 나아가야 한다. 관행을 비판하는 것은 새로운 제도 모색의 계기에 그쳐야 한다. 그것이 한 나라에 같이 사는 공동체 구성원으로서 지켜야 할 도리다.

(2022. 8. 4.)

북파공작원 납치, 손해배상 소송사건

> 1956년 북파공작원에게 납치당해 현재까지 남한에서 살아온 이북 출신 남성에게 법원이 국가배상책임을 인정했다. 서울중앙지법은 김주상(86세) 씨가 국가를 상대로 제기한 손해배상소송에서 일부 청구 인용했다. 김 씨는 1956년 황해도 용연군 자택에서 북파공작원에게 납치당해 서울 공군기지로 끌려가 조사받은 후 4년간 억류돼 무보수로 구두닦이 등 잡일을 하다가, 1961년 풀려났지만 귀향하지 못하고 남한에서 거주했다. 2013년 국방부 특수임무 수행자 보상지원단은 조사를 통해 납치사실을 시인하였고, 2020년 진실화해를 위한 과거사정리위원회에 진실규명을 신청하면서 국가를 상대로 손해배상 소송을 제기했다.
>
> －내일신문(2023. 2. 16.). 북파공작원에 납치돼 남한서
> 67년, 법원, 국가가 10억 배상 판결.

　　남북분단으로 인한 비극은 소설 같은 이야기가 많다. 김 씨는 어떤 이유로 납치되었고, 왜 귀환하지 못하였나, 그의 사연은 왜 알려지지 않았나, 남한은 김 씨를 어떻게 대우해야 하는가, 지금이라도 고향으로 보내야 하는가, 만일 그가 고향으로 돌아간다면 이 사건 손해배상금도 가져갈 수 있는가, 여러 가지 질문이 생겼다. 대부분의 질문은 법률문제다. 법률가들이 연구해야 한다.

통일법포럼 행사장에서

제24회 통일법포럼에 참석했다. 행사장에서 들은 탈북자들의 북한 송금실태가 흥미로웠다. 지난해 1,300만 달러 정도가 송금되었고, 지금도 천여 명이 연락을 하고 있다. 최근에는 북한에서 먼저 전화연락을 하는 현상이 나타나고, 남한에 사는 탈북자들은 송금할 금액 마련에 부담을 느낀다. 탈북자들이 남한에서 어떤 대접을 받는지는 바로 북한에 알려진다. 최근의 송금수수료는 50%에 육박하기도 한다.

송금수수료 50%는 답답한 일이다. 정부가 나서야 한다. 개인의 고통을 줄여주는 일이야말로 국가가 해야 할 일이 아닌가? 아래 내용은 참석자와 이야기를 나누면서 얻은 아이디어다. 강원도 고성군이 남북으로 나뉘어 있는데 시험적으로 고성군을 통합해 보자. 그것이 잘 되면 이어서 남북으로 나뉜 강원도를 통합하자. 그런 과정을 거쳐 남북한을 서로 연결하는 사업을 해 보자. 시험적으로 특정 지역, 특정 도로를 개방하고 활용하는 것은 좋은 일이다. 이런 구체적인 실천방안이 필요하다. 나는 남한의 과잉 생산된 쌀을 북한에 지원하자는 제안을 했다. 그런 과정을 통해 인도적 협력을 하고 남한의 통일의지를 모으자는 생각이다.

(2023. 3. 31.)

행정법 교수와 나눈 이야기

"우리나라의 법률가들은 산업 등 다른 분야에 비해 뒤떨어진다. 다른 분야는 세계적인 문제의식과 경쟁을 하지만 법률가들은 국내적 사고를 한다. 법조인들은 기득권의식이 있고 공부를 하지 않는 편이다. 법률가는 정치에 적절하지 않다. 현재는 법률가들이 대통령과 정당 행정부 등에 고위직을 차지하고 있는 법조인 전성시대인데 이런 전성시대는 역설적으로 몰락시대의 전조일 수 있다. 현재의 대법관, 헌법재판관 중에는 아주 뛰어난 인물이 없다. 뛰어난 인물이 되려면 자신의 업무를 처리하고도 남는 여유가 있어야 하는데, 지금의 인물은 자신의 일을 처리하기에도 바쁜 것 같다. 과거의 법이나 해석이 현재를 구속해서는 안 된다. 선례구속의 원칙이 과도해서는 안 된다. 과거의 법은 그때 당시의 상황에 따라 형성된 것이다. 만일 과거의 법이나 해석을 한 사람이 지금의 상황을 본다면 다른 해석을 할 가능성이 있다. 현재의 문제를 해결하려는 문제의식을 가져야 한다. 현재의 법조인 양성시스템, 로스쿨 제도하에서는 우수한 법률가를 양성하는 데 한계가 있다. 법조인의 문제는 일단 취업을 하고 나면 더 이상 노력하지 않아도 된다는 것에 있다. 대학교수만 보더라도 다른 분야는 우수한 사람들이 교수가 되는데, 법학은 그렇지 않다. 우수한 인력은 실무계로 나가는 경우가 많다."

행정법 교수와 나눈 이야기다. 교수의 말을 들으면서 나는 북한관련 판례도 마찬가지의 문제가 있다고 했다. 50년 전 또는 30년 전에 형성된 판례를 무비판적으로 답습하고 있어 답답하다. 상황을 바꾸기 위해서는 연구환경의 조성이 필요하다. 분위기를 만들고 연구를 지속해야 한다. 막연하던 문제의식이 다른 사람과 이야기하면서 명확해졌다.

(2022. 10. 20.)

ESG와 통일

'법의 지배를 위한 변호사대회'에 참석했다. 'ESG와 기업 및 법의 변화' 강의를 들으면서 남북문제에도 적용할 수 있겠다고 생각했다. ESG를 기업에 적용하는 과정이다.

첫째, 기후변화, 환경문제 인식(과학자의 주장을 세상이 수용하는 과정)

둘째, 기업의 사회적 책임을 거쳐 ESG로 정립된 주장(비재무적 요소가 기업의 이익이나 역할에서 중요한 역할을 한다는 생각의 전환)

셋째, 투자자의 직접적 개입 시작(기업의 자발적 참여와 비자발적 강제, EU의 법제 강화 등으로 변화는 현실이 됨)

넷째, 장기적으로 ESG를 실천하는 것이 주주, 기업, 사회에 모두 도움이 됨(선순환 고리 확대되고 변호사도 이런 흐름에 유의하여 자문하여야 함)

ESG 영역의 변화를 통일문제에 적용해 보면, 아래와 같다.

첫째, 남북한 사이의 환경, 질병, 산불 등 재해 문제가 심각해진다는 과학자 주장과 환경변화에 대한 인식이 증가해야 한다.

둘째, 남북 간 협력이 사회, 기업, 국가에도 도움이 된다는 인식 전환이 필요하다.

셋째, 투자자, 정치지도자의 개입이 있어야 하고, 기업의 자발적 참여뿐만 아니라 시민단체의 압력행사로 인한 비자발적 참여도 필요하다. 그리고 남북한 법제에도 반영하여야 한다.

넷째, 장기적으로 남북협력이 주주, 시민, 국가 모두에 도움이 된다는 인식하에 선순환 고리를 확대해야 한다.

과학적 근거, 시민들의 인식 전환, 지도자의 행동, 기업의 참여 등 다양한 측면에서 변화가 동시다발적으로 일어나야 하는 문제다. 혼란이 있더라도 추구해야 할 변화방향이다.

(2023. 9. 1.)

법제도의 출발점은 사람이다

> 2023년 1월 1일 미국 테네시주에서는 이든, 헤일리, 그리고 벤틀리법(Ethan's, Hailey's, and Bentley's law)이 시행되었다. 음주운전으로 희생된 피해자에게 부양해야 할 미성년 자녀가 있는 경우, 음주운전 가해자로 하여금 그 자녀가 18세에 이르는 시점까지 양육비를 지급하게 하는 법이다. 음주운전 사망 피해자의 어머니이자, 벤틀리의 할머니인 세실리아 윌리엄스는 음주운전 가해자에게 피해자 자녀 양육비를 부과하도록 하는 입법 운동을 시작하였고, 그 첫 번째 결실을 테네시주에서 거두게 되었다. 보도에 따르면 미국 전역 20여 개가 넘는 주에서 '벤틀리법'의 도입을 검토하고 있다.
>
> 2021년 한 해 동안 우리나라에서 교통사고로 목숨을 잃은 사망자 수는 2,916명에 이르고 이 중 음주운전 교통사고 사망자 수는 206명이다. 음주운전사고 발생 건수는 14,894건이다. 우리나라에서는 안타까운 음주운전 사망사고 이후, 음주운전에 대한 처벌수준이 낮다는 국민 공분에 따라 '윤창호법'의 이름으로 음주운전에 대한 형량을 높인 개정법이 시행되었다. 이처럼 음주운전 예방을 위한 노력이 음주운전 신고 강화 및 운전자 처벌에 집중되어 있는 가운데, 음주운전으로 희생된 피해자 유자녀에 대한 지원은 매우 제한적으로 마련되어 있는 형편이며, 유자녀에 대한 현황 파악조차 어렵다.
>
> -국회입법조사처 2023. 2. 8. 제29호. 음주운전 사망 피해자 자녀에 대한 양육비 지급법.

교통사고가 나고 피해자가 생길 때, 어떤 조치를 취할 것인지는 모든 나라의 문제다. 이 상황에 어떻게 대처할 것인지는 나라마다 다르다. 교통사고 유족을 보호할 방법을 논의하는 미국법은 가해자의 처벌에 집중하는 우리나라보다 수준이 높다. 외국법제에 관심을 가지고 연구할 이유가 여기에 있다. 문제의 출발점은 부모 잃은 아이를 보는 따뜻한 시선이다. 현실에 기반하여 사람의 문제에 집중하는 노력이 필요하다. 북한문제도 마찬가지다. 대북전단 살포와 오물풍선으로 인한 남한주민의 피해를 어떻게 보상할 것인지 구체적으로 논의해야 한다.

상원 설치를 고려하자

> 통일이 될 경우 남북한의 불균형을 극복하기 위한 방안으로 상원의 설치를 제안한다. 미국이 남북전쟁 뒤 북부보다 상대적으로 인구가 적은 남부를 연방에 편입시키기 위해 상원을 만든 데서 배우자는 것. 미국은 인구와 관계없이 주마다 2명의 상원의원을 선출하고, 상원은 법률 거부권을 갖는다.
>
> −한병진(2023). 수령, 독재의 정석. 곰출판.

　'통일한국의 법제도' 과목을 강의하면서 상원을 두어야 할 이유를 생각했다. 지역의 대표성, 지역개발의 균형성을 보장하고, 인구의 차이를 극복하려면 통일한국의 의회제도는 상하원 양원제도가 더 나을 것 같다.

(2023. 4. 4.)

일련의 국가작용에 의한 기본권 침해

위헌·무효인 긴급조치로 인한 국가배상책임(대법원 2022. 8. 30. 선고 2018다 212610 전원합의체 판결)

"긴급조치 제9호로 인하여 구속되어 복역하였던 원고들이 국가를 상대로 국가배상 책임을 구하였다. 대법원은 국가배상책임을 부정하였던 종전 판례를 변경하여 국 가의 책임을 인정하였다. 그 내용을 요약하면 다음과 같다. 국가배상책임이 인정되 려면 공무원의 고의 또는 과실에 의한 불법행위가 요구된다. 위헌·무효인 긴급조치 제9호에 기초한 수사기관 및 법관의 직무행위가 곧바로 공무원의 고의 또는 과실 에 의한 불법행위에 해당한다고 단정할 수는 없다. 그러나 긴급조치 제9호는 중대 한 하자를 지니고 있고, 이러한 긴급조치를 적용·집행하여 국민들에게 손해를 끼치 는 과정에서 다수 공무원들이 관여하였다. 이처럼 다수 공무원이 광범위하게 관여 하여 수행된 일련의 국가작용에 의한 기본권 침해가 문제되는 경우에는 개별 공무 원의 고의 또는 과실에 의한 불법행위를 특정하지 않고도 국가작용을 전체적으로 파악할 때 객관적 주의의무 위반이 인정되면 충분하다. 한편 긴급조치 제9호의 발 령과 적용·집행에 관한 국가작용 및 이에 관여한 다수 공무원들의 직무수행은 전체 적으로 보아 객관적 주의의무를 소홀히 하여 그 정당성을 결여하였다고 평가되므 로 국가는 이로 인한 손해에 대해 배상책임을 부담한다. 대법관 전원은 이러한 책 임 인정에 의견이 일치하였다.

이번 판결을 통해 국가배상책임의 길도 열리게 되었다. 긴급조치의 악성(惡性)에 대한 역사적, 법률적 평가가 완료된 현재 시점에 이르러 지극히 타당한 결론이다. 아울러 이러한 대법원의 판단은 과거를 제대로 닫기 위한 중요한 발걸음이자 향후 추가 입법을 향하는 계기가 되리라 생각한다."(서울대 권영준)

-법률신문(2023. 3. 7.). 2022년 중요판례분석.

법리가 어떻게 변해 가는가를 추적하는 것은 흥미롭다. 대통령을 정점으로 하여 온 국가가 조직적으로 관여한 일이라면, 피해를 객관적으로 증명하면 그것만으로 충분하다. 다시는 그런 일이 없도록 조치하는 것이 현재를 사는 사람들의 책무다. 그런 조직적 문제의 시대를 같이 살았던 다른 사람들은 어떻게 대할 것인가도 문제다. 판례의 논리라면 당시를 살았던 다른 사람들도 마찬가지로 피해를 입었다. 이런 문제는 개별 소송이 아니라 법과 제도로 해결해야 할 것 같다. 돈이 능사는 아니다. 사죄와 재발방지 조치, 우리가 늘 일본에게 하는 그 말이 해결 방안이 될 수도 있다.

긴급조치와 국가배상

행정판례연구회는 학계와 실무계가 두루 참여하는 학회다. 최근의 학회에서 발표된 자료를 읽으며 역사를 어떻게 보아야 하는지 생각해 보았다. 박재윤 외국어대 교수가 발표한 "국가배상법의 기능변화와 전망"은 대법원이 2022. 8. 30. 선고한 긴급조치국가배상 사건에 대한 평석이다.

긴급조치 9호가 당초부터 위헌무효라는 이유로 재심소송에서 무죄를 선고받은 유족들이 국가배상을 청구했다. 하급심은 긴급조치발령이나 수사, 재판이 불법행위라고 보기는 어렵다는 이유로 원고 청구를 기각했으나 대법원은 국가배상책임을 인정하였다. 입법행위와 수사, 재판이 총체적으로 불법행위에 해당한다는 논리다. 비교법으로 프랑스의 직무과실이론, 독일의 조직과실이론, 영국의 일반적 보상원칙이론까지 검토한 후 발표자는 결론에는 찬성하면서도 '사후적으로 소급하여 법관에게 책임을 묻는 것은 무리한 요구'라고 지적한다. 국가폭력을 행사한 책임자가 누구인지를 명확히 밝혀내서 그 사람의 개인적 책임을 묻는 것이 올바른 판결이라 했다.

나도 이 판결을 보면서 여러 가지 생각을 했다. 특히 통일과 관련하여 과거청산의 문제에 대해서도 생각해 본다. 판결을 하는 그 당시의 시점(행위 시 대비 미래시점)을 기준으로 법리를 세우는 것은 한계가 있고, 과거를 재단하고 선언하는 것에는 신중해야 하며, 국가배상을 확대하면 결국 국가재정이 지출되는 것이므로 일종의 보험자의 입장에서 적절한 수준에서 배상액을 결정해야 한다는 생각을 했다.

데스몬드 투투 주교의 책 『용서 없이 미래 없다』의 내용을 볼 때도 비슷한 생각을 했다. 이미 지나간 역사의 무게가 무겁다. 과거를 되돌리는 것은 어려운 일이다. 그런 점을 생각하면 지금이 중요하다. 지금 제대로 해야 한다. 목소리를 내는 것도 행동을 하는 것도 지금 해야할 일이다. 역사의 평가는 겸허히 기다릴 뿐이다. 그것이 역사의 교훈인 듯싶다.

(2023. 9. 13.)

국가의 과오와 우리가 가야할 길

2020. 4. 21., 베트남전 당시 한국군의 민간인 학살과 관련한 국가배상 소송이 제기되었다. 약 2년 10개월이 지난 2023. 2. 7. 청구액인 30,000,100원을 전부 인용하는 판결이 선고되었다.

피고 대한민국의 주장

피고는 ① 한·월 군사실무 약정서, 한·미 군사실무 약정서에 따라 정부 간 협의 절차를 거쳐야 함에도 바로 소 제기를 한 것은 부적법하다는 주장, ② 준거법은 대한민국의 국가배상법이 아닌 남베트남 법률이 되어야 한다는 주장, ③ 가해자가 북베트남군, 베트콩 또는 북한군일 가능성을 배제할 수 없어 가해자를 한국군으로 특정할 수 없다는 주장, ④ 한국군에 의하여 발생한 사건이라 하더라도, 원고를 비롯한 퐁니 마을 주민들을 베트콩이나 그 동조세력으로 오인할 만한 정당한 사정이 있는 상황에서 교전 중 발생한 전투행위이거나 사고로서 정당행위라는 주장, ⑤ 손해배상 청구권이 인정된다고 하더라도 소멸시효가 완성되었다는 등 다양한 주장을 하였다.

판결의 의미

이 사건은 베트남전 당시 한국군의 공무수행 중 민간인 학살을 인정하여 국가배상을 인용한 최초의 사건이다. 우리는 일제강점기와 한국전쟁이라는 아픈 역사를 겪었고, 이 과정에서 반인륜적 인권침해의 피해자가 되어 왔다. 이에 일제강점기 강제징용 사건, 일본군 위안부 사건, 한국전쟁 당시 민간인 학살 사건 등의 많은 인권침해 사건에 대한 판결이 축적되어 있고, 이와 관련한 국민적 공감대도 형성되어 있다. 반면, 일본은 현재까지도 강제징용이나 위안부 사건에 대해서 사과하지 않고 있다. 우리 법원은 베트남전 당시 민간인 학살과 관련한 최초의 사건에서 우리의 잘못을 인정하고 원고의 청구를 모두 인용하는 판결을 하였다. 이는 아마도 우리가 피해자였던 인권 침해 사건을 겪으면서, 이에 대한 인권감수성과 법리가 충분히 축적되어 있었기 때문이었을 것이다. 실제로 위 사건에서 피고의 항변을 기각한 대부분의 법리는 이러한 사건들에서 확립된 것들이었다.

대리인단은 누가 피해자이고 누가 가해자이냐에 따라서 결론이 달라져서는 안 된다고 생각했다. 이에 대해 법원은 우리는 일본과 다른 길을 가겠다고 대답해주었다(김선영 변호사).

-법률신문(2023. 3. 2.). 베트남전 당시 한국군에 의한
민간인 학살 관련 국가배상 판결의 의미.

시민평화법정을 먼저 거치는 발상이 신선하다. 기존의 틀에 얽매이지 않고 정의를 추구하려 노력하는 것, 다양한 시도를 하는 것은 바람직하다. 그런 노력이 법원의 호응을 얻었으니 다행이다. 애쓴 분들에게 격려의 박수를 보낸다.

북한에서 사업을 할 때 알아야 할 10가지 주요사항

캐나다에 대한 글을 읽으면서 북한을 떠올린다. 북한에서 사업하려면 어떻게 해야 할까? 캐나다를 북한으로 바꾸면 될까? 나는 어떤 답을 줄 수 있을까? 질문이 소중하다. 질문이 있으면 답을 찾기는 수월하다.

1. 캐나다 연방주의(중앙정부와 지방정부의 권한 차이는?)
2. 비즈니스 구조(설립 가능한 회사 형태와 장단점은?)
3. 인수 합병(주식 매입 거래 또는 자산 매입 거래 방식은?)
4. 과세(세금의 종류와 거주자 판정방법은?)
5. 고용(노동법제는 어떤가? 허용되거나 금지되는 노동형태는?)
6. 이민 및 취업 허가(입출국 절차는? 안정적인 입출국의 가능성은?)
7. 해외 투자(외국인투자법제는? 정부의 심사선례는?)
8. 환경(환경 및 환경 보호와 관련한 법령은? 관습법 및 민법에 따른 환경 의무 및 책임은?)
9. 원주민 고려 사항(현지 주민, 소수자 보호는?)
10. 퀘벡(특별히 관리되는 구역이 있는지? 무엇이 특별한지?)

직장에서 모든 작업 문서는 프랑스어로 제공되어야 한다. 만약 마케팅 자료가 프랑스어 및 다른 언어로 되어 있는 경우, 프랑스어 버전은 최소한 다른 언어와 동등하게 명시되어야 한다(즉, 'equal prominence' 규칙). 반면 상업 광고(즉, 간판, 포스터 및 광고판)에는 프랑스어 버전은 '현저히 우세하게' 명시되어야 한다(즉, 'markedly prominence' 규칙).

-법률신문(2023. 1. 16.). 신철희 캐나다 변호사, "캐나다에서 사업을 할 때 알아야 할 10가지 주요사항".

빈곤과 가난

빈곤과 가난 사이에는 분명한 경계가 존재한다. 현상적인 차이가 아니라 본질적인 차이가 있다. 끼니를 걱정해야 하면 빈곤, 끼니만 해결되면 가난. 가난은 선택할 수 있으나 빈곤은 선택할 수 없다. 빈곤은 사회참여불능이다. 빈곤은 단순히 돈 없음이 아니라 인간으로서 갖는 가능성이 박탈되는 것을 뜻한다. 2021년 노인빈곤율은 OECD 평균인 15.3%의 3배에 가까운 43.4%다. 노인자살률도 1위다. 여성 노인의 빈곤율은 남성보다 10% 이상 높다. 장애인의 상대적 빈곤율은 42.2%로 비장애인의 빈곤율보다 2.6배 높다. 빈곤 자체가 성별화되어 있다. 빈곤은 지적능력도 떨어뜨린다. 빈곤은 가장 나쁜 종류의 폭력이다.

-내일신문(2022. 9. 5.). [김학순 칼럼] 빈곤은 가난과 다르다.

법률이 전부가 될 수는 없지만 중요한 계기가 되거나 근거가 된다는 것은 명확하다. 법률을 제대로 읽고 그것이 제대로 이행되는지 지켜보아야 한다. 법률가의 역할이 크고 중요하다. 수원 세 모녀 사건[7]을 계기로 현실을 본다. 그러면 다른 나라와 비교할 수 있다. 문제가 있다는 것은 분명하다. 36년 전 헌법에서 이 문제에 대해 관심 가지고 다음과 같이 근거규정을 만들어 두었다.

---

7 2022년 8월 경기도 수원시 다세대 주택에서 어머니와 두 딸이 숨진 채로 발견된 사건이다. 생활고와 투병으로 인한 극단적 선택이었고, 복지 시스템 논란을 불러일으켰다.

대한민국 헌법 제34조

제1항 모든 국민은 인간다운 생활을 할 권리를 가진다.

제2항 국가는 사회보장·사회복지의 증진에 노력할 의무를 진다.

제3항 국가는 여자의 복지와 권익의 향상을 위하여 노력하여야 한다.

제4항 국가는 노인과 청소년의 복지향상을 위한 정책을 실시할 의무를 진다.

제5항 신체장애자 및 질병·노령 기타의 사유로 생활능력이 없는 국민은 법률이 정하는 바에 의하여 국가의 보호를 받는다.

제6항 국가는 재해를 예방하고 그 위험으로부터 국민을 보호하기 위하여 노력하여야 한다.

그럼에도 헌법이 정한 것을 법률로 구체화하여 실천하지 못하였거나 덜 한 것이다. 기존의 법률에서 문제를 발견하려는 노력을 계속해야겠다. 남북한 국력의 격차는 60배다. 북한의 빈곤은 심각하다. 남한 법률은 이 문제에 대해 어떻게 대응해야 할까, 고민해 볼 문제다.

국제재판소 운영 경험

ICTY 창설 10주년이 되는 2003년 말경에는 ICTY의 총 직원 숫자가 1,500여 명에 달하고, ICTY와 ICTR의 예산이 유엔의 정규 예산의 1/10에 이를 정도로 규모가 팽창했다. 그렇지만, 그때까지 판결이 선고된 사건은 총 25건으로, 피고인 숫자로는 42명에 불과했고, 그중에 고위 지도자급 피고인도 드물었다. 국제사회에서는, 임시 재판소인 ICTY가 이런 식으로 계속되면 무한정 존속하게 될지도 모른다는 우려가 대두됐다. 그리하여, 유엔 안보리의 요청에 따라, ICTY 재판관들과 검찰은 그 임무를 조속히 마치기 위한 완료계획을 2003년에 수립했고, 유엔 안보리는 2003년의 결의 제1503호와 2004년의 결의 제1534호로 이를 승인했다.

-법률신문(2023. 11. 16.). [권오곤 회고록] ICTY 완료 계획과 회부 재판부.

국제재판소를 설치하여 전쟁범죄와 반인권범죄를 처벌하는 것, 이상은 거창하지만 현실은 만만치 않다. 막대한 비용과 엄청난 시간이 소요되는 반면에 실제 처벌이 이루어지는 숫자는 그리 많지 않다. 결국 정치적인 해결이 고려될 수밖에 없을 것 같다. '회복적 정의'가 중요하다는 생각이 든다. 통합의 시기에 정치적 결단을 하고 사법부가 다룰 사건의 규모와 시한에 대해 선언해야 한다. 특별법을 제정할 경우에도 이런 사정이 고려되어야 한다. 평시와 비상시는 기준이 다를 수밖에 없고 처리방법도 달라야 한다.

국제형사재판소(ICC) 소장 인터뷰

피오트르 호프만스키 국제형사재판소(ICC) 소장, 폴란드 출신인 그는 2015년 ICC 재판관으로, 2021년 ICC 재판소장으로 선출됐다.

Q. ICC는 어느 때보다 바쁜 한 해를 보냈다고 들었다. 올해 성취는 무엇인가.

A. ICC의 보편성이 더 확장됐다고 말하고 싶다. ICC가 설립된 지 20년이 지나면서 이제 완전한 운영이 이뤄지고 있다. 현재 4개 대륙에서 사건을 조사 중이고 재판 관들은 재판과 피해 배상 프로그램 등으로 매우 바쁜 나날을 보내고 있다. 피해 배상이 굉장히 중요하다고 생각한다. 정의는 본질적으로 피해자를 위한 것이다. 많은 국가에서 형사처벌과 피해배상은 분리돼 있지만, ICC 재판관은 유죄 판결 을 하면서 피해 배상을 결정할 수 있다. 피해자 신탁 기금(Trust Fund)이 운영 되고 있고, 이 기금은 우리 시스템의 필수적인 요소다. 재원은 개인과 국가의 자 발적 기부로 모금하고 있는데, 매우 효과적으로 운영되고 있다.

Q. ICC의 사건 처리 속도가 매우 느리다는 지적이 있다.

A. 국제 형사 사건은 매우 복잡하다. 수천 명, 수만 명의 피해자 심지어 수십만, 수 백만 명의 증인이 있는 사건도 있다. 검사와 재판관이 소송 과정에서 고려해야 할 증거의 양이 엄청나다. 실제로 재판이 빠르지 않고, 이점에 대해 ICC도 충 분히 인지하고 있다.

Q. 이스라엘-하마스 전쟁, 북한 문제에 대해 ICC의 입장은.

A. 팔레스타인에서 일어나는 모든 일에 우리의 관할권이 미친다. 북한은 ICC의 당 사국이 아니다. ICC에 제소할 수 있는 유일한 방법은 유엔 안보리의 동의를 얻 는 것이다. 하지만 현실적으로 유엔 안보리가 북한이나 시리아 사건을 ICC에 회 부할 것이라 기대하기는 어렵다.

-법률신문(2023. 11. 22.). 호프만스키 국제형사재판소장 인터뷰.

정의가 피해자를 위한 것이라면, 남북문제에서도 생존 피해자를 돕는 데 주력해야 한다는 방향성에 합의할 수 있을까? 신탁기금을 조성하고 활용하는 방안에 합의할 수 있을까? 인터뷰 기사를 보면서 궁금한 것이 생겼다. 더 연구하고 논의해 볼 일이다.

로마규정 채택 25주년

실비아 페르난데스 ICC 당사국총회 의장은 로마규정 채택 25주년의 성과와 향후 과제, 아시아·태평양 지역의 중요성 등을 강조했다. 아르헨티나 출신인 그녀는 ICC 설립의 근거가 된 로마규정의 입안에 참여했고, 2010~2018년 ICC 재판관과 재판소장을 역임했다.

Q. ICC 설립의 근거인 로마규정이 채택된 지 25주년이 됐다. 그동안의 성과는.

A. 지난 25년간 ICC가 실제로 조사와 기소가 가능하다는 것을 입증한 것이 가장 큰 성과다. 이것은 말로는 당연한 것처럼 들리지만 사실 당연한 것이 아니다. 로마규정 협약 초기에는 재판소를 만들 수 있을지조차 분명하지 않았다. 재판소를 만든 후에는 운영 체계를 모두 갖춰야 했다. 판사, 검사를 선출하고 조사를 시작해야 했다. 이는 세계 각국과 유엔, 국제사회와의 관계 정립을 필요로 했다.

Q. 러시아 푸틴 대통령에 대한 체포 영장이 발부됐지만 실효성에 의문이 제기된다. 법 집행의 실효성을 높이려면.

A. 역시 협력이 중요하다. 현재 16명의 개인에 대해 체포 영장이 발부됐지만 실행에 옮겨지고 있지 않다. 푸틴도 16명 중의 한 명일 뿐이다. 실제로 개인을 체포하기에는 아직 국제사회의 협력이 충분하지 않다. 국가들이 원치 않아서라기보다는 매우 복잡한 군사작전이 필요한 경우도 있다. 그래서 ICC와 당사국총회는 각국이 로마규정을 국내법으로 비준할 것으로 권고하고 있다. 아직 가입국의 절반만이 국내법으로 비준한 것으로 알려져 있다.

-법률신문(2023. 11. 22.)

국제형사재판소의 현황이다. 작동은 하고 있지만 적용범위가 제한되고 속도가 느리다. 관심을 가지고 지켜볼 일이다. 남북한 문제를 국제형사재판소에서 처리하기는 어려울 것 같다. 다른 방안을 구상해야한다.

명칭이 부적절하면 바꾸자

치매는 '어리석다'는 의미를 담고 있는 병명이다. 이 질병에 대한 편견을 갖게 하고 환자와 가속에게 모멸감을 준다는 지적이 이어지고 있다. 이에 정부는 치매 이름을 바꾸기 위한 협의체를 구성하고 그 첫 회의를 개최했다. 보건복지부는 16일 '치매용어 개정 협의체' 제1차 회의를 개최했다고 밝혔다. 협의체는 의료계, 돌봄·복지 전문가, 치매환자 가족단체 등 10여 명으로 구성됐으며 앞으로 치매 용어 개정과 치매에 대한 인식 개선 방안 등을 논의해 나갈 예정이다.

이미 용어를 개정한 나라들이 있다. 대만은 2001년 '심신장애자권익보장법'을 개정해 치매를 실지증(失智症)으로 교체했다. 일본은 2004년 인지증(認知症), 홍콩과 중국은 2010년과 2012년 뇌퇴화증(腦退化症)으로 병명을 바꿨다. 미국은 2013년 정신질환 분류기준인 DSM-5에서 치매(dementia)를 주요신경인지장애(major vascular neurocognitive disorders)로 변경했다. 국내에서 병명이 개정된 사례들이 있다. 2011년 정신분열병은 조현병으로 교체됐다. 대한정신분열병학회가 대체 명칭을 공모하고 심포지엄, 간담회, 공청회 개최 등을 통해 약사법을 개정해 이름을 바꿨다. 간질은 2014년 용어가 변경됐다. 2008~2009년 대한간질학회, 한국간질협회 공동 명칭 공모전을 시행하고, 2014년 간질 법령 용어를 뇌전증으로 정비했다.

-코메디닷컴 기사(2023. 1. 16.). 치매는 어리석은 병? … 이름 바꾼다.

과학이 발전하고 시대가 변화하여 종전의 명칭이 부적절하게 되면 명칭을 바꾸어야 한다. 의료계의 선례를 참고할 수 있다. 학회의 논의를 거쳐 법률 용어를 바꾸는 방법도 적절하다. 이 문제를 통일, 남북관계에 적용해 볼 수 없을까? 종북좌빨, 빨갱이 등의 거친 이름이나 법령상 부적절한 용어를 개정하는 논의를 시작해 볼 수 있겠다.

실정법과 자연법의 대립

오이디푸스와 이오카스테 사이에는 두 아들(폴리네이케스, 에테오클레스)과 두 딸(안티고네, 이스메네)이 있었다. 오이디푸스가 테베를 떠나자 그의 두 아들은 왕위 다툼을 벌였고, 승리한 에테오클레스는 폴리네이케스를 추방한다. 폴리네이케스는 아르고스의 군대를 이끌고 돌아와 테베를 공격하였고, 결국 두 형제가 서로를 죽인 뒤 전쟁은 종결된다.

이후 테베의 새로운 왕이 된 크레온(이오카스테의 오빠, 안티고네의 삼촌)은 테베를 지킨 에테오클레스에게 성대한 장례를 치러주었으나, 외국 군대를 이끌고 조국을 공격한 폴리네이케스에 대한 매장을 불허하고 이를 어기는 자는 죽음에 처하도록 명한다. 하지만 오빠의 시체가 들판에 버려진 채 금수의 먹이가 되는 것을 방관할 수 없었던 안티고네는 폴리네이케스의 시체를 거두어 장례를 치르다 발각된다. 격노한 크레온은 안티고네에게 사형을 선고하고 동굴에 구금한다.

작중 재판과정에는 크레온과 안티고네의 문답이 있다.

"긴말을 원치 않는다. 금지된 일인지 몰랐느냐?" "물론 알고 있었습니다. 칙령 선포가 있었지요." "그런데도 감히 법을 어겼느냐?" "이번 칙령은 제우스신이 내린 것이 아닙니다. 정의의 여신인 디케도 인간에게 이런 법을 내리지는 않습니다. 저는 한 인간인 당신이 내린 칙령이 변함없이 전해져온 하늘의 법보다 우선한다고는 생각하지 않습니다."

이 부분을 읽으면, 결국 비극의 원천은 형식적 합법성을 지닌 '칙령'과 실질적 정당성을 지닌 '하늘의 법'의 대립에 있었음을 알 수 있다. BC 5세기에 이미 '실정법(law as it is)'과 '자연법(law as it ought to be)'의 파멸적 대립을 통찰하여 비극의 소재로 삼았던 소포클레스의 천재성에 놀라움을 금할 수 없다(승이도 헌법연구관).

-법률신문(2023. 3. 13.). 안티고네, 헌법재판.

남북문제에서 자연법은 무엇일까, 남북한 주민의 자유와 복리 증진, 평화통일을 위한 노력이지 싶다. 이 시대에서 연극 소재를 찾는다면 문익환 목사의 방북사건이다. 실정법과 자연법의 대립이 극명하게 드러난 사건이기 때문이다.

　　문익환 목사는 1989년 3월 정부의 허가 없이 북한을 방문하였고, 김일성 주석과 2차례 회담하면서 통일문제를 논의했다. 귀국 즉시 체포된 문익환 목사는 국가보안법 위반으로 징역 7년을 선고받았다. 귀국 전 언론 인터뷰에서 그는 "나의 방북은 민족통일의 실현에 누구라도 참여할 수 있음을 보여주기 위한 것이고, 나는 재판받는 것을 두려워하지 않는다."고 했다.

환경재단 최열 이야기

1976년 가을, 긴급조치를 위반했다는 이유로 안양교도소에 갇혔습니다. 함께 갇힌 사람들과 앞으로 무엇을 할 것인가에 대한 열띤 토론이 벌어졌고, 대부분의 동료는 노동운동에 헌신하겠다는 의지를 밝혔습니다. 저는 생각이 조금 달랐습니다. 전공을 살려 사회에 기여할 수 있는 '공해'를 택했습니다.

 낯선 시작이 순탄할 리 없겠지요. 당시엔 공부를 하려 해도 변변한 책 한 권 없었어요. 염치불고, 어머니에게 일본 공해책을 구해달라고 말씀드렸습니다. 그렇게 접한 책들은 한 가지 깨달음을 안겨줬습니다. 자연과학의 시선으로 접근하려던 공해 문제가 사실은 세상의 모든 문제와 연결되어 있다는 점입니다. 산업화, 도시화 과정에서 공해 피해를 입은 주민에겐 의사가 필요하고, 오염된 토양과 바다에겐 토양 전문가와 해양학자가 필요하고, 공해 문제를 해결하려면 정책 전문가가 필요합니다. 3년 동안 250여 권의 책을 읽으면서 얻은 확신이 길을 열어줬습니다. 이 문제를 해결하지 않으면 앞으로 전 지구적 차원에서 재앙이 나타나고 인류를 비롯한 생명체가 살기 힘들다는 확신이었습니다. 사람들을 설득할 캐치프레이즈가 필요했습니다. "공해란 죽음을 향한 완행열차다." 조금 무시무시한가요? 하지만 이런 설득이 절실하던 시절이었습니다. 생각해 보세요. 공기나 물, 음식으로 발생한 피해는 원인을 알기 어렵습니다. 그 와중에 인간의 삶에서 가장 중요한 이슈인 공해는 늘 우선순위에서 밀려나 있었습니다. '공해'라는 단어 대신 '환경'이라는 단어가 자연스러운 시절이 된 후에도 우선순위는 여전히 뒷전이었습니다. 대응이 늦을수록 위기 경보가 훨씬 클 수밖에 없는 분야인데도요(최열).

- 환경재단 메일링 서비스(2023. 2. 21.).

개인의 솔직한 글은 힘이 있다. 자신이 걸어온 길을 이렇게 말할 수 있다면 달통한 것이다. 통일과 나의 문제로 바꾸면 어떻게 될까? 김일성 사망을 계기로 북한지역에서 활동하는 법률가를 꿈꾸었고, 그러면서 북한에 관심을 가졌다. 남북문제는 해결하지 않으면 갈등이 점점 커져 간다. 경제규모가 커지고 삶이 복잡해질수록 이 문제를 미루거나 덮을 수 없다. "통일은 우리에게 닥친 벽이지만 그 벽에 문을 내면 새로운 방향, 미래로 나갈 수 있는 길이 열린다. 벽을 뚫고 문을 내는 것은 우리가 할 일이다." 남북문제, 대응이 늦을수록 위기경보는 더 커질 수밖에 없다.

통일단상 3(외국 사례와 경험)

그 나라 국민을
위하는 것이

언론보도를 보거나 책을 읽다가 문득 떠오른 생각을 기록했다. 이 장은 외국, 외국인과 관련한 내용이다. 남북한의 문제를 해결하려면 외국의 사례를 두루 참고해야 한다. 하나의 민족이 분단되어 고통받은 사례는 많고, 민족분단의 고통을 극복한 유형도 다양하다. 동서고금의 역사를 널리 살펴보면서 우리의 문제를 객관적으로 보려 한다.

그 나라 국민을 위하는 것이 진정한 승리다

> 1953년 11월 27일 부산 중구 영주동 판자촌에 큰불이 났다. 주택 3,132채가 소실됐고 이재민 3만여 명이 발생했다. 이때 구세주처럼 손을 내민 사람이 당시 미 군수사령관인 리처드 위트컴 장군이었다. 그는 상부의 승인 없이 이재민에게 식량과 의복 등 군수물자를 나눠줬고 이 일로 미 의회 청문회에 소환됐다.
>
> 그는 청문회에서 "전쟁은 총칼로만 하는 게 아니다"라면서 "그 나라 국민을 위하는 것이 진정한 승리"라고 말했다. 의원들은 기립박수로 경의를 표했고 장군은 더 많은 구호물자를 싣고 돌아왔다. 1982년 7월 12일 작고한 장군은 "내가 죽으면 한국에 묻어 달라"는 유언을 남겼고 유엔기념공원 내 미국 묘역에 안장됐다. 6·25전쟁에 참전한 11개국, 2,300여 명의 안장자 중 장성급은 그가 유일하다. 국가보훈처가 위트컴 장군에게 국민훈장 1등급 무궁화장을 추서한다. 위트컴은 자유와 인권 가치를 실천한 인물이다.
>
> —서울경제(2022. 11. 9.). [만파식적 칼럼] 리처드 위트컴.

법과 원칙이 중요하다. 평시에는 그렇다. 하지만 비상시에는 새로운 법과 원칙이 적용될 수도 있다. 남북관계도 그럴 경우가 있다. 미래의 일, 아무도 가보지 않은 길을 갈 때는 법과 원칙에 앞서는 근본적인 것들, 인권, 국익, 그런 것들을 생각해야 할 수도 있다. 기존의 법과 제도를 잘 알아야 하겠지만 그것에 얽매일 것은 아니다. 無有定法(무유정법), '세상에는 미리 정하여진 법도는 없으며 조건과 인연에 따라 모든 것이 변한다'는 말이다.

은혜와 의리

교토삼굴(狡兔三窟)이라는 말이 있다. 사마천(司馬遷) 『사기(史記)』의 맹상군열전에 전한다. 꾀 많은 토끼는 굴을 세 개 가지고 있다는 의미다.

풍환은 제(齊)나라 재상 맹상군의 식객이었다. 재상은 설이라는 땅의 식읍에서 돈놀이를 했다. 백성들이 제때 빚을 갚지 않자 누구를 보내 독촉할까 궁리하다 풍환이 자청하자 보내기로 했다. 그가 물었다. "돈을 받으면 무엇을 사 올까요?" "여기 부족한 것을 사 오게" 풍환은 설에 도착 후 백성들이 보는 앞에서 차용증 더미를 불구덩이에 던져 버렸다. "재상 어르신이 여러분들의 빚을 안 받기로 하셨소" 모두 감격했다. 풍환이 돌아오자 맹상군이 물었다. "무엇을 사 왔나?" "은혜와 의리를 사 왔습니다" 얼굴이 붉으락푸르락해졌지만 어쩔 수 없었다. 1년 후 맹상군이 재상직에서 쫓겨났다. 풍환이 설에 내려가 잠시 있으라고 조언했다. 도착하자 백성들이 양손을 들어 환호했다. 맹상군은 그제야 고개를 끄덕였다. "의리와 은혜를 샀다는 말의 뜻을 알겠소" "꾀 많은 토끼는 구멍을 세 개나 뚫지요. 나머지 두 개의 굴도 만들어 드리지요"

−강원도민일보(2023. 1. 5.). [명경대] 토끼가 무서운 이유.

이 이야기를 북한문제에 적용해 보자. 북한을 지원한 대가로 무엇을 받나요? 은혜와 의리를 받습니다. 이렇게 생각하면 마음이 훈훈하다. 남한 경제가 무난한 지금도 좋지만 맹상군처럼 남한사회가 어려움을 겪을 때는 더욱 좋을 것이다. 그동안 북한을 지원하기 위해 남한 정부가 사용한 남북협력기금과 식량차관 등 북한이 지급하기로 약속한 금액을 모두 모으면 상당하다. 하지만 지금 우리에겐 그 돈을 받지 않아도 될 정도의 여유가 있다. 그렇다면 은혜와 의리를 사기에 좋은 여건이다.

셔우드 홀 가족 이야기

130년 전 조선에 와서 2대에 걸쳐 의료 선교에 헌신하고 서울 양화진 외국인 선교사 묘지에 묻힌 셔우드 홀 가족. 1893년 11월 10일 서울에서 태어난 셔우드 홀은 돌잔치 때 장난감 등 다른 물건은 제쳐두고 청진기를 집었다. 젊은 여의사로 조선 땅에 온 어머니 로제타 셔우드 홀은 기뻐하며 아들이 의료 선교사가 되길 기도했다. 평양에서 환자들을 돌보던 남편 윌리엄 제임스 홀이 갑자기 세상을 떠나는 비극을 겪었다. 말라리아와 이질을 치료하다 감염된 것이다. 결혼 2년 5개월 만의 일이었다. 그 와중에 어머니는 남편을 기리는 기홀병원과 여성 전용 광혜여원, 평양 외국인학교 등을 세웠다.

셔우드 홀은 평양외국인학교를 거쳐 미국 마운트 유니언대학과 토론토 의대를 졸업하고 의사가 돼 돌아왔다. 대학 시절 만나 함께 온 아내도 의사였다. 셔우드 홀은 아내와 함께 황해도 해주에 해주구세요양원이라는 국내 최초의 결핵 전문 요양병원을 설립하고 질병 퇴치에 전념했다. 병원만 운영한 게 아니라 농장을 만들어 건강식을 제공하고 환자의 사회 복귀까지 도왔다. 그는 "다른 나라에서 20명에 1명 꼴인 결핵 사망자가 한국에서는 5명 중 1명이나 되는데 이는 결핵을 불치병으로 여기고 겁내면서 치료를 포기하기 때문"이라며 "치료뿐 아니라 계몽과 교육을 위해서도 전문 요양원이 꼭 필요하다"고 역설했다. 여기에는 큰 비용이 들었다. 이 문제를 해결하기 위해 그는 국내에 '크리스마스실'을 도입했다.

1932년에 그가 처음 발행한 실은 숭례문을 도안으로 삼은 것이었다. 숭례문의 단단한 벽으로 질병을 막겠다는 상징 의지를 담았다. 치료와 모금, 계몽을 위해 실을 만든 그는 1940년 일제에 의해 추방될 때까지 의료 선교에 온몸을 바쳤다. 인도에서 결핵 퇴치에 힘쓰던 그는 1991년 캐나다에서 세상을 떠났고, 그해 타계한 아내와 함께 서울로 옮겨져 부모가 묻힌 양화진 묘지에 합장됐다.

–한국경제(2022. 12. 21.). 고두현의 문화살롱, 폴 오스터와 셔우드 홀의 특별한 크리스마스.

우리 사회가 지금처럼 성장한 배경에는 여러 사람의 도움이 있었다. 셔우드 홀 가족은 목숨을 걸고 우리를 도왔다. 이제 우리도 누군가를 도와야 한다. 그 대상이 통일의 상대방인 북한 주민이라면 도울 이유가 충분하다.

문제가 있다면 해결책도 있다는 것이 역사의 교훈이다. 생각을 바꾸고, 그런 생각 바꿈을 위한 교육을 장려하면 된다. 지금 남한 사회에 남남갈등이 심하다면, 그리고 남한 주민에게 구체적인 통일목표가 없다면, 어떻게 해야 하는가? 해결방안을 찾고 실천해야 한다. 교육과 제도 마련에 더욱 노력해야 한다. 뭔가 하면 그만큼 바뀐다.

자유인에게는 의무가 있다

국내외 참전용사를 만나시면서 이야기도 많이 나누셨을 텐데, 기억에 남는 말씀이 있으시다면 들려주세요.

참전용사분들께 액자를 전달하면 얼마냐고 물어보세요. 그때마다 저의 대답은 같아요. "이미 70년 전에 다 지불하셨습니다."

그 말을 들은 미국 참전용사가 그러시더군요.

"너희가 빚진 것 하나도 없다. 자유인에게 의무가 있다. 자유가 없거나 뺏긴 사람들에게 이를 찾아주고 지키게 하는 것이다. 우리가 참전한 이유는 그 자유를 지키고 찾아주기 위함이다. 그러니 너희도 너희 동포들에게 자유를 전달할 의무가 있다. 그 의무를 다해주길 바란다."

그 말씀이 기억에 오래도록 남습니다.

이들은 2차 세계대전을 관통한 세대예요. 자유와 민주주의가 가장 큰 가치였죠. 유엔군 참전용사들이 한국전쟁에 참전했던 이유는 자유, 민주주의를 지키기 위해서였습니다.

자신들이 프로페셔널 솔저로서 참전한 나라가 자유와 민주주의를 얻었고, 이를 기반으로 엄청난 발전을 이뤘으니 자부심이 대단할 수밖에요(사진작가 라미).

-서울시, 내 손 안의 서울(2023. 1. 3.). 전세계 1,400명 6.25 참전용사를 찍는 이유.

"자유인에게는 의무가 있다. 자유가 없거나 뺏긴 사람들에게 이를 찾아주고 지키게 하는 것이다. 너희도 너희 동포들에게 자유를 전달할 의무를 이행하라." 멋진 말이다. 진리가 가지는 힘을 느낀다. 마치 성경의 말씀을 듣는 것 같다.

잠수함 속의 토끼

소설 『25시』로 유명한 루마니아 작가 콘스탄틴 비르질 게오르규(1916~1992)가 1974년 방한 때 한 말이다.

"20대 때 잠수함에서 근무했죠. 그땐 산소측정기가 없어서 산소에 민감한 토끼를 잠수함 밑바닥에 태웠어요. 산소가 모자라면 토끼가 사람보다 여섯 시간 먼저 죽죠. 졸병인 저는 토끼가 없는 잠수함 밑바닥에서 일하기도 했습니다. 사람들은 제가 괴로워하면 잠수함에 산소가 부족하다고 판단했어요. 그때 전 시인이 왜 인류에게 유용한지를 깨달았습니다. 시인이 괴로워하면 그 사회에 뭔가 문제가 있다는 거죠."

당시 이어령 문학사상 주간의 초청으로 한국에 온 그는 자신의 경험을 들려주면서 시대 변화에 민감한 시인·작가를 '잠수함 속의 토끼'에 비유했다. 그러면서 "보잘것없는 나의 유일한 자랑거리는 내가 글을 썼고 또 괴로워했다는 것"이라고 덧붙였다.

–한국경제(2023. 1. 18.). [고두현의 문화살롱] 잠수함과 토끼, 둘 다 안녕한가.

시대의 문제를 지적하며 괴로워하고 글을 쓰는 것, 그것만으로도 가치가 있다는 작가의 말에 위안을 얻는다. 분단 상황이 지속되는 것을 괴로워하고 통일의 길을 찾으려 노력한 것, 그것이 나의 자랑거리다.

한국을 사랑한 일본인, 후세 다츠지

후세 변호사는 독립투사 박열의 아내인 가네코 후미코와 함께 국가보훈처가 발표한 2023년 5월 이달의 독립운동가(한국을 사랑한 일본인)로 선정되었다. 『조선을 위해 일생을 바친 후세 다츠지』, 『후세 다츠지 평전』을 흥미롭게 읽어보았다.

후세는 1902년 판·검사 등용시험에 합격하며 짧은 검사 생활을 마치고 변호사의 길을 걷는다. 1911년 〈조선의 독립운동에 경의를 표함〉이라는 글을 집필하여 검사국의 조사를 받았고, 1919년 2·8독립선언 사건으로 검거된 최팔용·백관수 등 조선 유학생들의 제2심 재판 변론을 맡았다. 1923년 간토대학살 당시 '조선인 학살을 사죄하며 책임을 통감한다'는 사죄문을 작성, 조선일보와 동아일보에 발송하기도 했다. 1930년대에는 세 번에 걸쳐 변호사 자격을 박탈당하고 수차례 체포·수감되기도 했다.

1945년 일제가 패망하자 도쿄에서 출옥한 박열을 위해 환영회를 열어주었고 『운명의 승리자 박열』을 출간하였다. 또한 해방된 조선을 위해 『조선건국 헌법초안사고』를 재일 조선인들과 공동으로 집필하기도 했다. 후세의 조선건국헌법 초안 제1조는 "조선국은 조선국민이 향유하는 통치권에 의하여 이를 통치한다."라고 쓰고 그 밑에 "본조는, 통치권이 국민에게 있음을 명확하게 하는 헌법민주화의 정문(正文)이다."라는 해설을 붙이기도 하였다.

-법률신문(2023. 3. 20.). 정지웅 변호사 칼럼.

이 글을 통해 후세 다츠지 변호사를 알게 되었다. 그가 대한민국의 헌법에도 관심을 가졌다는 점이 흥미롭다. 우리가 할 일을 대신 고민해 준 분이다. 통일한국의 헌법 고민은 내가 해야겠다. 후세 변호사는 40세에 쓴 책 『법정으로부터 사회로, 자기혁명의 고백』에서 이렇게 썼다.

"인간은 누구라도 어떤 삶을 살아가는 것이 좋은지에 대해 정직한 자신의 목소리를 들어야만 한다. 이것은 양심의 목소리다."

후세 다츠지, 평범한 변호사가 양심의 목소리를 듣고 소신대로 살아 후대의 존경을 받았다. 이 시대를 사는 내가 들어야 할 양심의 목소리는 무엇일까? 분단으로 인한 사회적 제약을 중단시키는 것, 통일한국의 미래상을 꿈꾸어 보는 것, 그런 것이지 싶다.

오에 겐자부로

노벨 문학상 수상 작가이자 전후 일본 문학을 대표하는 문인인 오에 겐자부로가 별세했다. 향년 88세. 고인은 『개인적인 체험』 『만엔 원년의 풋볼』로 1994년 노벨 문학상을 받았다. 일본인으로는 두 번째 수상이었다.

고인은 일본 사회의 불안한 상황과 정치적 문제에 대한 비판, 천황제와 군국주의, 평화와 공존, 지적장애를 가진 장남과의 공생, 고향 시코쿠 숲 마을의 역사와 전통 등을 주제로 수많은 글을 발표했다. 그는 자기 작품을 3개 시기로 나눠 설명했다. 1기는 제2차 세계대전을 거치면서 봤던 일본의 모습으로 사회적 담론을 반영하는 소설을 주로 썼다. 이어 2기는 장남 히카리가 장애인으로 태어나면서 자신의 체험을 바탕으로 아이와 부모의 성장 과정을 담은 소설을 주로 썼다. 30대 후반 이후의 3기는 사소설적인 경향을 담으면서도 일본 사회에 대한 비판을 포괄하는 객관적인 소설을 쓴 시기였다. 고인은 작품뿐 아니라 사회문제에 참여하는 실천적 지식인으로도 존경을 받았다.

2004년 군대 보유 금지와 전쟁·무력행사를 영구 포기하는 내용이 담긴 헌법 9조 등 평화헌법 개정에 반대하기 위해 다른 석학들과 '9조의 모임'을 결성, 개헌에 반대했다. 또 2011년 후쿠시마 원전 사고 후 일본 정부의 원전 재가동 정책에 반대하는 집회에 참석해 "원전 문제를 젊은 세대에 떠넘겨서는 안 된다"고 주장했다.

－서울경제(2023. 3. 14.). 전후 일본문학 대표 문인, 천황제·군국주의 비판 글 발표, 평화헌법 개헌 반대 활동도.

한 사람의 생은 죽음으로 종결된다. 작가의 인생 목표는 시기별로 달랐다. 그는 사회참여에도 활발했고, 그래서 더욱 존경받았다. 삼가 고인의 명복을 빈다. 이 기회에 이분의 책을 읽어야겠다. 부고를 보면 그분이 쓴 책을 찾아 읽는다. 나만의 추모 의식이다.

"원전 문제를 젊은 세대에 떠넘겨서는 안 된다"는 그의 주장에 동의한다. "분단 상황을 후세대에 떠넘겨서는 안 된다"는 것은 나의 주장이다. 분단으로 인한 문제를 드러내고 해결책을 찾는 것은 나의 일이다. 역사적 관점에서 현실을 보면서 살고 싶다.

한일관계를 보는 불편한 시각

태평양전쟁을 일으킨 일본은 전후 처리 과정에서 운이 매우 좋았다. 전쟁 배상을 하느라 나라가 거덜나기는커녕 부국이 됐다. 종전 6년 만인 1951년 9월 체결된 샌프란시스코 강화조약을 통해 미국 등 48개 연합국은 조약상 특별규정이 있는 경우를 빼고는 대일 배상청구권을 포기했다. 배상도 일본의 생산품과 용역서비스로 하도록 해 전후 일본의 경제적 재건의 길을 열어줬다. 이 조약의 후속으로 이뤄진 일본과 동아시아 피해국 간의 양자 협정 또한 마찬가지였다. 일본은 1950년대 이후 필리핀 베트남 등 9개국에 4,249억 2,880만 엔을 대부분 현물과 용역으로 배상했다. 1965년 한·일 청구권 협정에 의해 한국에 준 무상 3억 달러, 유상 2억 달러 중 3억 달러도 생산물과 용역으로 제공했다.

전쟁의 가해국을 최대 수혜국으로 만든 것은 냉전이었다. 미·소 냉전이 격화하자 대일 협상을 주도한 미국은 일본을 공산권 봉쇄의 교두보로 삼았다. 그 대신 배상 조건을 대폭 완화하고 일본의 경제적 성장을 유도했다. 강화조약 서명 당일 체결한 미·일 안보조약은 사태의 반전을 보여주는 단면이다. 반면 한국은 연합국이 아니라는 이유로 조약에 참여하지도 못했다. 그리고 분단과 6·25전쟁을 겪은 뒤 식민지 지배에 사죄도 반성도 하지 않은 일본과 성에 차지 않는 청구권 협정을 맺었다. 이것이 불편하지만 인정할 수밖에 없는 우리 현대사다.

-한국경제(2023. 3. 8.). 분노 조절이 필요한 대일외교.

과거의 역사를 깔끔하게 정리하는 것은 좋은 능력이다. 이 글은 한일간의 문제를 시간의 흐름에 따라 정리했다. 한일간의 문제를 원칙주의로 접근하면 현재의 여론과 같이 일본의 반성을 촉구하게 된다. 그런데 우리가 가야 할 미래는 현실과 희망 사이 그 어디쯤일 것 같다. 북한문제, 통일문제도 마찬가지다. 원칙주의적인 입장을 고수하는 것은 명쾌하지만 현실에 적용시키기에는 어려움이 있다.

민간교류에서 배우는 교훈

큰 규모의 민간교류로 '평화와 민주주의를 위한 파키스탄-인도 국민 포럼(Pipfpd, '파키스탄-인도 국민 포럼')'이 있다. 이 단체는 양국의 민간인들이 모여 1994년에 결성했고, 29년간 꾸준히 활동하고 있다. 이 단체가 다루는 이슈는 다양하다. 핵 감축이나 군비확대 반대, 카슈미르 이슈, 종교적 근본주의와 인권, 평화교육 등이다. 코로나19를 거치면서 온라인으로 현재까지 포럼과 강연을 활발하게 이어가고 있다.

민간교류라는 것 자체에 한계점이 있지만 이들의 노력은 세 가지 측면에서 평가할 만하다. 첫째, 지속해서 만난다는 것이다. 양국 정치가 경색될 때도 이들은 지난 29년간 꾸준히 만나고 소통했다. 둘째, 대안 공동체를 추구한다는 것이다. 핵 감축, 인권, 민주주의, 종교적 근본주의 반대, 평화교육 등을 두 나라의 미래 대안으로 제시하고 필요하면 캠페인을 전개하는 등 대안적 목소리를 내고 있다. 셋째, 편견을 깨는 다음 세대 평화교육이다. 양국 청소년과 대학생들을 학교끼리 자매결연을 맺어 서로 만나는 일을 주선하기도 하고, 평화교육을 위한 대안 교과서 운동을 진행하기도 한다. 두 국가의 공통 유산과 장점들을 받아들이는 열린 교육이 편견을 넘어서는 첫걸음이 되고 다음 세대를 평화 지킴이로 세우는 일이 될 것이라고 믿는 것이다(네루대 역사학 박사 공영수).

-KPI 이슈브리프(2023. 5. 30.). 인도-파키스탄 민간교류에서 배우는 교훈.

'파키스탄-인도 국민 포럼'이 하는 일 중 제일 부러운 점은 지속적으로 만난다는 것이다. 지속해서 만나지 않으면 편견과 선입견을 깰 수 없다. 그것이 안 되면 상호신뢰를 구축하기 힘들다. 한시라도 빨리 민간교류가 재개되어 남북한 공동 이익과 평화 구축을 위한 노력이 진행되기를 바란다. 통일교육은 평화교육이라는 관점에서 재점검되어야 할 필요가 있다. 혐오 교육을 멈추는 것에서부터 시작해야 한다. 북한에 대한 혐오만이 아니라 남한 내에 있는 지역 차별, 이주민 혐오 등에 대해서도 동일하게 적용되는 교훈이다. 다른 나라의 사례에서 배워야한다. 사람 사는 것은 공통점이 있고, 해결방안도 비슷하다. 결국 실천이 문제겠지만 우선 다양한 방안부터 찾고 실천방법에 대해 토론해야한다.

제비뽑기로 선발된 150명의 시민

프랑스는 최근 국가의 환경보호 의무를 헌법에 명시하는 방안에 대한 논의했다. '프랑스는 환경 및 생물다양성의 보존을 보장하고, 기후 이변에 맞서 싸운다.'는 내용을 「헌법」 제1조에 추가하는 개정안을 정부가 제출하였고, 이 개헌안은 2021년 3월 16일 하원에서 가결되었다. 그런데 2021년 7월 6일 상원에서 '보장한다 (garnatit)'와 '싸운다(lutte)'를 '대응한다(agit)'로 대체한 수정안이 가결됨에 따라 이 개헌안은 국민투표에 부쳐지지 못하고 폐기되었다(프랑스 헌법 개정은 국민투표로 결정되는데, 국민투표에 부쳐지기 위해서는 같은 문구의 개정안이 상원과 하원을 통과해야 한다).

한편, 기후변화에 대한 대응과 환경보호를 위한 구체적인 내용을 담은 법률인 「기후 이변에 맞서는 투쟁과 그 영향으로부터의 회복력 강화에 관한 법률」(약칭 '기후ㆍ회복력법')이 2021년 8월에 공포되었다. 기후ㆍ회복력법은 '기후시민협약 (CCC)'의 제안을 바탕으로 마련되었다. … CCC는 제비뽑기로 선발된 150명의 시민으로 구성되었는데, 2019년 10월부터 약 9개월 동안 온실가스 배출량을 2030년까지 1990년 대비 40% 이상 감축하는 방안을 논의하였다. 2020년 6월 CCC는 149개 제안을 담은 보고서를 채택하였고, 이후 의회, 지방정부, 기업, 노동조합, 비정부기구 등과 이 제안의 구체적인 사항을 함께 논의하였다. 2020년 12월에는 각 제안의 소관부처가 마련한 회의에 의회와 함께 참여하여 법률 제정안을 구체화하는 작업을 수행하였다. 이 결과로 2021년 2월에 기후ㆍ회복력법 제정안이 발의되었고, 이 제정안은 수개월의 논의를 거쳐 2021년 7월 20일 의회를 통과하여 8월 24일에 공포 및 시행되었다.

－국회입법조사처 자료(2022. 10. 5.). 교통부문 온실가스 감축을 위한
프랑스의 입법 동향과 시사점. 외국입법분석자료 제24호.

프랑스의 일 처리 방식은 낯설지만 배울 점이 많다. 기후변화에 선제적으로 대응하고, 제비뽑기로 선발한 시민이 보고서를 만들고 그것을 바탕으로 법률을 제정하였다. 우리도 할 수 있는 절차다. 통일문제는 이 방식을 적용하여 공론화하고 법제화하면 좋겠다. 우리나라에서도 통일국민협약을 만든 경험이 있다.

국민투표를 통해 정책 결정하기

> 스위스 국민이 국민투표를 통해 지구촌 규모로 사업하는 다국적기업에 대한 법인 최저한세율 15% 도입을 승인했다. 이로써 스위스는 경제협력개발기구(OECD) 주도로 맺은 지구촌 협정을 시행한다는 국민적 합의를 마쳤다. 이번 국민투표는 지난 20년 동안 정책 찬반투표 중 6번째로 높은 78.45%의 지지율을 보였다. 반대표 비율은 21.55%, 총 투표율은 41.9%였다. 스위스 국세청은 이번 개혁으로 매년 추가 세수가 10~25억 스위스 프랑이 될 것으로 추정하고 있다. 정부와 대부분의 정당, 기업, 단체 등이 이번 국민투표 결과를 환영했다. 재무장관은 스위스에 본사를 둔 2,200개 이상의 기업들의 사업구조를 안전하게 지키고 안정화하는 선택이 지지를 받았다고 소회를 밝혔다.
>
> −조세금융신문(2023. 6. 19.). 스위스, 국민투표로 15% 지구촌 법인 최저한세율 승인.

국민투표로 정책을 결정하는 방식, 주와 연방의 이해조정 방식은 우리나라에는 없는 제도다. 그런데 남북문제를 다룰 때는 이런 방식이 유용할 수도 있다. 통일은 국민적 합의가 필요한 영역이기 때문이다. 대학원에서 '통일한국의 법제도'를 강의하면서 이런 부분이 눈에 띄기 시작한다.

조용히 있어야 하는 시간

신문의 책 소개란에서 존 캠프너, 『독일은 왜 잘 하는가』(열린책들)에 대한 소개글을 보다가 눈에 띄는 문구를 찾았다. Ruhezeit, 조용히 있어야 하는 시간이란 의미다. 오후 1~3시, 저녁 10시 이후 아침 7시까지, 다른 이들의 휴식을 방해하지 않고 특히 약자를 배려하기 위해서라는 설명이다.

사무실 동료인 독일변호사와 나눈 이야기가 생각났다. 독일생활을 마치고 한국으로 귀국했을 때 그리운 것이 무엇이냐, 독일과 한국의 차이가 무엇이냐고 물었다. 한가로운 시간이 없는 것이라는 대답을 들었다. 주말에도 한밤중에도 전화를 하고 만나자고 하는 한국문화는 독일에선 없는 것이라 한다. 문화라는 것은 각자가 그 사회가 만들어 가는 것이다. 우리 사회에 맞는 그리고 내 삶에 맞는 문화를 만들어 갈 일이다.

오늘날 독일 정체성을 만든 4번의 계기도 인상적이다. 1949년 기본법 제정(전후 재건의 기반, 절차를 똑바로 하는 것에 관심을 기울인 계기, 세계적으로 위대한 헌법적 성취), 1968년 68혁명(자녀세대가 부모세대에 맞선 것, 나치 반성과 참회의 계기), 1989년 동서독 통일, 2015년 난민수용 결정(140만 난민신청자 중 독일이 100만 명 수용, 메르켈의 결단)

독일의 변화에 상응하는 우리나라의 계기는 무엇일까? 1945년 해방과 1948년 헌법제정, 1950년 한국전쟁, 1960년 4·19혁명과 1961년 5·16 쿠데타, 1987년 헌법개정과 1991년 남북기본합의서 체결이다.

68혁명이 없었다는 것이 아쉽다. 분단 상황이 반성의 계기를 허용하지 않았던 것이다. 지금 우리의 통일과정은 독일의 1989년 통일 직전 단계이다. 그렇다면 지금 우리가 할 일은 통일의 과정과 통일 이후의 지역통합을 위한 그림을 그려 보는 것이다.

독일, 우리가 배울 바가 많은 나라다. 우리 사회는 최근에 통일을 한 나라, 독일의 경험을 타산지석으로 삼아야 한다. 현재의 독일을 보면서 미래의 통일한국을 꿈꾸어야 한다. 경제적 성공과 사회적 연대가 함께 추구될 수 있는 길, 독일이 가고 있는 그 길은 우리 사회가 지향해야 할 방향이다.

(2022. 5. 24.)

용서

성 바오로 6세 교황은 평화의 날 담화(1970년)에서, 용서의 복음을 선포하는 것이 인간의 정치에는 부조리한 것으로 보일 수 있다. 하지만 인간의 한계를 넘어서는 그리스도교의 경제에는 그것은 부조리한 것이 아니라고 했다.

세속의 갈등은 어떻게 마무리됩니까? 분쟁들은 궁극적으로 어떤 평화를 가져옵니까? 어떤 갈등을 종식시키는 평화는 강제적인 부과, 억압, 멍에가 됩니다. 더 약한 자들과 더 순종적인 집단에 관용이 강요되는 것이며, 복수가 미래로 연기되는 것과 같습니다. 이는 적의가 남겨진 마음 안에 단순히 위선을 감춰 둔 협정서를 받아들이는 것입니다. 너무 자주 기만당하고 불안정한 평화는 가장 완전한 해결책을 놓치고 있습니다. 가장 완전한 해결책은 용서입니다.

−가톨릭신문(2022. 6. 12.). [강주석 신부의 칼럼] 화해를 믿는 희망.

　　남북문제에서 기존의 관점을 넘어서는 새로운 관점을 생각해 볼 수 있다. 미래라는 방향과 갈등의 두 당사자를 넘어서는 제3자적 관점도 필요하다. 대한민국 정도 고생한 다른 나라도 많다는 국제적 관점과 언제까지 분단 상황을 지속할 것인가라는 자성의 관점도 가져야 한다. 그런 것을 모두 모아서 용서로 해법을 찾아야 한다.

채원배 북경대 총장

청연재에서 열린 중국 공부모임, 이강범 선생이 '북경대학교, 황금의 10년'이란 제목으로 강연했다.

"청나라 말기 1898년 무술변법 시기 등장한 학교 건립 아이디어가 발전하여 설립되었고, 1913년 초대 교장으로 엄복이 임명되었다. '겸용병포 중서병중'의 정신으로 운영하였다. 채원배 교장 시기에 더욱 발전하였다. '사상자유 겸용병포'의 정신으로 모든 것을 받아들였다. 겸용병포(兼容并包)는 모든 것을 다 받아들인다는 뜻이다. 출신, 학위에 불문하고 실력만 보고 발탁했다. 그가 발탁한 사람으로는 진독수(민주와 과학을 주창하였고, 신청년을 발행했으며, 공산당 초기 지도자다), 호적(미국 콜롬비아 대학 박사, 존 듀이의 제자, 어머니의 명에 따라 강동수라는 전통여성과 혼인하였고, 장개석 시기 초대 주미대사를 했다. 호적문존 등 저서 다수), 양수명(25세 무학의 청년을 발탁하여 인도철학과 교수를 시킴), 풍우란, 서비홍 등이 있다. 채원배는 과거 학생들의 적극적인 사회 참여와 혁명 운동 가담을 호소했던 것과는 달리 북경대 총장으로서 학생들이 학업에 전념하기를 희망했으며 데모와 수업거부, 일본상품 보이콧, 가두시위, 가두연설 등 일련의 정치적 행동에 반대했다. 또한 그는 폭력이나 혁명적 방법을 수단으로 삼아 중국의 문제를 해결하는 것에 반대하며 교육을 통한 구국을 달성해야 한다고 주장했다. 그는 어떤 학파나 이론도 그것이 합리적이라면 그것을 주장하는 까닭이 있을 것이며 자연 도태되지 않았다면 설령 상반되는 것이라 할지라도 그 사상이 자유롭게 발전하도록 내버려둬야 한다는 입장을 가지고 있었다. 1923년 1월 북경대학 총장직에서 물러났고 그해 7월 유럽으로 출국했다."

이강범의 강의를 듣고 나서 새로운 꿈이 생겼다. 남북교류가 가능해지고, 평양에서 교육할 기회가 생긴다면, 어떤 인재를 모아서 무엇을 가르칠 것인지, 그런 인재들이 만들어 나갈 새로운 나라는 어떤 모습이어야 할지 고민하겠다. 채원배 선생의 길, '사상자유 겸용병포'의 정신을 이어가고 싶다. 이강범 선생으로부터 좋은 것을 배웠다. 감사하다.

(2023. 9. 7.)

남북한 사이의 분쟁도 중재로 해결하자

미국 남북전쟁 후 영국 부당개입 배상금 중재가 시초, 중재는 분쟁 해결 후 관계 복원할 수 있는 유용한 수단, 전쟁 피하고 협력시대 이끌 평화적 분쟁해결 제도화 해야.

"1979년 이란에서는 이란 혁명이 발발하여 미국인의 재산을 몰수하였고, 미국은 이란의 미국 내 재산에 대하여 압류를 하였으며 다수의 미국인이 이란을 상대로 법원에 제소하였다. 적대국인 미국과 이란은 1981년에 협정을 체결하였고 혁명 과정에서 발생한 모든 청구사건을 이란-미국 청구판정부(Iran-United States Claims Tribunal)로 불리는 새로운 중재판정부를 헤이그에 설치하여 해결하기로 합의하였다. 이란의 재산몰수와 미국의 이란 정부 자산 동결 조치에서 비롯된 여러 가지 클레임들을 40여 년간 중재절차로 해결하고 있다. 이 모델은 비록 적대국이라 하더라도 국민과 정부에게 발생된 클레임을 상호 합의하에 공정한 중재판정부로 하여금 해결하도록 하는 제도를 만들어 낸 것으로 평화적 분쟁해결이라는 큰 의의를 가지고 있다."(박은영 변호사)

-법률신문(2022. 11. 28.). 평화는 오는가: 국제중재 150주년의 담대한 희망.

남북한 사이의 분쟁도 중재로 해결하는 것이 바람직하다. 현재 남한법원에서 선고되는 북한과 김정은을 상대방으로 한 민사판결은 상대방이 승복하기 어렵다(절차적으로 공시송달이고, 내용적으로 반박의 기회를 가지지 못했다). 쌍방이 합의한 중재판정부를 제3국에 설치하여 해결하거나 혹은 개성이나 서울, 평양에 설치하는 것, 그런 방안을 실현해 보고 싶다.

의도적 차별의 입증책임

차별의사를 입증하기 위해서 도입되는 것이 바로 '맥도넬-더글라스 책임전환의 틀 (McDonnell-Douglas burden-shifting framework)'(맥도넬-더글라스 공식) 이다. 맥도넬-더글라스 공식은 세 단계를 통해 원고와 피고 모두에게 차별의사를 입증하거나 반박할 책임을 부여한다.

우선 첫 번째 단계에서 원고는 본인이 차별금지법의 보호 대상에 포함되며, 피고가 자신을 자신과 유사한 상황에 처해 있는 다른 집단의 구성원들과 차별적으로 대우 했다는 증거를 제시해야 한다.

첫 번째 단계가 성립된 경우에 책임은 피고에게로 넘어가는데, 피고는 해당 차별행 위에 '적법하고 비차별적인 이유'가 있었음을 제시해야 한다. 법원이 이를 인정할 시에 입증책임은 다시 한번 원고에게로 넘어간다.

세 번째 단계에서는 피고가 제시한 적법하고 비차별적인 이유에 대한 신빙성 판단 이 진행된다. 원고는 피고의 차별행위로 인해 당사자들이 입는 부담이 상당하고, 피 고가 제시한 적법하고 비차별적인 이유가 그 피해를 정당화하기에 충분하지 않으 며, 이 모든 것을 종합했을 때 피고의 차별행위에 고의적 차별의사가 있었음을 유 추할 수 있다는 증거를 제시해야 한다.

맥도넬-더글라스 공식은 원고, 피고, 그리고 다시 원고에게 차별의사를 입증 혹은 반박할 책임을 분배하면서 단계적으로 차별적 취급에 차별의사가 존재했는지에 대 한 초점을 좁혀나가는 것에 그 목적이 있다.

-법률신문(2022. 10. 10.). [이민규 미국변호사의 칼럼] 의도적 차별의 입증책임.

미국 판례법이 정립한 원칙은 흥미롭고 지적 호기심을 자극한다. 도그마를 생성하여 문제해결의 틀을 제공하는 것인데, 그 과정이 논리적이라 매력이 있다. 북한법 분야에도 이런 도그마, 원칙을 만들어 내는 노력이 필요하다.

원자력 발전, 어떻게 할까

독일은 마지막 남은 핵발전소 3기를 폐쇄했다. 2000년 독일 사민당과 녹색당 연정이 탈핵 결정을 한 지 23년 만에 독일은 '탈핵 국가'가 되었다. 한국사회에서 '탈핵'은 그 말을 꺼내는 것만으로도 불경한 '금기어' 같은 것이다. 현 세대의 절반 이상이 없을 60년 뒤의 탈핵을 계획하는 것만으로도 엄청난 반발과 정치공세에 휩싸인다. 독일은 첫 번째 탈핵 국가가 아니다. 1972년 핵발전소 건설을 결정하고 6기의 핵발전소 건설을 계획했던 오스트리아는 완공된 츠벤덴도르프(Zwendendorf) 핵발전소 폐쇄를 1978년 국민투표로 결정했다. 이미 완공되어 가동 절차만 남은 핵발전소를 폐쇄한 오스트리아의 결정은 당시로서도 매우 놀라운 것이었다. 핵발전소를 운영하다가 탈핵을 한 국가도 있다. 4기의 상업용 핵발전소를 운영하던 이탈리아는 체르노빌 사고 직후인 1987년 국민투표를 통해 탈핵을 결정했다. 이 투표에 따라 이탈리아는 신규 핵발전소 건설 중단은 물론 기존 핵발전소도 폐쇄했다. 6기의 핵발전소를 운영하던 대만이 2025년 탈핵을 앞두고 있다. 운영 중이던 4기는 이미 폐쇄했고, 나머지 2기가 2025년까지 폐쇄될 예정이다. 완공을 앞두고 있던 2기도 폐쇄 절차에 돌입했다(이헌석 에너지정의행동 정책위원).

−창비주간논평(2023. 4. 25.). 체르노빌 사고 37주년에 탈핵을 생각하다.

이런 논의를 할 때는 알고 있는 지식이 대등해야 한다. 토론을 할 경우에는 지식의 수준을 대등하게 한 이후에 토론하는 방안을 고민하자. 그러면 견해 차이는 그리 크지 않다. 민화협의 통일공감포럼에서 경험했다. 남북문제를 논의할 때 근거가 불명확한 주장을 하는 사람이 있다. 우리 사회가 앞으로 나아가려면 토론의 규칙을 명확히 할 필요가 있다. 각자가 알고 있는 객관적 사실을 공개하고, 그것에 기반하여 주장하는 것, 사실과 의견을 구분하는 것, 이런 규칙에 합의하는 것에서 시작하자.

공소장 과잉기재

규칙 제7조는 공소장에는 기소된 범죄를 구성하는 본질적 사실에 대한 평이하고 (plain), 간결하며(concise), 명확한(definite) 서면진술을 하여야 한다. 법원이 피고인 신청에 따라 공소장의 과잉기재를 삭제할 수 있다.

 실제사건은 연방 청정대기법위반혐의인데, 7주 후에 발생한 사고 경위를 자세히 기재한 것이 과장기재 위반으로 인정되어 삭제되었다. 범죄혐의와 관련이 없으면서(irrelevant) 피고인에 대해 선동적이고(inflammatory) 편견을 유발할 수 있는 (prejudicial) 기재에 해당하면 삭제된다. 우리나라의 공소장일본주의 위배문제와 딱 맞는 것은 아니지만 제도의 취지를 살리면서 소송경제, 실체적 진실발견을 함께 도모하는 방안이 모색되어야 한다(김종근).

—법률신문(2023. 8. 7.). 미국 연방형사소송규칙 제7조(d)의 공소장 과잉기재.

해외 판례나 해외 법조소식을 보면 인식의 지평이 넓어진다. 세상은 넓고 배울 것은 많다. 국가보안법 위반사건의 공소장을 보면 수십 쪽에 걸쳐 성장배경과 읽은 책의 내용을 기재하는 것이 관행이다. 나는 그것이 이상하다고 느꼈지만 무엇이 잘못되었는지는 알지 못했다. 이 글을 읽으면서 문제를 명확히 알게 되었다. 공정한 재판을 받으려면 편견을 배제하여야 하는데 과거의 관행은 그것을 위반한 것이다.

미국이 북한에 양보해야 하는 이유

> 미국은 형식적인 대화 시도 대신, 먼저 북한에 양보하며 협상에 대한 진정성을 보여주어야 합니다. 한 연구는 강대국이 먼저 화해 제스처를 취하면 상대방의 호혜적 행동을 유도하는 데 도움이 된다는 결과를 제시합니다…. 1990년대 초에 효과가 있었습니다. 미국은 먼저 남한에 배치된 핵무기를 철수하고 대규모 군사 훈련을 취소했으며 수십 년 만에 처음으로 고위급 회담에 합의했습니다. 북한은 이에 대한 화답으로 한국과의 비핵화 및 화해 협정, 핵안전보장 협정을 체결했습니다…. 비평가들은 종종 미국이 모든 것을 시도했지만 아무것도 효과가 없었다며 외교를 무시합니다. 이는 근시안적인 시각입니다. 1994년부터 2002년까지 양국이 제네바 기본합의를 준수하고 외교, 군사, 인적 채널을 통해 집중적으로 관계를 맺었을 때 북한은 미사일 실험을 한 번도 하지 않았고 핵실험도 플루토늄 재처리도 하지 않았습니다. 이것은 그냥 무시하고 넘어갈 일이 아닙니다. 한반도 정전 70주년을 맞이하여 우리는 외교의 잠재적 힘을 되돌아보는 기회를 가져야 합니다. 바이든 행정부와 남북한 정부는 한반도 운명을 둘러싼 협상을 조속히 재개하기 위해 억지력보다 외교력을 강화해야 합니다.
>
> −워싱턴 포스트(2023. 7. 26.). Why the U.S. should offer concessions to North Korea By Frank Aum.

방법은 두 가지다. 강 대 강으로 맞서는 방법과 외교적 해법, 즉 접촉과 대화하는 방법이다. 두 가지는 모두 시도해 본 경험이 있다. 선택만이 남았고 나라별 이해관계가 있을 뿐이다. 남한의 국익이 무엇인지 생각해 보고, 우리가 진정으로 통일을 원하는지, 그 목표를 위해 어떤 희생을 할 것인지를 생각해야 할 때이다. 지금은 결단과 실천의 시기일지도.

생산요소가 초국가적으로 접목된 시대

> 한국은 2019년과 2021년에 헝가리 최대의 투자국이다. 현지 공장은 우크라이나인 노동인력 없이는 가동되지 않을 정도로 많은 우크라이나인이 근무하고 있다. 헝가리는 7개 국가와 국경을 접하고 있고, 우크라이나와 140km를 접한다. 인구 1,000만 명에 못 미치는 헝가리가 100만 명이 넘는 우크라이나 난민을 받아들였다. 대부분 다른 나라로 떠났지만 헝가리에 난민신청한 우크라이나인이 3만 명이다(한국으로 온 탈북민이 3만 명이다). … 우크라이나 서부는 역사적으로 많은 민족들이 함께 삶의 터전을 이루고 있던 지역이다. 중세와 근현대를 거치며 헝가리인들이 이 지역에서 지배적인 역할을 했다. 한국과 헝가리 그리고 우크라이나는 자본, 토지, 노동으로 엮여있다. 생산요소가 초국가적으로 접목되어 있는 이 지역에 대한 맥락적 이해를 위해서는 역사적 사실에 기초한 객관적 현실 인식이 필요하다(성균관대 연구원 김보국).
>
> ―내일신문(2022. 8. 26.). 헝가리 시각으로 본 우크라이나 전쟁.

한 민족이 여러 나라에 흩어져 사는 사례는 많다. 적이 되었다가 이웃이 되었다가 상황에 따라 변하는 것이 당연하다. 우리는 한 나라, 한 민족이라는 개념에 너무 집착하는 것일지도 모른다. 민화협 북토크에서 영국에 사는 분이 질문했다. 유럽에선 민족주의, 이념은 과거의 유산일 뿐인데 한국에선 아직도 그런 것에 집착하느냐, 한국에서 통일 논의는 너무 정체된 것 같다고 했다. 그의 말에 동의했다. 젊은 층은 아예 통일문제에 관심이 없고, 그나마 관심이 남아 있는 기성세대는 과거의 틀, 고정관념을 극복하지 못하고 있다. 계속하여 문제를 제기하고 토론해야 한다. 답이 없는 영역이기 때문에 더욱 그렇게 해야 한다.

안보불안을 해소하는 역사적 경험

남북관계 개선에 입각한 대외정책이 한국의 입지를 넓힐 수 있는 동시에 자율성도 향상시킬 수 있다. 한미동맹에만 의지해 대북정책을 추진하는 것은 북한의 안보불안과 강한 반발을 야기할 뿐만 아니라 한반도 문제 해결에 있어서도 미국의 주도적 역할에 보다 의존하게 될 것이다. … 역사적 경험으로 볼 때 남북관계 완화를 추진하는 것이 안보불안을 해소시키는 데 가장 효과적임을 알 수 있다. 이럴 때에야 한국은 한미동맹 틀에서 보다 더 큰 자율성을 확보할 수 있다(비잉다 산동대 교수).

-내일신문(2022. 10. 6.). 한반도 위기극복을 위한 인식 전환.

중국 입장이 반영된 의견이겠지만 합리적이다. 장기적이고 지속적인 정책이 되려면 남북관계 개선에 입각한 정책이 되어야 한다. 결국은 이 방향으로 갈 수밖에 없다고 믿는다.

우크라이나 전쟁과 한반도

러시아-우크라이나 전쟁은 한반도 정세와 관련하여 중요한 시사점을 제공한다. 첫째, 동북아 대결 구도 회피를 위한 강대국 외교를 수행해야 한다. 지난 30여 년 간 한국은 정권교체와 무관하게 북방 삼각(북·중·러)과 남방 삼각(한·미·일) 간 대립 구도 약화를 위해 노력했는데, 한국과 러시아의 협력은 두 개의 삼각 대립구도를 완화하는 역할을 했고, 이를 기반으로 하여 한국은 외교적 자율성을 확보할 수 있었다. 그런데 러시아-우크라이나 전쟁을 계기로 한국은 미국이 주도하는 유럽·대서양 동맹과 인도·태평양 동맹의 연계, 이른바 '반러·반중 연대'에 너무 깊이 연루되고 있다. 둘째, 남북 간 안보딜레마 해소를 위한 신뢰를 구축해야 한다. 동맹 강화와 군사력 강화로 억제력을 확보하면 '힘에 의한 평화'를 실현할 수 있을 것처럼 보이지만, 상대는 오히려 세력균형이 무너지고 있다고 판단하여 마찬가지로 군사력을 강화하거나 동맹을 강화할 것이고, 더 이상 안보 강화가 불가능하다고 판단하면 선제공격을 선택할 수 있다. 셋째, 남북 간 및 국가 차원에서 통합적 정체성 확보를 위해 노력해야 한다. 오늘날 한국은 남북 간에는 민족에 기반을 둔 통합적 정체성을 유지하면서 이질적 정체성의 심화를 극복해야 하고, 국가 차원에서는 민족에 기반을 두지 않는 통합적 정체성을 형성하면서 다민족 국가로의 변화에 대비해야 하는 모순적 상황에 직면했다. 이러한 모순적 상황을 극복하기 위해서는 먼저 한국은 어떤 국가이고 무엇을 지향해야 하는 국가인지, 한국의 '구성원'이 공유해야 하는 가치는 무엇인지, 더 나아가 남북 간 및 국가 차원에서 통합적 정체성은 무엇이어야 하는지에 대한 한국 사회의 진지한 모색과 적극적 합의가 절실히 요구된다(한국외국어대학교 노어과 교수 제성훈).

-창작과 비평(2023. 10. 26.). 주간논평.

내가 고민하는 문제와 맞닿았다. 우리는 무엇을 추구하는지, 왜 그런 것을 추구하는지, 목표를 달성하려면 무엇을 해야 하는지를 고민하고 의견을 모아야 한다.

엘리제조약, Elysee Treaty

프랑스의 샤를 드골 대통령과 독일(당시 서독)의 콘라트 아데나워 총리가 1963년 1월 22일 파리의 엘리제궁에서 맺은 독일·프랑스 화해협력조약

전통적·역사적으로 앙숙 관계였던 프랑스와 독일이 1963년 체결한 우호 조약이다. 양국은 나폴레옹 3세 당시의 보불전쟁과 제1차·2차 세계대전을 겪으며 그 관계가 급속히 악화됐다. 이에 1958년 당시 프랑스의 샤를 드골 대통령과 독일(당시 서독)의 콘라트 아데나워 총리가 처음 만났고, 이후 수차례의 상호 방문을 진행했다. 그리고 결국 4년여 만인 1963년 1월 22일 두 나라의 적대관계를 청산하고 협력의 새 시대를 연다는 내용을 담은 협약을 체결하였다.

이 협약은 파리의 엘리제궁에서 맺었기 때문에 엘리제조약이라고 부르는데, 이 조약에는 양국의 적대관계를 청산하고 외교·국방·교육·문화 등 전 분야의 협력을 강화하며 국가 원수 및 각료들이 정기회합을 갖는 데 합의하는 내용이 담겼다.

이 조약은 외교·과학·교육·문화 등 전 분야에 걸친 양국 간 포괄적 협력관계를 규정했을 뿐 아니라 유럽연합(EU), 유럽 단일화폐인 유로를 탄생시키는 산파역을 했다는 점에서도 의미가 크다. 엘리제조약 체결 이후 양국은 외교정책이나 공통적인 관심사를 결정하기 전에 정상과 외무장관 정례회담 등을 통해 긴밀히 사전에 협의하고 있다. 실제로 ▲ 교류재단을 통한 양국 청소년 간의 빈번한 교류 ▲ 연료순환·원자로등 핵분야 공동연구 ▲ 우주항공산업 기술 교류 ▲ 환경협의회 설치 ▲ 불·독 교육대학 설립 ▲ TV아르트(문화채널) 설립 ▲ 불·독 문화협의회 설치 등이 엘리제조약에 의해 이뤄졌다.

−출처: 네이버 지식백과, 엘리제조약.

한·일 간 관계회복에 대한 성공사례로 엘리제조약을 언급하는 것을 보았다. 1991년 남북기본합의서를 보면, 남북 간에도 이와 비슷한 합의가 있었다. 우리는 후속조치를 이어가지 못했다. 지금도 늦지 않았다. 30년 전의 합의를 오늘에 되살리는 방법을 연구해야 한다. 상호교류가 그 시작이다.

(2023. 3. 20.)

해외 법조 동향

프랑스, 「구매력 보호를 위한 긴급조치에 관한 법률」 제정

"프랑스 통계청에 따르면 2022년 7월 소비자 물가 상승률이 연간 6.1%로, 1985년 이래 가장 높은 수치를 기록하였다. 소비자 물가 상승과 우크라이나 전쟁으로 인한 에너지 가격 상승으로 가계생활수준 보호, 소비자 보호 및 에너지 자주권 문제가 시급한 사안으로 떠오른 가운데, 2022년 8월 16일 프랑스는 200억 유로 (약 27조 원)의 정부지출을 추가편성하고 구매력 보호를 위한 긴급조치에 관한 법률을 제정하였다."

-법제처 해외법조동향(2022. 10.).

물가인상으로부터 시민의 구매력을 보호한다는 발상이 놀랍고, 그 방법이 구체적이어서 또 놀랐다. 이런 법률이 처음이 아닌 것 같다. 가치공유보조금이라는 말도 놀랍다. 공유할 가치가 있고 그것을 유지하고 보호하기 위해 국가가 보조금을 지급한다. 세밀하고 구체적이다. 선진국은 다르다는 말이 저절로 나온다. 통일된 한국은 이런 사회가 되었으면 좋겠다.

스페인 「민주주의기억법」 상원 통과

"10월 5일 찬성 128표, 반대 113표, 기권 18표로 민주주의기억법안(별칭: 손자들의 법)이 상원을 통과했다. 민주주의기억법안이란 역사기억법의 보충·대체 법안으로 약 36년간(1939~1975년) 스페인을 통치했던 프랑코 독재정부의 과거 청산에 대한 내용을 담고 있는 법안이다."

-법제처 해외법조동향(2022. 10.).

독재정권에 의한 희생은 전 세계적인 현상이다. 그런 역사에 어떻게 대응할 것인지는 나라마다 현재 진행형이다. 법안 통과의 찬성과 반대가 비슷하다는 것은 그만큼 논란이 있었다는 의미일 것이다. 법안의 별칭이 후세대를 위한 법이라는 말이 의미심장하다. 개별 피해자에 대한 보호보다는 기념일을 제정하고 희생자의 명예를 회복하고 잘못된 역사를 반복하지 않도록 하는 것 등 법의 내용에서 배울 바가 있다. 통일한국에서도 과거 역사를 어떻게 기억할 것인지, 그 과정에서 발생한 가해자와 희생자를 어떻게 대우할 것인지는 큰 문제다. 여러 나라의 다양한 사례를 연구해 보는 것은 좋은 연구방법이다.

우리 대에 못 이루어도
괜찮다

독서를 하다가 마음속에 깨우친 것이 있으면 기록하였다. 선현들도 그러하였다. 명나라 성리학자 설선(1389~1464)은 독서록을 지었다. 독서하다가 깨우친 것을 모은 것이다. 선현의 예를 따라 우봉 독서록이라 이름 지었다. 우봉(又峰)은 나의 아호(雅號)다. "마음속에 깨우친 것이 있으면 곧장 기록해야 한다. 생각하지 않으면 도리어 막히게 된다."는 가르침을 따르려 했다. 나의 독서는 꼬리에 꼬리를 무는 방식으로 진행되었다. 한 권의 책을 읽다가 그 책에서 영감을 받아 다른 책으로 이어질 때도 있고, 더러는 그날 신문을 보다가 관심이 생겨 찾아서 읽기도 했다. 두서없이 읽었지만 독서하면서 늘 통일을 생각하였고, 그때 생각나는 것을 기록하였다. 정해진 형식 없이 적었고, 더러는 책의 한 부분을 옮겨 적기도 했다.

우리 대에 못 이루어도 괜찮다

> **이회영의 말**
>
> 나는 원래부터 벼슬을 좋아하지 않았다. 독립을 얻은 한국은 반드시 사민이 평등한 사회, 만인이 자유와 평등을 누리는 사회, 공평하게 행복을 누리며 기회가 균등하게 부여되는 사회가 되어야 하겠다는 것이 나의 독립관이자 정치 이념이다. 내가 남에게 지배받고 싶지 않다면 나도 남을 지배해서는 안 되는 법이다. 지배 없는 세상, 억압과 수탈이 없는 세상, 우리 독립 한국에서는 이러한 가치들이 꼭 실현되어야 하겠다는 것이 나의 일관된 믿음이었다. (36~37쪽)

멋진 말이다. 독립을 하는 이유, 통일을 하는 이유는 이 정도 되어야 한다. 꿈을 크게 가지자.

> **안중근의 말**
>
> 한 번 의거로써 성공할 수 있을까? 그러기는 어려운 법이다. 첫 번째에 이루지 못하면 두 번째에, 두 번째에 이루지 못하면, 세 번째에 이루면 된다. 열 번, 백 번을 실패해도 좌절할 필요가 없다. 올해 못 이루면 내년에, 내년에 못 이루면 내후년, 십 년, 백 년 후까지 가도 괜찮다. 우리 대에 못 이루어도 괜찮다. 우리의 아들, 손자가 있으므로. 우리는 다만 이 나라의 독립권을 회복한 후에야 이 일을 그만둘 것이다. (59쪽)

이런 기백이 있어야 한다. 통일도 이런 정신이라면 달성하고야 말리라. 역사의 시간으로 현실의 어려움을 넘어서자.

설흔(2019). 독립운동가 말꽃모음. 단비.

가장 큰 소망

> **김철수 교수(2004. 11. 8. 동아대 강연에서)**
> 가장 큰 소망은 통일되는 날, 가장 민주적이고 이상적인 헌법전을 초안하는 것이요,
> 그 해설서를 쓰는 것이다. 이것이 내 생전에 이루어질 수 있을지는 나 자신도 모른
> 다. 하늘의 뜻에 맡길 뿐이다. (119~120쪽)

　　지금 내 심정도 비슷하다. 통일이 되거나 교류가 자유로워지는 날,
그때의 한국에 적용될 남북관계 법제도를 초안하거나 그 해설서를 쓰
는 것, 그것이 나의 소망이다. 내 생전에 이루어질 수 있을지, 그때에
내게 그런 기력이나 의욕이 남아있을지는 나 자신도 모른다. 하늘의 뜻
에 맡길 뿐이다. 盡人事待天命!

**## 고문현 외(2023). 헌법을 말한다, 금랑 김철수 선생
90세 기념 및 추모논문집. 산지니.**

통일보다 통합

이우영의 글

모두가 간절하게 바라는데 이루어지지 않는다면 무엇이 문제일까? 두 가지 답이 가능하다. 첫째 '모두가 바란다'는 말이 거짓일 수 있다. 즉, 바란다고는 하지만 실제로는 원하지 않는 사람들이 있고 이들의 힘이 더욱 강하기 때문일 수 있다. 둘째, 모두가 같은 것을 바라는 듯 보이지만 실제 원하는 바는 각자 다르기 때문일 수 있다. 통일에 대한 이야기다. (4~6쪽)

현재의 상황을 잘 표현했다. 두 가지 이유가 모두 현실이라고 본다. 그런데 이런 이해관계는 통일이 지금의 일이 아니라 장래의 일이라고 하면 극복할 수 있다. 북한연구자들 상대로 조사해 보면 통일의 예상 시기는 30년 내지 50년 이후라는 의견이 다수다. 그렇다면 현세대의 이해와는 무관하고, 따라서 허심탄회하게 논의할 수 있다. 그런 가능성을 모색해 보자.

통일보다 통합에 대한 논의가 설득력을 갖는 까닭은 다음과 같다. 첫째, 이념과 제도의 단일화에 갇혀 있었던 통일논의를 확장한다는 의미를 가진다. 정치적·경제적 차원에서는 다양한 대안적 통일 이야기를 가능하게 한다. 분석 수준에서는 체제나 국가 프레임을 벗어나 사회구성원 차원으로 통일논의를 확장할 수 있게 한다. 둘째, 통일이 특정 시점의 사건적 성격을 갖는 반면 통합은 상대적으로 과정에 초점을 맞춘다. 다시 말해 통일을 이루지 못한 현재부터 통일 이후의 문제를 논의하는 것은 통일을 어느 수준에서, 어느 정도로 추진하여야 하는지 그리고 누가 통일의 주체 혹은 걸림돌인지 등 그동안 필요하지만 물어보지 않았던 통일과 관련된 근본적인 주제를 검토할 수 있는 계기가 될 수 있다. (4~6쪽)

통일이라는 말의 무거움에서 벗어날 수 있고 논의를 구체화할 수 있는 좋은 대안이다. 통합논의를 살려나가야겠다.

이우영 외(2021). 통합 그 이후를 생각하다. 사회평론 아카데미.

이주자에게 적대적일 이유는 전혀 없다

외국인, 미등록, 불법이라는 표지를 떼어내고 그들의 삶을 들여다보면 그들의 삶과 내 삶이 별로 다르지 않다. 공존의 관계적 윤리는 단순하다. 우리는 국가도 아니고 경찰도 아니다. 신자유주의적 경제질서가 만들어내는 심화된 불평등에 맞서 싸우며 소박한 일상을 유지하고자 애쓰는 한 명의 시민일 뿐이다. 함께 살아가는 시민으로서 이주자에게 적대적일 이유는 전혀 없다. … 이주자는 다양한 삶의 관점과 생활양식을 운반해옴으로써 신자유주의적 경쟁체제 안에 함몰되어 삶의 위기와 모순을 해결하지 못하고 있는 한국 사회에 문제해결을 위한 사회적 영감을 제공해 준다. 이주자의 거주권과 시민권을 보장하는 것은 자유와 평등이라는 민주주의의 경험을 좀 더 통합적이고 포괄적으로 확장하는 일이다. 국가가 법의 영역에서 특정 이주자를 포섭하고 다른 이주자를 배제하는 권력을 집행하는 주체인 반면 시민사회는 이런 권력의 장에서 배제되는 사람이나 피해 입는 사람을 시민사회 영역 안으로 초대하는 주체가 될 수 있다. … 이주자의 권리를 옹호하는 것은 한국사회의 공적 영역을 좀 더 평등하고 공정하게 만드는 길이다. … 우리는 모두 언젠가, 어떤 식으로든 집을 떠난다. (235~236쪽)

탈북자를 '먼저 온 미래'라고 부르기도 한다. 이주민도 마찬가지다. 먼저 온 통일시대를 사는 것일지도. 지금의 나와 다른 환경에서 살았던 사람과 어떻게 지내야 할지 관심 가지자. 경험하고 토론하기, 이것을 반복하면서 원칙을 찾고 제도를 만들어 가야 한다.

김현미(2014). 우리는 모두 집을 떠난다:
한국에서 이주자로 살아가기. 돌베개.

현행 헌법이 정당성을 갖기 위해서는

현행 헌법은 개정 당시 투표권이 없었던 1968년 이후에 출생한 사람들의 동의를 얻지 못했다. 2020년 기준으로 보면, 1968년에서 2002년 사이에 태어난 국민은 현행 헌법에 동의한 바가 없다. … 게다가 1987년 당시 헌법 개정에 동의한 이들 가운데 적어도 30%는 이 세상에 없는 사람들이다. 따라서 현행 헌법에 동의한 국민은 실제로 약 30%밖에 되지 않는다. 따라서 현행 헌법이 정당성을 갖기 위해서는 현재의 상황에서 국민적 동의를 다시 받아야 한다. (33쪽)

정치, 철학에 대한 글을 에세이로 쓴 책이다. 제목을 보자. 1장 국가는 정당한 조직인가?, 2장 국가의 비천한 기원, 3장 국가라는 괴물, 4장 반국가주의자들(여기 나오는 소제목, 고드윈의 국가무용론, 스푸너의 강도국가, 톨스토이의 폭력국가, 마르크스 대 바쿠닌, 소로의 시민 불복종, 반국가주의의 진실과 한계), 5장 민주주의는 희망의 언어인가?, 6장 국민은 국가의 주인인가?, 7장 국가의 딜레마(여기가 결론이다. 뚜렷한 것이 없지만 방향성은 있다. 통치의 함정, 인민이라는 신기루, 인치와 법치 사이, 언제 끝날지 모를 도덕적 작업), 결국 점진적으로 개선해 나가자는 제안이다. 그렇게 하기 위해서는 스스로 자각해야 한다.

헌법 개정 필요성을 주장하는 논리는 조금 이상하지만 부인하기도 어렵다. 시대에 맞게 상황에 맞게 법을 바꾸어야 한다는 변법 주장으로 보고 싶다. 지금처럼 급변하는 시기라면 30년은 긴 시간이다. 나는 헌법 개정이 필요하다고 생각한다.

홍일립(2021). 국가의 딜레마: 국가는 정당한가. 사무사책방.

정답이 있다는 믿음

양건의 글

1897년 올리버 홈즈 매사추세츠주 대법관은 강연에서 미래의 법학도들은 통계학을 숙지하고 경제학의 달인이 되어야 한다고 했다. 그는 3단논법식의 추론과 같은 법형식주의를 배격하고 이익형량론의 채택을 주장했다. 한국의 헌법재판에서 이익형량은 제대로 되지 않거나 아예 비교를 하지 않은 채 판단된다. 박근혜 대통령의 탄핵재판에서 '위법행위의 중요성'을 판단한 근거는 측근의 사익을 위해 개입했다는 것이지만 반대의 측면에서 고려해야 할 '대통령 파면에 따르는 국가적 손실'에 대해서는 검토하지 않았다. 비교 자체가 없다. 낙태죄 합헌 판결에서도 공익(태아의 생명보호)과 사익(임부의 자기결정권)의 비교는 무척 단순하여 그런 결론을 내린 근거를 발견할 수 없다. … 상충하는 법익 중 개인의 기본권 보장 원리는 개인주의적 원리이고 공공복리의 원리는 집단주의적 원리이다. 이익교량의 객관적 근거가 있는가의 문제가 있다. 법철학자 드워킨은 '통합성으로서의 법은 가능한가?'라는 질문에 대해 '대부분의 어려운 사건들에서도 이성과 상상에 의해 추적될 수 있는 정답이 존재한다.'고 했다. 한편 1970년대 미국의 비판법학자들은 서로 충돌하는 법원리들 사이의 근본모순이 있고 그 해결은 정치에 의거한다고 주장했다. 그럼에도 불구하고 질서와 안정, 평화의 가치를 포기할 수 없다면 법치주의 이념 역시 버릴 수 없다. 법치주의의 정립에는 모든 법률가들이 가져야 할 기본적인 믿음이 필요하다. 어려운 사건이라도 '정답이 있다는 믿음'을 가져야 한다. (298~301쪽)

공감한다. 원로의 글답게 지적하는 지점이 묵직하다. 남북관계와 통일에 대해 전문가들에게 질문을 해 보면, 질문에 대한 답변이 명확하지 않을 때도 있고, 논리가 아니라 믿음을 가져야 한다는 답변을 들을 때도 있다. 그런 답변이 성에 차지 않을 때도 있다. 하지만 세상의 이치라는 것이 결국에는 믿음의 문제로 귀착되는 것 같기도 하다. 나는 남북문제에도 정답이 있다고 믿는다.

고문헌 외(2023). 헌법을 말한다, 금랑 김철수 선생 90세 기념 및 추모논문집. 산지니.

체제전환국 법제정비지원

법제정비지원사업의 추진방법과 반드시 유의해야 할 사항

첫째, 법제지원을 추진하는 과정에서 우리의 입장이 아니라 지원대상국의 입장에서 사업을 추진하도록 해야 한다. 가능한 한 지원대상국의 수요와 구체적인 실정에 맞는 법제를 정비하도록 노력해야지 다른 나라의 법제를 일방적으로 이식하거나 그것을 모방하도록 강요해서는 안 된다. 그러므로 먼저 지원대상국의 수요와 구체적인 사정을 정확히 파악하는 동시에 그 나라의 전통과 문화 또는 법의식 등을 면밀히 분석하여 이를 법제의 정비에 충실히 반영하도록 노력해야 한다.

둘째, 가능한 한 피지원국의 법률가들을 그 사업에 많이 참여시키도록 노력해야 한다. 또한 지원대상국의 정치적 경제적인 상황에 대해서도 관심을 기울여야 한다. 지지층을 확보하여 그들과 협력관계를 구축하는 것이 중요하기 때문이다. 기득권층 개혁보다는 형성되어 가고 있는 시민단체와 같은 조직을 지원하는 것이 더 효과적이다.

셋째, 법제개혁에 성공하기 위해서는 국가 또는 지역의 지도자와 함께 일해 나가도록 노력해야 한다. 장기적인 안목을 가지고 지원해야 할 때와 잠시 물러나서 기다려야 할 때를 분별할 줄 아는 지혜를 가질 필요가 있다.

넷째, 언어와 의사소통 능력을 길러야 한다. 청년층의 교육을 지원하고 해외유학자를 활용해야 한다. (238~240쪽)

이 항목은 북한법제지원과도 관련지어 볼 수 있다. 원리는 보편적이기 때문이다. 정리하고 보면 너무 당연한 듯 보이는 것, 그런 것이 진리일 경우가 많다. 위의 내용도 그런 것 같다.

권오승, 김유환, 구대환(2006). 체제전환국 법제정비지원. 서울대학교 출판부.

불편한 진실

> 독일의 통일 과정에서 독일사회주의통일당(SED)이 담당한 역할은 수명을 다한 체제의 시민들이 겪는 소외의 경감 및 시민들의 마음과 생각의 통합과 관련된 대표적 사례다. … 북한 주민들은 남북통일의 도래 과정에서 조선로동당이 담당하는 역할을 어떻게 인식하고 있는가? … 본 연구에서는 '불편한 진실'처럼 명백하면서도 사람들이 거론하기를 꺼려하는 문제를 다룸으로써 조선로동당이 결부된 잠재적 통일 시나리오에 관한 쉽지 않으면서도 필요한 대화를 시작한다. (232~234쪽)

이런 도발적 문제제기가 좋다. 불편한 진실을 피하지 않고 마주하는 사회가 건강하고 미래지향적이라 믿는다.

> 동독이 40년간 유지되는 동안 당원 약 250만 명의 지지를 받아온 SED가 강제 해산을 당하였다면 통일 직후 정치적 불안정을 초래하였으리라 가정하는 것이 합리적이다. SED의 운명을 SED 자체 및 유권자의 개혁 의지에 맡긴 것은 적절하였다. 통일 이후 SED 후속정당의 득표율을 보면 통일 직후에는 2.4% 수준에서 2017년에는 9.2% 수준으로 지지율이 지속 상승하고 있다. 구 동독지역은 조금 더 높고, 구 서독 지역은 조금 더 낮다. 이들은 3개 주 정부에서 연립정부를 구성하고, 튀링겐주에서는 1당으로 통일 이후 최초로 주총리를 당선시키기도 했다. 국회의석 600석 내외 기준으로 보면, 17석에서 최근 69석으로 10% 수준으로 상승했다. (244~246쪽)
>
> 북한이탈주민을 상대로 한 설문조사결과 모든 응답자가 조선로동당을 전적으로 거부하지는 않았다. … 통일 한국에서도 비록 소수에 불과할지라도 북한의 구 체제를 가깝게 여기는 사람들의 이해를 대변하라는 강력한 요구가 있을 것이다. … 조

선로동당은 세대 간 통합 및 엘리트 계층 간 통합의 중요한 기반 및 보완 수단으로서 시민들의 마음과 생각이 통합될 수 있도록 촉진하는 데 기여할 수 있다. 최대한 지속 가능한 통일을 지향하기 위해 준비해야 할 사항이 무수히 많다. … 조선로동당이라는 문제는 '불편한 진실'로 남아있지 않아야 한다. 해결하기가 너무 어려워 보이는 나머지 모두가 다루기를 주저하는 명백하고 심각한 문제로 남아있어서는 안 된다. (262~264쪽)

지금까지의 통일논의에서 통일된 이후 북한지역 정당에 대한 논의는 별로 없었다. 상상력이 부족했고, 통일에 대한 확신도 부족했기 때문이다. 독일 사례를 참고하여 논의를 시작해 보자. 통일 후에도 북한주민의 입장을 대변하는 정당, 북한지역 발전을 주장하는 정당이 생길 수밖에 없지 않은가. 그렇다면 통일한국의 정당제도를 합리적으로 설계해야 한다. 북한주민의 경험도 반영하면서 논의를 시작해 보자.

이봉기, 하네스 모슬러(2021). 불편한 진실: 남북통일 시나리오에서 조선로동당이 지닌 문제점과 잠재력. 이우영 외 공저. 통합 그 이후를 생각하다. 사회평론 아카데미.

장래의 한국인은 어떻게 만들까

한국인이라는 존재에 대한 유쾌한 고찰을 담은 책이다. 한국인이라는 원형(原形)을 만든 이로 세 사람을 지목한다. 단군, 고려 현종, 정도전이다.

단군은 건국신화의 주인공이지만 몇몇 실책을 범했다. 일단 너무 척박한 땅을 한국인의 보금자리로 선택했다. 사계절이 뚜렷해 강산이 아름답다고 하지만 "여름엔 정말 덥고 겨울엔 정말 춥다." 게다가 70%가 산악지형이다. 지나치게 힘이 센 나라, 즉 중국 옆에 자리한 것도 실책이다. 역사 이래 숱한 간섭과 침략을 받을 수밖에 없는 환경이다. 그럼에도 여타 민족이나 국가들처럼 중국에 흡수되지 않았다는 사실이 중요하다. 중국은 수시로 침범해 한반도 병탄을 노렸지만 "결과적으로 얻은 게 없었다." 하여 "한반도가 고개를 숙여 주기만 하면 건드리지 않기로 결론"을 굳히고, 그렇게 행동했다.

고려 8대 군주 현종은 한민족 탄생의 일등공신이다. 즉위 당시 그는 "허수아비 군주"였지만, 강감찬의 귀주대첩으로 유명한 거란과의 전쟁이 끝난 후에는 "하늘이 내린 성군"이라는 이야기를 들었다. 당대 최강국인 거란과의 싸움은 무려 26년이나 이어졌는데, 이 싸움에는 고려에 흡수되었으나 겉돌던 고구려계, 백제계, 신라계, 발해계 사람들이 "한 무리를 이루어 그들 서로보다 훨씬 이질적인 적"에 맞섰다. 귀주에 모여든 20만 명은 함께 고통받았으나 결국 승리한 기억을 안고 고향에 돌아가 온갖 이야기로 풀어냈을 것이다. 한민족은 그렇게 탄생했다.

정체성을 부여한 것은 정도전이다. 그는 유교를 기반으로 "임금의, 사대부에 의한, 백성을 위한" 통치 체제를 구축했는데, 거기서부터 지금까지도 유효한 한국인의 윤리관, 국가관이 정립되었다. 명예를 추구하면서 실리에 집착하는 한국인의 유별난 욕망도 배태되었다.

– 한겨레신문(2023.11.17.). 장동석 서평.

장래 통일한국의 구성원은 어떤 모습이어야 할까 생각해 본다. 그 생각의 출발점은 현재의 남북한 주민이고, 그들은 어떤 경로를 거쳐 현재에 이르렀는지 살펴야 한다. 장래의 한국인은 누가 어떻게 만들어 가야 할까? 우리 스스로 자문자답해야 할 질문이다.

홍대선(2023). 한국인의 탄생, 한국사를 넘어선 한국인의 역사. 메디치미디어.

심산 김창숙

통일한국도 마찬가지의 과정을 거칠 수 있다. 각 지역을 대표하는
의원을 선정하여 의회를 구성하고, 그 의회에서 헌법을 마련하고, 그
헌법에 따라 국가기구를 조직하고 대표자를 선출함으로써 국가를 완성
해 나갈 수 있을 것이다.

1925년 8월부터 1926년 3월까지 모금된 액수는 목표액인 20
만 원에 크게 모자라는 3,500원에 불과했다. 내몽고에 개간 가능한 땅

3만 정보의 땅을 확보하였고, 거기에 독립군 양성기지를 세우려고 했다. 국내에 잠입한 후 신건동맹단을 조직하고 자금모집 노력을 하였으나 큰 호응을 받지 못했다. 어떤 계획을 세워도 주변의 호응이 없으면 성사되기 어렵다. 그럴 때에는 다른 대안을 모색하고 실천하는 과정을 거치게 된다. 과거의 역사를 볼 때 그런 일이 일어난 배경을 입체적으로 살펴볼 일이다.

김삼웅(2006). 심산 김창숙 평전. 시대의 창.

한국인의 근성, 1960년대 형성

이 책은 한국에서 식민주의와 근대가 맺는 복잡한 관계를 논한 것이다.

전쟁은 파괴요, 새 출발이다. 제2차 세계대전 시의 동원체제를 통해 미국은 전후 세계의 패권국이 됐다. 1930년대 총동원의 현장 만주국의 통제경제는 1960년대 한국의 체제경쟁과 세계체제 내의 상향 이동에 공헌했다. 1960년대는 고속 산업화를 위한 불도저 체제가 가동된 분출의 시점이다. 군정 지도자들은 만주국의 관동군 스타일로 누대의 문제들을 쾌도난마로 해치우기 시작했다. 10년 이상 국민들을 근면하게 움직인 이 추동력은 사회의 극심한 회전력에 기여했다. 그러나 공기단축에서 드러난 속도와 자신감은 자연파괴, 졸속, 현재에도 끊이지 않는 대형사고를 대가로 했다. … 냉전의 시작으로 해방 당시 약 200만 명에 이르렀던 만주의 조선인 기억은 편리하게 망각됐다. 이 공백 속에 오로지 항일서사만이 살아남았다. 만주출신 장교, 관료, 문인, 만철 기술자 등은 모두 침묵했다. 만주체류는 곧 친일을 의미했다. 만주의 공백은 억제와 침묵이 빚은 것이다. 만주는 욕망의 대상이요, 은닉의 상자였다. (449~450쪽)

한국인의 빨리빨리 근성, 급격한 경제개발은 조선 시기의 모습이 아니다. 일제 시기도 아니다. 만주의 경험을 이식한 1960년대의 경험이다. 현재의 특성이 1960년대에 형성된 것이고 그 뿌리가 만주에 있다는 인식이 새롭고도 놀랍다. 이 책을 읽으면서, 민족성이나 기질도 변할 수 있다는 생각을 한다. 그러면서 미래의 우리 모습은 어떠해야 할까 생각해 보는 계기로 삼는다.

한석정(2016). 만주모던: 60년대 한국 개발 체제의 기원.
문학과 지성사.

아일랜드 평화 프로세스

아일랜드 평화 프로세스는 여러 도전과제 및 한계에도 불구하고 폭력발생 빈도수의 저하, 정치적 제도 구축 및 사회의 안정성 면에서 동시대 평화 프로세스 가운데 가장 성공한 사례 중 하나로 여겨져 왔다. 한반도 평화 프로세스의 관점에서 아일랜드 평화 프로세스와의 교류 활동은 각 지역이 제공하는 경험에서 상상력을 도출하고 이러한 상상력이 반영된 분석틀을 통해 각각의 지역에 보다 유용한 질문을 도출하는 상호역량강화의 관점에서 실천적 유효성이 있다. 계속해서 교류하기 위해서는 각자가 속한 분쟁의 권력 구조를 극복하는 상호연대가 필수적이다. (19쪽)

1998년 성금요일 협정으로 불리는 벨파스트 평화협정에 합의했다.

"양 당사자 간의 합의, 즉 외부의 간섭없이 아일랜드 사람 스스로가 합의에 근거해 자기결정권을 행사한다. 이는 북과 남에게 자유롭고 동일하게 부여된 권리이며, 이 권리에 따라 아일랜드의 통일은 북아일랜드의 사람들의 다수의 합의와 동의에 따라서 행사되고 성취되어야 한다는 점을 인정한다."

통일문제는 다수의 합의와 동의에 의한 미래의 일로 상정하고, 현재 시점에서는 평화체제를 구축하는 데 힘을 모을 것을 합의해야 한다. (25~26쪽)

지금 나의 생각도 같다. 통일문제는 다수의 합의와 동의에 의한 미래의 일로 상정하고, 현재 시점에서는 평화체제를 구축하는 데 힘을 모을 것을 합의해야 한다. 남북은 상호 존중하면서 평화를 구축하고 교류협력하는 데 힘을 모아야 한다. 통일 문제는 미래에 다수의 합의와 동의에 따라 결정할 일이다. 아일랜드는 1998년 협정 후 국민투표를 거쳤다. 만일 남북이 새로운 합의를 할 경우 국민투표를 거침으로써 역진방지하는 것도 고려할 수 있다.

김동진(2021). 한반도 평화와 상호역량강화: 아일랜드 평화 프로세스와의 교류활동. 북한대학원대학교 남북한마음통합연구센터. 마음 속 분단 어떻게 극복할 것인가. 에코톤.

소통과 통합의 방식

남아프리카 공화국은 갈등의 해결 방식으로 용서와 치유를, 통합의 방식으로 다수결 민주제의 추진과 다문화국가 건설을 선택했다.

북아일랜드는 정치적 협의주의로 소수의 참여권을 보장하고, 교육문화적 통합을 위해 다원주의적 교육을 선택했다. 그중 정치적 협의주의는 관심 가질 만하다.

1998년 성금요일 협정을 계기로 협의주의를 채택했다. 협의주의는 다극사회, 균열이 심화된 사회에서 한쪽이 동화되거나 상호 독립의 방식을 취하지 않고 민주적 절차를 통해 공존하기로 할 때 선택이 가능한 대안이다. "균열이 심화된 사회에서 민주주의와 사회평화가 유지되기 위해서는 엘리트들이 포용적 자세를 가져야 하고 원심적 경쟁을 지양하여야 한다. 따라서 승자독식의 원리가 지배하는 다수결 민주주의는 적합하지 않으며 오히려 집단 간의 대연정을 통한 권력분점, 선거제도 및 자원배분에 있어서 비례대표제의 도입, 지리적 혹은 기능적 자율의 보장, 묵시적 혹은 명시적 상호비토의 인정 등을 주요 내용으로 하는 협의민주주의가 요구된다." (171~203쪽)

다수결 외에 협의주의라는 방식이 있고, 그것이 유용할 때도 있다는 깨달음을 얻었다.

이러한 협의주의는 모든 집단으로 하여금 공동으로 정부를 구성하게 하므로 공동 다수의 지배를 가능하게 하는 대연합정부를 특징으로 한다. 그리고 통합 참가의 안전도를 높이기 위해 소수파에게 사활이 걸린 이익을 보장해 주는 상호 비토권을 부여한다. 또한 주요 하부 집단이 내각이나 다른 의사결정체 속에 대체로 인구에 비

> 례하여 대표되는 비례대표제를 특징으로 한다. 협의주의는 소수의 의견이 반영되
> 지 않는 다수결 민주주의의 폐단을 극복할 수 있는 대안으로 간주된다. (190쪽)

남북한의 인구비율이 2:1인 상황에서 다수결로 정책을 결정하는 것은 어려움이 있을 것이다. 의회제도는 양원제를 고려해야 하며, 선거 제도에서는 북한지역에 대한 배려가 필요할 것이다. 특히 통일 초기에 는 권력분점, 자원배분, 재정지원 등의 영역에서 북한주민을 포용하기 위한 적극적 조치가 필요할 수도 있다. 다른 나라의 경험을 소중히 여 겨야 한다.

이우영(2019). 남아프리카공화국과 북아일랜드의 사례가 남북한 통합에 주는 시사점. 이우영 외 공저. 분단 너머 마음 만들기. 사회평론아카데미.

국유기업 구조조정

2009. 7. 25. 지린 퉁화시에서 국유기업 퉁화철강의 노동자 만여 명이 회사의 민영화 방침에 반대하며 시위를 벌이다가 이 회사를 인수합병하려던 민간기업 젠룽철강의 임원을 구타해 숨지게 한 사건이 발생하였다.

노동자들에게 국유기업이란 무엇인가? 공장은 집이다. 노동자는 '몫을 빼앗긴 주인계급'이다.

노동자들 마음속에서의 국유기업은 대를 이어 살아온 삶의 터전이자 뿌리로 해당 지역의 장소성을 떼어놓고 생각할 수 없는 집이다. 스스로 이 집의 주인이었다는 자부심이 강했고 '노동자 사부(工人師傅)'라는 호칭에서 보듯이 전통적으로 내려오는 사회적 존경도 한 몸에 받아왔다. (204쪽 이하)

국유기업은 정리되어야 하는 비효율적인 회사이고, 노동자들은 게으른 사람들이라는 평가는 현상의 한 측면일 뿐이다. 역사적 맥락에서 보면 다른 관점이 보인다. 기존의 통념도 특정 이념의 주장일 뿐이라는 사실을 이해하자. 세상을 판단하기가 만만치 않지만 그렇다고 세상을 이해하려는 노력을 포기할 수 없다.

장윤미(2019). 중국 국유기업 구조조정과 노동자 마음:몫을 잃은 자들의 마음. 이우영 외 공저. 분단 너머 마음 만들기. 사회평론아카데미.

북한법개론서 발간해야

연변대 조선한국연구센터가 발간한 책이다.

목차는 1장 조선헌법, 2장 조선행정법(역사연혁, 행정법의 개념과 작용, 행정법의 법원과 종류, 행정법의 일반원칙과 행정법률제도, 행정법주체, 행정행위 이해, 행정입법, 공무원법, 행정처벌법, 교육행정법, 신소청원법, 발전추세), 3장 조선민법, 4장 조선형법, 5장 조선경제법률제도(역사연혁, 경제법적 조정대상과 법원, 대내경제법률제도, 대외경제법률제도, 경제특구법률제도), 6장 조선사법제도(개설, 민사소송절차, 형사소송절차, 중재제도, 변호사제도)로 구성되었다. 참고문헌에는 남한의 문헌도 다수 포함되어 있다.

이 책을 보면서 북한법개론은 남한에서도 발간할 필요가 있다고 생각했다. 최종고 교수가 발행한 북한법개론이 있었지만 오래되었고, 최근의 북한법제 변화추세를 제대로 반영한 북한법개론은 아직 없다. 누가 어떻게 발행하는 것이 좋을지는 의문이지만 국가기관이나 국책연구소가 나서 주면 좋을 것 같다. 통일을 국가목표로 하는 나라는 통일 상대방 국가의 법제도 개론서를 시기마다 편찬해야 한다.

채영호(2018). 조선법개론(朝鮮法槪論).
홍콩아시아출판사. (중국어로 된 책)

우리가 고려해야 할 원칙

통일부 공무원이 주 독일대사관 근무 경험을 살려 작성한 책이다. 결론으로 마지막 장의 제목을 "평화적 합의에 의한 통일은 가능한가"라고 지은 후 이것은 가능성의 문제가 아니라 당위의 문제라고 보았다. 나도 같은 생각이다. 아직 다가오지 않은 미래는 지금 우리가 만들어 갈 수 있고, 만들어 갈 의무가 있다. 가능성이 조금이라도 있으면 그 가능성을 확장해 나가야 한다.

우리가 고려해야 할 원칙 가운데 중요한 것은 힘의 우위, 평화우선, 교류협력, 1국가 2체제 원칙이다. 힘의 우위는 군사력뿐만 아니라 정치적으로 민주주의 정착, 경제적으로 선진국 수준의 경쟁력, 외교적으로 주변국과 빈번한 접촉, 사회적으로 사회적 약자의 생존 보장 등으로 국가사회 전반의 역량을 키우는 것이다. 그래야 장차 북한 주민이 자신의 미래로 남한을 선택할 것이다. 평화우선의 원칙은 대화를 통한 설득과 군사적 억지력을 병행하는 것이고, 교류협력원칙은 가장 먼저 선행되어야 할 과제다. 인내심을 갖고 더 적극적인 자세로 교류협력 추진해야 한다. 1국가 2체제 원칙은 상대방의 체제를 상호존중하는 가운데 쌍방관계를 외국과의 관계가 아닌 특수관계로 보고 인적 접촉과 방문, 물적 교류와 협력을 모두 국내문제에 준하여 처리하는 것으로 통일전의 과도기적 남북관계다. (428~430쪽)

저자의 문제의식이 지금의 내 생각과 같다. 1국가 2체제 부분만 조금 다른데, 이 책의 저술시점과 현 시점의 차이일 수도 있다. 분단국은 힘이 우위에 있는 측에서 주도하여 통일한다는 것, 힘이 열세에 있는 측은 별개의 독립된 국가로 떨어져 나가려 한다는 것이 독일, 중국,

예멘의 사례에서 확인되었다. 지금 북한도 마찬가지다. 떨어져 나가는 원심력을 붙잡고 관리해 나가면서 우리의 목표를 달성해야 한다.

통일을 달성하기 위해서는 상대방을 붙잡아 두어야 하고, 이를 위한 명분으로 2국가론을 받아들이면 안 된다는 주장은 타당한 면이 있다. 남북 사이에 합의한 특수관계를 쉽게 포기할 필요는 없다. 득실을 따져야 하고 명분을 축적해야 한다. 이와 별도로 실무적인 관점에서는 기본협약처럼 두 국가를 전제로 한 협의를 하는 것을 병행할 수 있을 것이다. 특수관계라는 것의 이점을 활용하자. 특수한 것은 일반적인 것과는 다르고, 그런 말이 나온 상황도 예외적인 것이기 때문에 두 당사자가 합의해서 내용을 만들어 나가면 된다. 그것들에다 특수관계로 인한 것이라는 이유와 설명을 하면 될 것이다.

김영탁(1997). 독일통일과 동독재건과정. 한울아카데미.

법학의 미래: 세계화, 개별화, 실용화

오늘날 우리가 직면한 것은 모든 생활영역을 포괄하는 엄청난 문제다. 지구의 환경 위험, 식량문제, 인체 연구 위험, 전자통신시스템의 오남용, 사회보장체계 유지 위험 등이다. 법학의 미래에는 3가지 경향이 있다. 세계화, 개별화, 실용화.

세계화는 각국이 서로 연결되면서 법의 조화나 통일이 필요하게 되었다. 비교법이 필요하고, '비교되는 법질서는 우리에게 알려진 문제들을 어떻게 해결할 것인가 그리고 어떤 통일적 해결책이 제시될 것인가'에 대한 해답을 구하며 법적 통일을 모색한다. 조약법과 인권, 환경보호 등의 영역이 있다. 한편 세계화는 민주적으로 조직된 입법절차의 후퇴를 야기하기도 한다.

개별화는 개별 인간을 법적으로 보호하는 흐름으로 현대 서구 세계의 일관된 경향이나 아시아 문화와는 구별된다. 기본권 이론은 일차적으로 국가는 인간을 위해 존재하는 것이고 국가가 개인의 자유를 존중할 의무가 있는 것과 마찬가지로 국가는 동료의 침해에 대해서도 인간을 보호할 의무가 있다. 기본권 이론의 과제는 타인의 권리의 보호와 공익의 보호를 위하여 기본권제한의 일반원칙을 발전시키고 과잉된 개인주의에 무너지지 않도록 하는 데 있다. 이를 위해 국가의 보호의무라고 하는 이론적 개념이 개발되었다. 강조된 개인주의는 사회보장제도와 그 실제적 운용에 영향을 미친다.

실용화는 유용성의 관점에서 법을 측정하는 하나의 경향인데, 무엇에 대한 유용성인가의 문제가 있다. 법 규정에 대해 비용-편익 분석을 할 수 있고, 기본권적 지위에 대해 과잉된 개입을 식별하고 피할 수 있다. 현대의 기본권이론은 매우 차별화된 형량모델을 제공한다. 이런 세 가지 경향이 법학에 중요한 추진력이다. (360~369쪽)

미래의 법학이 관심을 가지게 될 영역을 명확히 정리했다. 이 관점에 대해 계속 관심을 가져볼 일이다. 통일법제를 구축하는 데도 유용할 수 있다.

김대환 역(2023). 크리스티안 슈타르크 독일 법학자의 글 '법학의 미래'. 고문현 외 공저. 헌법을 말한다, 금랑 김철수 선생 90세 기념 및 추모논문집. 산지니.

우리나라 정체성 뿌리는 3·1운동

극심한 이념 갈등 등 오늘날에도 계속되는 한국 사회의 문제들이 6·25전쟁 후 대한민국의 정체성과 정통성이 꼬인 데서 시작됐다. 대한민국의 정체성은 1919년 3·1운동에서 시작한다. 상하이임시정부도 3·1운동 정신을 계승했다. 해방 후 항일독립운동이 우리나라의 정체성이 돼야 하는 건 당연한 수순이었다. 이승만 정부 초기만 해도 그 정신이 지켜졌다. 다양한 독립 세력들이 내각과 국회에 참여했고, 일제강점기 때 관료였던 사람들은 고위직에서 배제됐다. 특히 1950년 5월 30일 치러진 2대 국회의원 선거에는 백범 김구계 인사들도 거의 다 출마했다. 김규식계도 마찬가지였다. 하지만 25일 뒤 전쟁이 터지면서 모든 것이 엉망이 됐다. '중간파'로 분류됐던 조소앙, 안재홍, 김규식 등이 대거 북한에 납치돼 끌려갔다. 전쟁통에 정부를 운영할 사람이 부족해지자 이승만 대통령은 일제강점기 때 관료 등으로 일한 사람을 끌어다 쓰기 시작했다. 대한민국은 항일독립운동하던 분들에게 빚을 지고 있다.

역사의 사이클을 보면, 문화와 예술이 전성기를 누리면 그 나라는 이제 내리막을 걷는다. 안정적인 정치를 기반으로 경제가 발전하고, 문화·예술이 번성하면서 마지막 사이클에 접어든다. 하지만 역사를 보면 그렇지 않은 경우도 많다. 한국도 끊임없이 개혁하고 창조하면 계속해서 번영할 수 있다.

－한국경제(2022. 12. 8.). 좌우이념 갈등에 꼬인 대한민국 정체성 바로잡아야.

현재 한국 상황을 역사적 사건으로 잘 설명하였다. 공감한다. 마지막 말씀이 무섭다. 한국의 장래는 내리막이 될 것이라는 말, 무겁게 받아들고 고민한다. 어떻게 해야 하나? 통일이란 정치변화를 번영의 새로운 계기로 삼을 수 있을까?

김진현 회고록(2022). 대한민국 성찰의 기록. 나남출판.

제도의 옳고 그름을 판정하는 기준, 인간다운 삶

> 국가와 국가를 작동하게 하는 제도도 결국 '인간다운 삶을 실현'하는 데 적합한 것으로 설계된 것인가 하는 것이 제도의 옳고 그름을 판정하는 기준이 될 수밖에 없다는 결론에 이르렀다. 헌법학에는 '어느 세대나 자기의 헌법을 새로 쓸 권리가 있다'는 법언이 있는 반면 '어떤 국민도 그 국민 수준만큼의 헌법을 가진다.'라는 법언도 있다. 헌법은 디자인이라고 제시했던 저자의 주장은 지금도 변경할 필요를 느끼지 못한다.

정종섭의 『헌법학원론』 전면개정판(제13판)의 서문을 읽다가 공감한 구절이다. 그의 말을 나의 버전으로 재해석한다. 통일을 염두에 두고 준비해야 하는 이 시대의 시민에게는 통일헌법을 쓸 권리가 있고, 통일헌법은 현재 우리 국민의 수준에 맞는 만큼만 쓸 수 있다. 통일국가를 디자인하는 것은 지금 내가 할 수 있는 일이다. 할 일이 많아서 좋고, 그런 고민을 먼저 한 선배가 있어 다행스럽다.

#정종섭(2022). 헌법학 원론. 박영사.

우리는 서로 엮여 있다

코로나19 팬데믹으로 인한 거리 두기 상황에서 역설적으로 사람들의 연대 가능성을 봤다. 나 자신이 바이러스를 옮길 수 있는 존재임과 동시에 바이러스에 감염될 수 있는 사람이다. 적어도 잠재적으로는 나의 행동은 너의 생명을 지탱하고, 너의 행동은 나의 생명을 지탱하는 것이다.

코로나19 바이러스가 드러낸 세계의 불공정성과 윤리의 문제를 고민한 책이다. 팬데믹 상황에서 생명들은 계급이 나뉘어 차별받았다. 개발도상국, 유색인종, 빈곤층이 코로나19에 감염되고 사망할 확률이 더 높았다. 미국인, 백인, 부자, 기혼자의 죽음은 더 슬프게 애도된다. 식량, 거주지, 의료보험에 대한 확신이 없다고 느끼며 살고 있는 이들은 자신들의 폐기 가능성을 감각하며 살고 있는 것이다.

세계는 어떤 이들의 생명은 보호하고 다른 이들의 생명은 보호하지 않도록 조직돼 있다. 사람은 타인과 서로 엮여 삶의 조건을 공유하면서 살아간다. 팬데믹을 전환의 계기로 삼아 경제우선주의에서 벗어나 '살 만한 삶'을 느낄 수 있는 세계를 만들어야 한다. 우리의 과제는 단순히 상호의존성을 긍정하는 것이 아니라 가장 좋은 형태의 상호의존성을, 즉 급진적 평등의 이상을 가장 명확하게 체현하는 상호의존성을 찾아내고 만들어내고자 집단적으로 노력하는 것이다.

-경향신문(2023. 6. 9.). 팬데믹이 보여준 불평등… 팬데믹에서 연대 가능성을 찾다.

코로나 19는 직관적으로 이해하기 쉽다. 이 세상은 나 혼자서는 살 수 없다는 것, 너와 내가 서로 엮여있다는 것이 명백해졌고, 서로를 증오하면서 살기는 힘들다는 것도 알게 되었다. 사람과 사회는 서로 어떤 관계에 있어야 하는가? 남북한 주민의 관계는 어떠해야 하는가? 계속 되새겨볼 질문이다.

주디스 버틀러 저·김응산 역(2023). 지금은 대체 어떤 세계인가. 창비.

토지배당제

대한민국 전체 땅값은 2022년 기준 1경 489조 원으로 국내총생산 대비 4.9배에 달한다. 대부분의 OECD 국가에서 총소득 대비 땅값은 1~4배 정도인 것을 감안하면 한국의 땅값이 얼마나 높은지 알 수 있다. 그런데 한국 땅은 소수만 갖고 있다. 대한민국이 100명의 마을이라고 가정한다면, 1명이 토지 면적의 40%를 차지하고 있고, 38명은 토지가 없다. 이로 인해 불평등은 심화되고 사회경제적 갈등도 심각해지고 있다.

이 책은 이처럼 한국의 토지 관련 통계를 제시하며 한국 부동산 문제의 해법으로 '토지배당제'를 제안한다. 토지에 보유세를 부과하여 세수 전액을 국민 모두에게 똑같이 분배하는 제도로, 토지보유세와 기본소득을 결합한 형태다.

저자들은 과거 정권에서 토지보유세 강화가 힘들었던 이유를 살핀 뒤, 토지배당제가 잘 실현되려면 네 가지 조건이 만족돼야 한다고 말한다. 공평한 분배, 종부세 폐지, 토지만 과세, 보유 토지 합산이 그것이다. 실제 이 제도를 구현하고자 할 때 과세 체계는 어떻게 할지, 어떤 부동산 정책과 함께 가야 하는지 등을 상세하게 설명하고 각 가정이 받을 '토지배당 고지서'의 예시도 보여준다. 부동산 정책은 어쩔 수 없다고 체념하기보다 새로운 분배정의를 위한 구체적인 대안을 제시했다.

－한겨레(2023. 12. 29.). 토지배당제의 구체적 정책설계.

대학원에서 '북한 부동산제도'를 강의한 적이 있다. 북한에서는 지금도 모든 토지가 국유다. 그렇지만 현실에서는 거래가 일어나고 개인의 소유나 점유가 주장되고 있다. 남북한 모두 부동산 문제로 고통받고 있다. 나는 통일을 계기로 부동산 정책을 변화시켜 볼 수 있을까 고민한다. 토지배당제는 새로운 개념이다. 토지공공임대제를 처음 알게 되었을 때도 놀랐지만 차분히 생각해 보면서 유용한 점이 있다는 생각을 하게 되었다. 토지배당제도 살펴보아야겠다.

남기업, 이진수, 채은동(2023). 땅에서 온 기본소득 토지배당, 4차 산업혁명 시대의 분배정의론. 이상북스.

도쿄 전범재판

1946년 5월 3일. 일본 도쿄 중심부 육군사관학교 건물에 11명의 국제 판사가 모였다. 법정으로 개조된 강당에 일본의 전직 군인 및 민간인 지도자 26명이 들어섰다. 극동국제군사재판소를 개회하면서 일본 전범 용의자들에 대한 재판이 시작됐다.

재판은 2년 넘게 이뤄졌다. 검찰은 광범위한 증거를 제출했다. 100만 명 이상의 필리핀 사상자, '난징 대학살'의 희생자, 눈을 가린 채 참수당한 호주 포로 등 사례가 제시됐다. 수많은 증언이 여성에 대한 성폭력을 묘사했다. 결국 7명의 피고가 사형을, 16명이 종신형을 받았다. 2명은 그보다 낮은 형을 선고받았다. 1명은 정신이상으로 면제됐다.

문제의 시작은 재판부 내부 분열이었다. 일각에서는 일왕을 법정에 올리지 못한 것을 한탄했지만 다른 한편에서는 일본의 침략 전쟁에 죄가 없다고 판단했다. '극동국제군사재판소 설립에 법적 근거가 없다'는 주장마저 나왔다. 포츠담 선언 당시 "모든 전범에 대한 엄정한 정의가 실현돼야 한다."는 모호한 조건을 내걸었을 뿐 구체적인 절차와 방법을 마련하지 않았기 때문이다. 재판소 설립 근거에 대한 불신, 재판부 내부 갈등과 리더십 부재. 모든 문제가 결합한 결과 11명의 재판관 중 3명이 유죄 판결에 반대의견을 냈다. 인도 출신인 라다비노드 팔이 대표적이다. 그는 일본의 행위는 정당방위고 조직적인 학살에 관여했다는 증거가 부족하며 원자폭탄 투하를 고려할 때 미국과 동맹국도 유죄라는 논리를 펼쳤다. 반대의견을 낸 이들의 주장은 이후 일본 극우 민족주의자의 입맛대로 활용됐다.

　　　－한국경제(2023. 11. 3.). 獨과 달랐던 日 전범재판… 국제사회 무능만 드러냈다.

넷플릭스에서 '도쿄재판'을 보았다. 전범재판으로 처벌할 수 있는 것은 수십 명에 불과하고 그것도 논란에 휩쓸릴 가능성이 많다. 남북문제에도 재판은 최후의 상징적인 수단이 될 수밖에 없다는 현실을 직시해야 한다. 비상상황은 비상한 방법으로 대응해야 한다.

게리 J. 바스 저·도쿄에서의 판결(Judgement at Tokyo). 크노프.

한미동맹 해체하면

한미동맹은 절대선인가. 간단한 질문인데 답이 어렵다. '한미동맹 없는 한국', '미국 없는 한국'을 상상해 보자.

미국과 헤어져야 할 첫 번째 이유로 제시하는 것은 '동맹 비용'이다. 한미동맹을 유지하느라 군사기지를 공짜로 빌려줘야 하고, 미군 주둔에 필요한 분담금을 내야 하고, 미국산 무기 수입의 큰손이 돼줘야 한다. 이런 기회비용 외에 '포기해야 하는 기회이익'도 있다. 수교 이래 한국의 최대 무역흑자국이던 중국이 2016년 미국의 요구에 따른 사드 배치 이후 30년 만에 큰 폭의 무역적자국이 된 것이 대표적이다. 동맹의 책임 때문에 원하지 않는 분쟁에 휩쓸릴 수 있다는 점도 문제다. 대만에서 전쟁이 날 경우 한국이 이 전쟁에 말려들 위험이 커지고 있다.

가장 심각한 문제는 '동맹이 강화될수록 적이 더 많아지고 더 강해진다'는 역설이다. 적을 규정하는 것은 미국이고 한국은 미국의 뜻을 수동적으로 좇아야 한다. 미국이 경쟁자인 중국과 러시아를 '적'으로 상정할 수는 있지만, 한국의 이해관계는 미국과 다르다. 한국은 중국이나 러시아와 적으로 지낼 필연적인 이유가 없다.

미국이 한국을 지켜준 전쟁의 은인이라는 한국인의 믿음도 근거가 부실하다. 한국전쟁이 북한의 남침으로 시작된 것은 맞지만 미국의 행동을 보면 전쟁을 속으로 기다리고 있었던 게 아니냐는 의심을 살 만하다. 전쟁 초기에 미국이 유엔 결의안을 무시하고 38선 이북으로 밀고 올라간 뒤로 내전이 국제전으로 비화했고 한반도가 초토화됐다. 이 전쟁이 미국에 손해만 입힌 것도 아니다. 미국은 전쟁 내내 대규모 군수물자 생산을 통해 경기 침체의 어려움을 극복할 수 있었다. 미국이 한국의 민주주의와 경제발전의 후견인이었다는 한국인들의 믿음도 사실과 맞지 않다. 미국이 한국에 추구한 것은 낮은 단계의 근대화였을 뿐이다. 더구나 미국은 공산주의 위협을 막는 데 도움이 된다고 판단되면 국민을 학살한 독재정권도 지지했다. 미국 덕분에 민주화와 산업화에 성공했다는 것은 허구다.

> 이런 이유를 들어 저자는 한미동맹을 해체하는 것이 우리에게 더 이익이 된다고 말한다. 그렇다면 대안은 있는가? 저자는 남한과 북한이 공동으로 중립국화를 이루는 것이 최상의 대안이 될 수 있다고 말한다. 남북 공동의 중립국화는 한 번도 가본 적이 없는 낯선 길이다.
>
> -한겨레(2023. 9. 22.). 한미동맹 없는 한국을 상상하자.

어려운 문제다. 남북관계 연구에서 중립국 논의는 별로 없었다. 대안으로 가능한지 드러내 놓고 토론해야 한다. 한·미동맹은 선택의 영역을 넘어 믿음의 영역에 있는가 싶을 때도 있다. 이 문제는 우리 사회가 허용하는 논의의 한계점에 있는 문제다. 그런데 체제와 이념이 다른 남북한이 통일하려면 다양한 관점에서 논의할 필요가 있다. 논의가 허용되는 폭을 한정 지어 놓고 그 안에서만 논의하라는 주장은 받아들이기 어렵다. 자유로운 논쟁을 거쳐 살아남은 주장, 다수의 지지를 받는 주장, 그런 주장을 모아야 한다. 그래야 사회가 통합되고 통일된 국가를 만들 수 있을 것이다.

김성해(2023). 벌거벗은 한미동맹:미국과 헤어질 결심이 필요한 이유. 개마고원.

북한 핵문제, 이중경로 전략과 변곡점

미국의 저명한 핵물리학자이자 핵무기 전문가인 시그프리드 헤커, 2004년부터 2010년까지 해마다 한 차례씩 북한 영변 핵시설을 방문해 북한 핵 개발을 가까이서 지켜본, 이 분야 최고의 서방 전문가다.

'미국 정부는 북한의 핵 개발을 저지할 기회가 여러 차례 있었는데도 왜 그 기회를 번번이 놓치고 말았는가?' 북핵 문제는 1993년 북한이 핵확산방지조약(NPT) 탈퇴를 선언함으로써 본격화했다. 왜 해결의 노력은 모두 실패로 끝났는가?

북한의 '이중경로 전략'을 이해해야 한다. '이중경로 전략'이란 '핵개발'과 '외교'라는 두 가지 전략 노선을 동시에 추구하는 것이다. 1990년대 초 냉전 말기부터 북한이 선택한 생존 전략은 미국과 화해하는 것이었다. 그러나 그 화해는 힘을 바탕으로 해야만 가능하다고 북한은 판단했다. 외교와 핵개발 둘 중 하나를 선택하는 것이 아니라 두 노선을 동시에 추구함으로써 한쪽 노선의 실패에 대비하려고 한 것이다. 이후 김일성-김정일-김정은으로 이어지는 북한 지도자들은 이 이중경로 전략을 일관성 있게 유지했고, 이 전략에 따라 외교를 통한 화해의 길이 보이면 핵개발을 늦추었다. 그러나 미국 정부는 이런 이중경로 전략을 알아보지 못한 채 오로지 북한 비핵화에만 초점을 맞추었다. 헤커는 미국 정부가 처음부터 '외교냐 핵개발이냐' 하는 양자택일을 강요하며 협상의 중간지대를 없애버렸음을 여러 실증 자료를 통해 밝혀낸다.

미국 정부가 실패한 결정적 지점들을 '변곡점(Hinge Points)'이라고 부른다. 핵위기 심화의 원인이 북한이 아니라 미국에 있음을 밝혀내는 것이다. 헤커는 김정은과 도널드 트럼프의 유례없는 소통 방식이 북핵 문제를 해결할 절호의 기회를 주었음도 강조한다. 트럼프도 북한을 최대한 압박하는 전략을 포기하지 않았고 지난 수십 년 동안 실패만 거듭해온 정책을 더 거세게 밀어붙였다. 그 결과가 2019년 하노이 정상회담 실패였다. 헤커는 한 가닥 희망의 끈을 놓지 않는다. 북한이 실용적이기도 하거니와 변화하는 환경에 빠르게 적응할 수 있는 면모를 보여왔다. 또한 북한 경제를 발전시키려면 미국과 관계를 개선하는 것이 필요하다는 것을 김정은이 잘 알고 있다는 것이 그 희망의 근거다.

–한겨레(2023. 11. 4.). 핵무기 전문가 헤커 "미국의 압박정책이 북핵 위기 키웠다".

북한 핵문제는 중요한 문제다. 그 중요성에 맞게 관심을 기울여야 한다. 이 문제가 시작된 이유는 무엇인지, 북한의 전략은 무엇인지, 미국과 남한의 대응은 어떠했는지, 압박정책은 성공하고 있는지, 당연히 해야 할 질문을 계속하는 것, 연구자들이 해야 할 일이다. 이 분야를 연구한 연구자들의 책을 읽을 필요도 있다. 다른 사람의 연구를 존중하는 것도 중요하다.

내 생각도 저자와 비슷하다. 계속 실패한 정책은 재점검해 보아야 한다. 새로운 해법도 모색해야 한다. 해결책은 이 책의 저자가 주장하는 그 어딘가에 있을 것이다.

시그프리드 헤커 저·천지현 역(2023). 핵의 변곡점: 핵물리학자가 들여다본 북핵의 실체. 창비.

새로운 북한이 온다

2020년 이후 부쩍 늘어난 북한의 미사일 발사는 단지 대미협상의 몸값을 높이려는 수단일 뿐일까. 우리는 북이 대화를 요청해올 때까지 인내하기만 하면 될까. 아니다. 그동안 경험해 보지 못한 새로운 북한이 오고 있다. 대체 무엇이 달라졌나.

첫째, 변화의 핵심은 북한이 제재 완화를 비롯한 미국과의 관계 정상화에 대한 미련을 버렸다. 그동안 핵 개발은 체제의 버팀목이자 미국을 협상 무대로 앉히기 위한 비장의 카드였으나 2018~2019년 세 차례에 걸친 북미 정상 간 협상과 하노이협상의 결렬은 그 기조의 폐기로 이어졌다.

둘째, 남북관계의 밑그림이 바뀐 것이다. 지난 30년간 한국의 대북정책의 양대 프레임인 포용정책과 압박정책이 이제는 모두 시효가 다했다.

셋째, 북한 내부의 변화다. 북한의 경제난과 식량 사정에 대해 유엔의 공식보고서를 보면, 북한이 지난 10여 년간 심지어 코로나 팬데믹 국면에서도 한국과 국제사회의 지원을 거절해 왔다. '가난한 북한'이라는 고정관념은 새로운 북한을 상대하는 걸림돌이다.

넷째, 동아시아의 새로운 판도, 즉 한·미·일 대 북·중·러 구도의 부상이다.

비핵화 협상의 실패와 함께 달라진 북한은 이제 돌이킬 수 없는 핵 시대를 선언했다. 일부에서는 냉전 시대 미·소 간의 '공포의 균형'을 언급하며 한·미 간 핵공유나 한국의 독자적 핵무장론을 떠들어댄다. 그러나 이는 실현 불가능한 레토릭에 불과하다. 답은 '공포의 균형'이 아니라 상호주의에 바탕을 둔 군축과 새로운 평화프로세스에 있다.

-한겨레(2023. 7. 21.). 달라진 북한을 이해하기 위한 4가지 시그널.

포용정책과 압박정책은 시효를 다했다는 주장이다. 정말 그런가? 새로운 방향은 평화를 지키기 위한 신뢰 형성이라는 말에 동의한다. 그렇게 하려면 법률적으로는 무슨 준비를 해야 하나? 그것이 나의 고민이다. 지난 30년간의 남북관계(햇볕정책, 모델 A), 윤석열 정부의 남북관계(인권과 제재 중시, 모델 B) 그렇다면 새로운 남북관계 모델 C는 무엇일까라는 나의 문제제기에 대해 모델 B는 모델 A의 부정일 뿐이므로 새로운 모델이라고 보기는 어렵다는 견해(기존 방안의 부정, 흔적 지우기, 인력과 조직 감축뿐이지 적극적으로 무엇을 하겠다는 것이 없다는 측면에서)를 제시하는 분이 있었다. 누구 말이 맞는가?

정욱식(2023). 한 번도 경험해 보지 못한 새로운 북한이 온다: 미국에 미련을 버린 북한과 공포의 균형에 대하여. 서해문집.

출판의 변을 하자면

조금 거창하게 출판의 변을 하자면, 현행법을 경전처럼 받들고 그 문리해석에만 치중해 온 국내논의에 약간의 이의를 제기하기 위한 시도라고 말할 수 있다. 보다 근본적인 문제점으로부터 출발해서 새로운 시각에서 지적재산의 보호근거를 검토해 보고 그에 따라서 필연적으로 보호범위와 한계에 관한 새로운 해석론이나 입법론을 제시해 보고자 노력했다. (서문)

내가 첫 번째 단행본, 『북한을 바라보는 새로운 시선』(박영사, 2022)을 발간한 이유도 정상조 교수와 비슷하다. 현행법과 판례에 대해 문제제기를 하고 싶었다. 거기서 더 나아가 통일로 가는 미래를 위해 법제도는 어떠해야 하는지를 질문하고 싶었다.

기본적으로 남한의 저작권법이 북한지역에도 그대로 적용된다고 보는 것은 남북한이 모두 UN의 회원국으로서 독립한 국가로 인정되고 있는 국제현실과 모순되고, 오히려 북한의 저작물을 남한에서도 남한 저작물과 마찬가지로 보호한다는 별도의 특별법이 있거나 북한의 저작권 보호에 관한 조약의 체약국으로 되지 않는 한 북한 저작물에 대해서 우리의 저작권법이 그대로 적용된다고 보는 것은 북한 저작물의 이용을 억제하기 위한 도구로만 활용될 수 있을 뿐이 아닌가 하는 의문이 들게 한다. (337쪽)

정상조의 책에는 북한저작물에 관한 언급이 있다. 현실을 인정하자는 입장에 공감한다. 북한의 저작물을 남한에서 어떻게 보호할 것인지를 남한의 법률에 구체적으로 명시하자는 것이 나의 의견이다.

#정상조(2020). 지식재산권법(제5판). 홍문사.

가난한 사람의 민법

상속법은 무산국민계층은 거의 참여하지 못하고 유산국민계층 사이에서도 상대적으로 좁은 집단만이 참여하는 귀족적인 장치이다. … 피상속인의 사망으로 재산이 보통 모든 다른 가족성원을 배제하고 대체로 맏아들로 나타나는 특정인에게 상속된다고 규정하는 그러한 입법에서 상속법의 귀족적 성향이 뚜렷이 나타난다. (213쪽)

영국에서 유언자유를 기본으로 하는 귀족적 상속법이 자리 잡은 반면, 프랑스에서는 여전히 오늘날에도 민주적인 상속분할강제의 원칙이 지배한다. 그럼에도 양국은 경제적 발달에서 최상의 단계에 이르렀다. … 국가는 기존의 사회집단과 사회이익에 대하여 무기력하게 대처하면서도 일정한 경계 안에서 상속법을 통하여 미래의 사회상황을 자유로이 결정할 수 있는 권한을 가진다. (216쪽)

로마인들에게 자유민과 노예의 대립이 있었다. 로마 노예는 어떠한 지적 교육도 받지 못했고 국가통치에 아무런 몫도 가지지 못하였으며, 조국의 방어가 문제 될 때에도 언제나 자유민만이 전쟁에 투입되었다. 비슷한 상황이 중세 전체와 18세기 후반에 이르는 근세 동안 계속되었다. 18세기 이래 이런 상황이 완전히 바뀌었다. 독일에서 일반교육의무가, 프랑스에서 대혁명기 동안 보통투표권과 국민개병제가 도입되었으며 그때부터 이런 기본제도는 전 문명세계로 전파되었다. 이 3개의 민주적 제도들을 통해 사회적 세력관계가 전면적으로 무산국민계층의 이익으로 옮겨졌다. 고집스럽게 변화를 거부하던 우리의 낙후된 사법도 이제 때가 되었다. 다른 제도와 마찬가지로 우리 시대의 민중의 행렬에 동참하여야 한다. (236~237쪽)

이 책을 읽으면서 놀랐다. 한 번도 들어보지 못한 말이다. 법학 공부를 시작하면서 민법원리를 생각하기도 전에 교과서의 구체적인 내용을 먼저 받아들였다. 기존 제도가 잘못되었을지도 모른다는 생각은 아예 하지도 못한 채 현재의 법이 진리라 생각했다. 남북문제를 고민하면서도 그랬다. 근본적인 틀과 구조에 대한 생각 없이 기존 법제의 틀 안에서 고민했다. 지금은 '새로운 문제를 기존의 틀에 무리하게 맞추는 것은 아닌가', 자문할 때도 있다. 사회 환경이 변하면 제도도 변해야 하고, 그러기 위해서는 법률도 새로워져야 한다.

안톤 멩어 저·이진기 역(2019). 가난한 사람의 민법. 정독.

전통이라는 것

> 전통이라는 것은 한편으로는 새로운 무언가를 추구할 때면 딴지를 거는 장애가 될 수 있다. 하지만 전통은 새로움이 주는 낯섦 혹은 기준의 부재와 같은 방향 상실에 따른 불안감을 덜어주기도 한다. 시대가 평화로우면 전통은 새로움을 잘 수용하면서 자신의 가치를 더욱 세련되게 만들어 간다. 그러나 혼란스러운 세상에서는 전통이란 부담스러운 부정적 대상으로 취급받는다. 그런 혼란스러운 세상을 만든 주범이 바로 전통이기 때문이다. 하지만 전통도 처음에는 새로움이었다. 전통과 새로움은 반대되는 세력처럼 보이지만 사실 새로움이 널리 수용되면 그것이 전통이 된다. (에필로그 316~317쪽)

친구들 자녀들이 혼례를 치르는 중이다. 결혼식에 참석해 보면 어떨 때는 과한 느낌이 들고, 어떤 곳은 손님접대가 소홀한 것 같은 느낌이 든다. 무엇이 표준인지 기준이 없다. '작은', '당사자 중심'의 '정성을 다하는' 그런 혼인식이 좋다고 생각한다. 마침 우리의 예절, 역사에 대한 책이 있어 읽었다.

전통도 처음에는 새로움이었고, 그 새로움이 널리 수용되면 전통이 된다는 말은 통일에도 적용할 수 있다. 기존의 것이 중요한 것이 아니라 새로 만들어 가야 하는 미래 사회가 더 중요하다. 중점을 두어야 할 항목이 무엇일지에 대한 논의가 지속되어야 한다. 인권, 사회연대, 공동체 등의 가치가 우선적으로 고려되어야 한다.

이창일(2008). 정말 궁금한 우리 예절 53가지. 예담.

제나라 관중도 비웃을 한국사회

> 북한과의 적대적 관계로 마음 졸이는 일도 많고 코리아 디스카운트라고 경제에도 피해가 많은 것 같습니다. 경제적 교역관계를 만들고 그걸 확대해 나간다면 남북관계가 극단으로 치달을 일은 없을 것이며 어느 정도 안정된 관계를 지속할 수 있을 것입니다. 관중이라면, 그런데 왜 경제관계를 더 확대하지 않으면서 여러 가지 낭비와 비효율을 감수합니까?라며 꼬집을 것 같습니다. 개성공단 하나로는 안 됩니다. 노무현 정권 때 남북 사이에 이야기가 오간 대로 해주경제특구도 만들고 남북의 강원도를 모두 관광특구로 만들어야지요. (76쪽)

제1장 실용주의자 관중의 부유한 공동체를 읽던 중 '관중도 비웃을 한국사회'라는 소제목이 눈에 띄었다. 역사를 연구하는 인문학자의 시선이 참신하다. 남북한의 현 상황에 얽매이지 않고 역사 속에서 수많은 사례를 연구하는 사람의 눈에 보이는 방안이라면 보편성이 있다. 남북한 문제를 적대의 문제로 풀기는 어렵다. 교류를 확대하는 방향으로 풀어야 한다.

임건순(2014). 제자백가 공동체를 말하다. 서해문집.

식민지 법정에서

　한인섭은 기존에 없던, 새로운 형식의 책을 여러 권 발간했다. 이 책은 일제 강점기의 자료를 발굴하여 정리하고 그것을 바탕으로 세 분의 활동을 정리했다. 법률가로서 재판의 주요 내용을 소개한 것은 기존에 없던 일이다. 한 명의 학자가 공부를 열심히 한 덕분에 과거의 자료가 새로운 생명을 얻었다. 기존에는 역사학자들이 정리하던 재판기록을 법학자가 법률의 관점에서 제대로 분석했다. 탁월한 업적이다. 이 책을 통해 한국의 법률가들도 자부심을 가질 수 있게 되었다. 일제시기에도 변호사 활동을 통해 독립운동을 지지하고 독립운동가들을 보호한 분들이 있었기 때문이다. 세 분의 삶이 자랑스럽다. 자신의 일이 역사에 기록된다는 믿음을 가질 수 있다면 사람들이 좀 더 씩씩해질 것이다.

　　## 한인섭(2012). 식민지 법정에서 독립을 변론하다: 허헌,
　　　　김병로, 이인과 항일 재판투쟁. 경인문화사.

외도(外道)의 견해 3가지

부처님 당시 유행하고 있던 외도의 견해를 3종으로 분류하여 비판하는 내용이다.

첫째, 사람이 행하는 바는 모두 숙명적으로 결정된 것이다.

둘째, 사람이 행하는 바는 모두 창조주에 기인한다.

셋째, 사람이 행하는 모든 것은 그 어떤 원인도 없고 조건도 없이 우연적으로 이루어지는 것이다.

부처님은 3가지 견해를 모두 비판하고 자유의지를 가진 인간이 주체적인 노력과 실천을 통해 존재의 필연성을 자각하여야 한다고 했다. (262쪽)

　　소승삼장, 중아함경 편의 도경(度經)이다. 남북관계에도 이런 3가지 견해가 있을 수 있다. 남북분단은 숙명적으로 결정된 것이라고 하거나, 그것은 하느님의 뜻이라고 하거나, 역사적 상황 속에서 우연히 그렇게 된 것이라고 할 수 있다. 내가 어떻게 노력한다고 달라질 것이 없다고 생각한다면 부처님 당시의 외도와 같고, 그것은 세상에 널리 퍼진 생각이기도 하다. 부처님이 설파한 대로 자유의지를 가진 인간인 우리들이 분단극복을 위한 주체적 노력과 실천을 통해 통일의 길로 나가야 한다. 그런 이야기를 우화의 형식으로 써보고 싶다.

진현종(1997). 한권으로 읽는 팔만대장경. 들녘.

엄정함은 공정함에서 나온다

"임금께서는 엄한지를 걱정 마시고 공정한지를 걱정하십시오. 공정하면 사리가 분명해지고, 그 속에 엄함이 있습니다."

오늘에 되새겨야 할 이율곡의 상소

정치 개혁에 시기를 탓하지 말라.

좋은 정치는 과거사를 청산하는 것에서 시작된다.

백성들의 윤리 도덕은 최소한의 생계가 해결되어야 비로소 구축된다.

지도자는 모름지기 측근을 멀리하고 올곧은 신하를 가까이해야 한다.

인재 등용은 최대한 신중하되 선발한 뒤에는 전폭적으로 신뢰하라.

지도자의 엄정함은 공정함에서 나온다.

율곡 이이(1536~1584)는 조선의 성리학자이자 정치가다. 그의 글을 보면서 배운 바가 많다. 특히 상황에 맞게 법을 바꾸어야 한다는 변법 주장이 인상적이다. 남북관계도 마찬가지다. 시대가 변하면 그 상황에 맞는 법을 제정하거나 기존의 법률을 상황에 맞추어 개정해야 한다. 보다 적극적으로 법의 변화를 추구해야 한다. 1990년대 초반에 형성된 현재의 남북관계 법률은 그 이후의 상황변화에 맞추어 대폭 정비되어야 한다.

오세진 역해(2019). 율곡의 상소. 홍익출판사.

모든 것이 연결되어 있다

독서록 2편은 내용이 다소 긴 글을 묶었다. 책의 주요 부분을 인용한 글도 다수 있다. 다른 사람의 글을 읽으면서 새로운 것을 배우기도 하고, 내 생각과 같은 지점에서 안심하기도 한다. 더러 나와 생각이 다른 글을 볼 때는 어떤 지점에서 그 차이가 생기는지, 어느 견해가 더 타당한지를 고민하기도 했다. 대면 회의에서 토론하듯이 독서하면서 저자와 토론할 때도 있었다. 주제는 늘 통일이었다. 어떤 길이 통일에 도움이 되는지, 지금 우리는 무엇을 해야 하는지, 그것이 나의 질문이다.

가슴을 뛰게 하는 통일 이야기

　'오연호가 묻고 법륜스님이 답하다', '가슴을 뛰게 하는 통일 이야기'라는 부제가 붙은 책이다. 법륜스님의 주장은 단순하고 명쾌하다. 그래서 힘이 있다. 통일문제를 연구하면서 모범으로 삼을 분을 찾고 있는데, 지금까지 한국인으로 도산 안창호, 늦봄 문익환, 후광 김대중, 외국인으로 넬슨 만델라, 빌리 브란트를 찾았다. 생존한 분으로 법륜스님을 추가했다. 그가 내 고교 10년 선배라는 사실, 고향이 울주군 두서면으로 동향이라는 것이 자랑스럽다. 그의 논리와 주장에 대체로 동의한다. 실천이 문제다.

> 백용성 스님은 "우리 민족이 독립을 하려면 반민족행위를 한 사람들의 죄를 씻을 큰 복을 지어야 한다."는 말을 했어요. 친일 행위는 개인이 지은 죄지만 결국 우리 민족이 지은 셈이잖아요. 그러니 그것에 대한 참회를 하지 않고 복을 짓지 않으면 앞으로 새로운 독립국가를 만들기 어렵다고 보신 거예요. (52쪽)
>
> 남북 간에는 체제나 국부도 서로 다르고, 종교도 이렇다 할 공통점이 없어요. 그래서 무엇이 통일의 원동력이 될지를 고민하다가 발견한 것이 '역사의식'입니다. 6천 년에 달하는 장구한 우리나라 역사 속에서 지금의 분단 현실을 보면 찰나일 뿐이죠. (65쪽)
>
> 과거 청산적 통일론이 아닌 미래 비전적 통일론이어야 합니다. 미래 비전적 통일론은 우리가 앞으로 잘 살려면 통일을 해야 하고 통일을 해야만 희망이 생긴다는 거죠. … 과거 청산적 통일은 늙은 부모를 어떻게 모시느냐의 문제라면, 미래 비전적 통일은 자식을 어떻게 키울 것이냐의 문제입니다. (76쪽)

북한주민들이 그냥 자기들끼리 사는 것보다 남한과 합하면 생활이 훨씬 나아지고 자유로워질 거라고 생각하면 합치려고 하겠죠. … 남한이 북한에게 이익을 줘서 북한 사람들이 우선 덕을 봐야 하고 앞으로 생활이 더 나아질 거라는 어떤 희망이 있어야 합하자고 하겠죠. 주민은 이익만 있으면 합하지만 지배자들은 그렇지 않습니다. 그들은 신분이 보장돼야 합니다. … 통일의 울타리를 크게 치고 협력관계를 강화해 나가야 합니다. 길게 보면 그것이 곧 우리에게 이익이 되거든요. (104~105쪽)

신라가 금관가야와 합병하는 과정이 중요합니다. 가야와 합의를 해서 신라로 통합하거든요. 신라는 가야의 왕족을 신라의 왕족으로 가야의 귀족을 신라의 귀족으로 받아들입니다. 지배세력을 그대로 인정해준 거죠. 가야 마지막 왕의 4대손이 김유신이거든요. 통합의 시너지 효과가 높았습니다. (116쪽)

우리가 새롭게 세우고자 하는 통일국가는 민중의 한이 풀어지는 공동체여야 합니다. 소수가 지배하는 국가가 아니라 민주사회여야 하고, 지역적으로 차별이 없고 어느 정도 평등한 사회여야 합니다. 동아시아에서 고구려, 발해와 같은 역할을 하는 자주국가여야 합니다. 발해가 망한 926년 이후 위축된 1천 년의 역사가 통일로 인해 풀리는 겁니다. (154쪽)

우리가 북한에 요구할 수 있는 것은 북한 주민들이 선택한 북한의 사회주의 헌법에 맞게 체제를 유지하라는 거죠. 즉 완전한 민주주의는 아니더라도 당내 민주주의는 실현돼야 한다는 겁니다. (184쪽)

지금 북한 내에서의 인권 개선운동은 북한 헌법이나 형법에 있는 인권보호를 제대로 보장하라는 식으로 해야 북한 주민들이 겁먹지 않고 함께할 수 있습니다. 그들이 헌법에 보장된 권리를 억울하게 침해당했을 때 그 권리를 보장해달라고 말할 수 있는 수준에서 출발하자는 겁니다. … 또 북한이 유엔에 가입돼 있으니 북한 헌법이나 형법에 유엔인권조약에 어긋나는 것이 있으면 고치라고 주장할 수도 있습니다. … 전단을 보낸다면 북한 헌법 안에 어떤 인권 조항이 있는지를 적어 보낸다거나 김일성이나 김정일 어록 중 인권에 대해 말해놓은 것을 적어 보내는 거예요. 그러면 사람들이 그걸 읽어볼 때 겁이 나지 않죠. (191쪽)

(북한주민과 북한 권력집단의 대립관계에 대하여) 남한에서 북한 주민의 생존권 보장을 강력하게 책임져주는 대신에 그들의 북한 지도부에 대한 보복도 좀 자제하도록 설득해야죠. 그래야 혼란을 덜 겪고 사회통합을 이룰 수가 있어요. … 남한 안에 몇 가지 합의가 있어야 합니다. 큰 틀에서 남한이 중심이 되어 통일을 한다. 남북경제력 격차가 너무 커서 북한을 더 이상 방치해선 안된다. 남한이 자신감을 가지고 북한을 과감히 포용하자. 북한의 지도부까지도 포용하는 아량을 베풀자. (205쪽)

더 이상 북한을 두려워하지도 말고 부러워하지도 말고 북한의 어려움을 이해하면서 과감하게 민족사 내부로 통합해야 합니다. (206쪽)

민족사에 대한 우리의 책임의식을 분명하게 갖고 있어야 합니다. 민족문제와 통일문제는 지금 오직 남한에서 책임지고 풀어야 하며 북한은 하나의 하위변수이지 주 변수가 아니라는 관점을 확실히 가지고서 북한, 중국, 미국 문제를 다뤄가야 합니다. (240쪽)

통일이 중요한 것이 아니라 통일된 한국이 어떤 사회일 것인가가 더 중요하죠. 그 때문에 통일을 이뤄내는 과정에서 우리 사회의 양극화 문제를 반드시 풀면서 가야 합니다. (267쪽)

법륜 스님(2012). 새로운 100년. 오마이북.

모든 것이 연결되어 있다

프란치스코 교황의 생각은 진보적이다. 보수적 종교인 가톨릭 지도자의 말이라 무겁다. 귀 기울이고 존중할 일이다. 성당에 가서 미사 드릴 때 가끔 생각한다. 세속의 이해를 초월한 종교지도자들의 말은 관점이 다르구나, 너와 나의 이분법적 말씀을 넘어서는 그리고 이익과 손해의 세속적인 관점을 넘어서는 새로운 관점이 있구나, 그런 관점에서 지금의 내 문제를 보면 기왕에 생각했던 것과는 달리 보이는 것이 있다는 것을 깨닫는다, 그런 깨달음이 오래 지속되지 않기 때문에 매 주일 반복적으로 종교행사에 참석한다. 교황님 말씀 하나하나는 과격하지 않지만 전체로 보면 과격하다. 그래서 더욱 멋지다. 나는 가끔 남북한의 문제를 현재의 대립구도를 벗어나 제3자의 관점에서 보고 싶을 때가 있다. 역사적 관점, 외국과 비교하는 관점, 인간이 아닌 신의 관점에서 보면 답이 있을까 생각해 볼 때도 있다.

> 19항) 코로나19는 세상의 어느 한 곳에서 일어나는 일이 온 지구에 영향을 끼친다는 사실을 확인하여 주었습니다. 그러므로 저는 다음의 두 가지 확신을 성가실 정도로 강조하며 반복하고자 합니다. 곧 "모든 것이 연결되어 있습니다." 그리고 "아무도 혼자 힘으로 구원받을 수 없습니다."
>
> 34항) "역사는 퇴보의 징후를 보이고 있습니다. 모든 세대는 앞선 세대들의 투쟁과 쟁취를 자신의 것으로 만들어 더욱더 숭고한 목표로 이끌어 가야 합니다. 이는 하나의 여정입니다. 사랑, 정의, 연대와 함께 선은 한 번에 영원히 이루어지는 것이 아니라 날마다 쟁취하는 것입니다." 굳건하고 지속하는 발전을

이룩하려면 "국가들 사이의 다자간 협약에 우선권이 주어져야만 한다."라는 사실을 저는 다시 한번 강조하고 싶습니다.

42항) 세계는 매우 다극화되어 가고 있습니다. 동시에 효과적인 협력을 위해서는 다른 틀이 필요할 정도로 더욱 복잡해지고 있습니다. 힘의 균형을 생각하는 것으로는 충분하지 않습니다. 새로운 도전들에 응답하여야 할 필요성도 생각하고, 환경, 보건, 문화와 사회의 새로운 도전들, 무엇보다 가장 기본이 되는 인권에 대한 존중과 사회적 권리, 공동의 집에 대한 돌봄을 확고히 하기 위해서는 전 세계적 장치로 대응할 필요성도 생각하여야 합니다. 이처럼 전 세계적인 보호를 보장하려면 보편적이고 효과적인 규범을 마련하여야 합니다.

43항) 이 모든 것은 새로운 결정과정과 그러한 결정을 법제화할 새로운 절차가 마련되어야 함을 전제로 합니다. 수십 년 전에 정해진 절차는 충분하지 않고 효과적으로도 보이지 않기 때문입니다. 이러한 맥락에서, 대화, 자문, 중재, 분쟁해결, 감독을 위한 공간이, 종합하면 다양한 상황을 표현하고 포함시키기 위하여 지구 전체에 일종의 더 증진된 '민주화'가 필요합니다. 모든 사람의 권리를 위하여 노력하지 않고, 더 힘 있는 사람들의 권리만을 보존하는 제도들을 유지하는 일은 더 이상 유용하지 않을 것입니다.

60항) 저는 권력자들에게 감히 반복하여 묻습니다. "시급하고 필요한 때에 조치를 하지 못하는 무능력함으로 기억될 권력을 오늘 무엇 때문에 지키려 합니까?"

프란치스코 교황 권고(2023). 하느님을 찬미하여라.
한국천주교 주교회의.

양심이 국가 법률의 권위에 앞선다

아인슈타인이 남긴 말을 주제별로 묶었다. 그가 쓴 편지, 연설, 대화 등 다양한 형식의 글을 정리하면서 의미 있는 말을 추려 엮고, 그 당시의 배경을 추가했다. 이런 방식의 글쓰기도 좋다. 가볍게 읽을 수도 있고, 관심사별로 찾아볼 수도 있다. 나는 다양한 형식의 글쓰기를 시도하는 중인데, 이 책도 참고가 되었다.

10장 '인류에 관하여'

(229쪽) **인간은 한편으로 개별적 존재이지만 다른 한편으로 사회적 존재이다.** 개별적 존재로서 인간은 자신과 자신에게 가까운 사람들의 생존을 보전하려 하고, 개인의 욕망을 충족하려 하고, 타고난 능력을 발달시키려 한다. 사회적 존재로서는 남들의 인정과 애정을 얻으려 하고, 남들의 기쁨을 나누려 하고, 남들의 슬픔을 위로하려 하고, 남들의 삶을 개선하려 한다. (1949)

우리 인생이 비록 짧고 위험천만하지만 인간은 사회에 자신을 헌신함으로써만 인생의 의미를 찾을 수 있다. (1949)

(230쪽) 사람이 **남들의 생각과 경험에 자극받지 않은 채 스스로 떠올릴 수 있는 생각은** 최선의 경우에도 미미하고 시시할 뿐이다. (1952)

(231쪽) 우리는 **누구나 남들의 노고 덕분에 먹을 것과 쉴 곳을 얻습니다.** 따라서 자신의 내적 만족을 위해서 선택한 일뿐 아니라 일반적으로 남들에게 도움이 된다고 여겨지는 일을 통해서도 그 대가를 정직하게 치러야 합니다. 그러지 않으면 우리 욕구가 아무리 변변찮은 수준이더라도 우리는 기생생물이 되고 맙니다. (1953)

역사의 많은 부분은 인권 투쟁으로 채워졌습니다. 그 투쟁은 영속적인 것으로서 최종적인 승리란 영영 있을 수 없습니다. 그렇다고 해서 그 투쟁에 싫증을 낸다는 것은 사회의 몰락을 뜻할 것입니다. … 인권의 존재와 타당성은 자연법칙처럼 정해져 있는 게 아닙니다. (1953)

14장 평화주의, 군비 축소, 세계정부에 관하여

(293쪽) 병역 인구의 '**2퍼센트**'만이라도 스스로 전쟁 저항자로 선언하고 "우리는 싸우지 않겠습니다. 국제 분쟁은 다른 방법으로 해결해야 합니다."라고 주장한다면, 정부들은 무력해질 것입니다. 그렇게 많은 인구를 감옥에 넣을 수는 없을 겁니다. (1930)

(295쪽) 국가가 개인을 위해 존재하는 것이지 개인이 국가를 위해 존재하는 것이 아닙니다. 국가의 가장 중요한 임무는 개인을 보호하고 개인이 창조적 개성을 발달시킬 수 있도록 보장하는 것입니다. 국가가 우리를 섬겨야 하지 우리가 국가의 노예가 되어서는 안 됩니다. 국가가 우리에게 병역을 강제하는 것은 이 수칙에 어긋납니다. (1931)

(467쪽) 설령 국가가 요구하더라도, 양심에 반하는 짓은 절대 하지 마십시오. (1949)

양심이 국가 법률의 권위에 앞섭니다. (1953)

독립적으로 생각하고 판단할 줄 아는 창조적 개인이 없다면 사회의 향상은 생각하기 어렵습니다. 거꾸로 공동체라는 자양분이 없으면 개인이 발전하기 어려운 것처럼. (1932)

앨리스 칼라프리스 저·김명남 역(2015).
아인슈타인이 말합니다. 에이도스.

통일해야 하는 이유

'30개 현안으로 묻고 답하다!'는 부제가 붙었다. 저자는 가톨릭 의정부교구 민족화해위원회에서 활동하는 박사다. 이 책은 의정부교구장 이기헌 주교의 인가를 받았다. 저자의 인식과 해법은 평소 내 생각과 거의 같다. 공부를 하면 깨닫게 되는 것이 있는데 그와 나의 공부 정도가 비슷한 듯싶다. 소제목을 찬찬히 살펴보면 저자의 생각을 읽을 수 있다.

1장 북핵문제의 본질(왜 핵무기를 개발하는 걸까? 왜 문제인가? 핵 보유국으로 인정받을까?)

2장 북핵문제 해법(군사적으로 해결할 수 있을까? 압박과 제제로 포기할까? 협상을 통한 해결 가능할까? 북미 양자협상으로 풀까? 북한은 비핵화 의지가 있는가? 김정은 속생각은 무엇일까? 자력갱생할 수 있을까? 인권문제 개선방안은 무엇일까? 미국입장은 무엇인가? 한국의 역할은 무엇인가? 군산복합체는 무엇인가? 일본은 왜 한반도 평화정착을 반대할까? 한국 보수는 왜 북미협상 못마땅해할까?)

3장 한반도 평화체제(평화협정은 왜 필요한가? 종전선언은 왜 필요한가? 북미 정상화는 왜 필요한가? 동북아에서 안보협력 체제 구축 가능할까?)

4장 통일외교(한·미 동맹은 우리에게 무엇인가? 남북한이 교류협력해야 하는 이유는? 협력방안은 무엇일까? 통일해야 하는 이유는? 우리 정부의 통일방법론은 무엇인가? 흡수통일은 왜 문제인가? 서독은 서서 갈등이 없었을까? 남남갈등을 극복할 방법은 없을까? 미·중 전쟁 한국은 어떻게 대처해야 할까?)

"진보주의자는 사회적 변화를 적극적으로 옹호·수용하고, 사회의 주요 모순을 신속하게 개혁하려는 태도를 취한다. 또한 인간의 이성을 신뢰하고 지식 합리성을 믿는다. 이에 비해 보수주의자는 사회적 변화에 대해 조심스런 태도를 취하며, 급격한 변화가 유발하는 사회적 비용과 혼란을 두려워한다. 변화는 역사적 계속성 속에서 일어나야 한다고 믿는다. 또한 인간의 이성보다는 오랜 기간에 걸쳐 쌓여 온 사회적 전통이나 경험, 관습 등을 더 신뢰한다. 에드먼드 버크는 "변화의 수단을 갖지 못한 국가는 국가를 보존하는 수단을 갖지 못한다."고 했는데, 한국의 보수는 전통적 보수주의의 장점을 갖지 못했다. 분단체제의 영향 때문인데 보수주의 장점인 '변화의 수단'이 없다. 사회의 핵심 가치를 지키기 위해 보다 덜 중요한 가치를 양보하고 다수 하층민의 요구를 수용하는 유연성이 없다. 자유민주주의를 최고의 가치로 주장하면서도 군사 독재의 권위주의 시기 민주화 투쟁에 적대적이었다. 노동운동과정에서 노동자 계층의 권익신장에 소극적이었다. 민족의 가치를 중히 여기면서도 반공주의에만 매달린 채 분단 극복에는 관심을 보이지 않았다. 한국의 보수는 해방 후 60여 년 동안 집권하면서 산업화에 공을 세웠지만 분단 체제하에서 반공과 친미에 안주해 세상 변화를 등한시했다." (146~149쪽)

한국 보수의 문제를 잘 분석했다. 세상은 변화한다. 나라 안도 바뀌고 밖도 바뀌었다. 반공과 친미 일변도로는 국가 운영을 할 수 없는 시대가 되었다. 경제력에서 한국의 5%도 안 되는 나라, 3대째 권력세습으로 봉건적 왕조국가에 머물고 있는 북한을 상대로 반공만을 외치며 '적대적 공생관계'를 지속시키려는 행태는 책임 있는 보수의 자세가 아니다.

백장현(2012). 북핵 해법. 가톨릭동북아평화연구소.

갈등거리는 많지 않은데 그릇이 적다

저자의 처방이 평소 내 생각과 비슷하다. 나는 최근에 '통일한국과 사회연대'라는 제목으로 논문을 작성했다. 그때 고민하던 내용이 이재열의 고민과 같다. 내 고민의 방향이 제대로 된 것 같아 안도감을 느낀다.

(190쪽) 갈등 = 잠재적 갈등소지(1)/갈등해소 시스템(2)

(1)이 많아지면 갈등이 심해질 것이다. 여기에 해당하는 것으로는 불평등, 사회적 배제, 이질성 등이 있다. (2)에 해당하는 것으로는 복지제도, 민주주의, 사회적 공정성이 있다. 한국은 (1)이 크지는 않은데 (2)가 취약하다. 요리에 비유하면 갈등거리는 많지 않은데 요리할 그릇이 적다 보니 작은 이슈에도 사회 전체가 끓어 넘치는 형상이다.

(212~226쪽) 지금 우리에겐 '우물을 파는 리더십'이 필요하다.

독일의 전 총리 슈뢰더는 독일병을 풀기 위해 4단계 노동시장 개혁방안을 골자로 하는 하르츠 개혁을 시도했다. 총리연임에 실패했지만 뒤를 이은 메르켈 정권에서 효과를 보았다.

극단을 넘어서는 타협, 몽플뢰르 콘퍼런스(montfleur scenario conference, 남아공 사례)에 주목하자. 1991. 9. 케이프타운 몽플뢰르 콘퍼런스 센터에서 남아공의 현재와 미래 권력을 대변할 차세대 지도자 그룹 22인이 남아공의 미래를 논의했다. 조직의 리더가 아닌 실질적인 책임자들이다. 회의를 진행한 Shell 그룹의 임원 Adam Kahane이 제시한 대화원칙은, 자신이나 지지단체가 '원하는 미래'에 대해 말하지 않기, '그런 일이 일어날 것이라고 생각해'라거나 '그런 일은 절대 일어나서는 안 돼' 등과 같은 단정적이고 속단이 내포된 어법 금지, 앞으로 일어날 수

있는 일들에 대해서만 말하기, '왜 그런 일이 일어나는가', '그다음에는 어떤 일이 일어나는가' 등의 질문만 가능하다.

이들은 3가지 질문에 대한 답변을 통해 시나리오를 도출했다.

첫째, 합의가 타결되었는가? 그렇지 않다면 대표성이 결여된 정부가 출범할 것, 둘째, 이행이 빠르고 결단 있게 이루어지는가? 그렇지 않으면 무능한 정부가 출범할 것, 셋째, 민주정부의 정책이 지속가능한가? 그렇지 않으면 붕괴할 것

시나리오를 국민이 이해하기 쉽도록 스토리로 만들어서 전달했다. 타조모델; 백인 정부가 타조처럼 모래에 머리를 들이박고 다수 흑인들의 일을 관심 밖이라고 외면할 경우에 닥칠 미래. 이카루스 모델; 끊임없는 복수가 가져올 파국을 그림, 레임덕 모델; 약체 정부가 들어설 경우의 혼란 묘사, 플라밍고 모델; 서로가 조금씩 양보해서 타협하면 남아공 시스템은 살아남고 점진적으로 발전할 수 있는 모델, 함께 춤을 추는 모델

남아공 사람들은 플라밍고 모델을 선택했다. 만델라 석방, 자유선거를 성취했다. 그것이 가능했던 이유는 벼랑 끝에 선 것과 같은 심각한 위기의 절정에서 다양한 이해집단들이 상황의 심각성을 온몸으로 느꼈기 때문이다. 극단적 입장을 견제할 중도파의 역량이 충분히 발휘되었기 때문이다. 함석헌의 『뜻으로 본 한국사』를 보면, 우리 민족은 고난이 부족했기 때문에 현재와 같은 상황이 이어지고 있다는 취지의 말이 있는데, 같은 맥락이다. 최근에는 나도 그런 생각을 한다. 아직도 배가 고프지 않기 때문에, 아직도 덜 아프기 때문에 우리는 정신을 차리지 못하는 것일 수 있다. 남북통일에 대해 우리도 남아공 방식의 회의를 해 보면 좋겠다. 우선 남측에서 해 보고, 장차 남북이 함께 만나서 같이 논의해 보는 그런 날이 오기를 기대한다.

이재열(2019). [서가명강 04] 다시 태어난다면, 한국에서 살겠습니까. 21세기북스.

유리한 조건이면 무엇이든 실행하고

　　신문에 연재한 글이라 한편 한편이 짧고 읽기 쉽다. 참고할 만한 회고록 모범이다. 학자가 되고 싶었지만 어쩌다 경제관료가 되어 한평생을 보내게 된 분의 솔직한 이야기다.

> (212~213쪽) CEO에게 요구되는 네 가지 기능 중에 나오는 말
> 첫째, 경영목표를 설정해야 하고, 둘째, 목표 달성을 위한 기획을 세워야 한다. 셋째, 기획을 실현하기 위한 조직과 운영시스템을 확립해야 하고, 넷째, 집행 과정을 분석 평가하여 잘못이 발견되면 즉각 시정책을 강구하는 것이다. 박정희 대통령의 시정 스타일은 CEO의 기능과 완전히 합치했다.

　　어떤 단체의 대표가 되면 적용해 볼 만한 방법이다. 박정희 시기 국가목표는 경제개발이고 그것을 실현하기 위해서는 경제관료를 키우고 힘을 실어 주었다. 지금의 시대정신은 다르지만 통일시대라면 어떻게 해야 할까 생각해 볼 일이다. 우선 목표부터 설정해야 한다. 통일을 언제까지 어떤 방법으로 실현할 것인지부터!

> (326~329쪽) 한 장의 공문을 보물로 간직한 쑤저우: 정부 규제 완화와 자유화의 힘
> 쑤저우시의 발전과정을 설명하는 전시관에서 유리 상자 안에 액자로 장식한 한 장의 문서를 보았다. 베이징의 중앙정부가 쑤저우 시장에게 보낸 공문이다. 쑤저우시가 개발 초기에 외자 도입에 안간힘을 다했는데 중앙정부의 규제가 너무나 많아 외자 유치가 도저히 불가능하다고 느껴졌다. 쑤저우 시장은 고민 끝에 중앙정부에 호

소하는 편지를 보냈고, 중앙정부가 답신으로 보내온 것이 이 공문이다. 공문 내용은 "유리한 조건이면 무엇이든 실행하고 실사구시로 실효를 거두도록 하라." 그 후 쑤저우는 중앙정부와 지방정부의 규제에서 벗어나 불과 10년 만에 초현대적인 신도시와 첨단 공업도시, 일류 대학원 도시의 복합체를 건설했다. 중앙정부의 판단이 중요하고 쑤저우 지방 공직자의 마음씨가 대단하다.

통일에 유리한 것이라면 무엇이든 실행하고 누구라도 만나라. 이런 지침을 기대할 수는 없을까?

(362~364쪽) 우리의 가치는 무엇인가? 국가이념과 국민통합
1994년 북핵위기 시 민간단체인 한미현회가 미국 방문하여 6. 10. 워싱턴에서 브레진스키 등과 회의했다. 한국대표들이 미국의 영변북핵 폭격은 전쟁 우려가 있다는 이유로 반대했다. 양측의 토론을 듣고 있던 브레진스키 박사가 말했다. "나는 한국의 방침이 무엇인지 도무지 알 수가 없다. 한국은 북한의 핵화를 반대하는 동시에 북한의 핵화를 저지하려는 미국의 방침에도 반대하고 있다. 그러면 미국이 어떻게 하란 말이냐? 한국은 미국의 보호하에서 무사하기만 바라고 있는 것 같은데, 그러면 한국은 위험을 무릅쓰고 지켜야 할 가치가 없는 것이냐?" 나는 "그런 것이 아니라 양국의 목적은 하나이지만 목적 달성을 위한 전략을 논의하고자 하는 것"이라고 응수했다.

진정 한국이 지켜야 할 가치는 무엇인가? 남덕우는 주적의 정의를 북한이라고 하지 말고, '자유민주체제와 우리 안보에 중대한 위협을 주는 세력'이라 하자고 제안한다. 대한민국의 국익이 무엇인가? 하는 나의 의문도 같은 맥락이다. 우리가 진정으로 추구할 것은 무엇인가? 통일한국이 그런 것인가? 그 나라는 어떤 나라여야 하는가?

芝巖 남덕우 회고록(2009). 경제개발의 길목에서.
삼성경제연구소.

한국 사람이 형성된 과정

1부 '조선사람 만들기'의 결론 부분

(126~129쪽) "주자성리학이 도입되면서 조선 사회는 혁명적으로 바뀐다. 조선은 종교와 사상, 이념과 가치관, 정치와 제도, 윤리와 도덕, 경제와 사회, 관습과 예법, 가족관과 개인관 등 모든 면에서 고려와는 판이하게 다른 나라가 된다. 14세기 말 당시의 글로벌 스탠다드였던 주자성리학을 바탕으로 새 나라를 세우고 15세기 전반기를 거치면서 사회를 개혁하는 데 성공한 조선은 16세기에 이르러서는 수입한 사상과 이념, 제도를 토착화시키고 공고히 하는 데 성공한다."

"…이때 만들어진 조선사람의 특징 중 아직도 남은 것은 '친족중심주의'다. 친해지다의 친, 가까워지다, 친해지다는 가족이 된다는 뜻이다. 호칭을 보면 그렇다. 형, 언니, 누나, 오빠, 아저씨, 아줌마, 군사부일체 … 한국인의 인간관을 형성한다. 모든 사람을 가족으로 소급 환원시키는 친족주의. 삼강오륜의 집약체이다. … 한국 사람은 중국사람보다 더 유교적이다. … 한국사람의 도덕률은 주자학에 기반하고 있다. 인의예지와 같은 추구해야 할 가치관은 물론 인간의 심리 역시 희로애락이라는 주자성리학의 이론과 개념에 따라 이해한다. … 이런 사고방식과 가치관을 표현하기 위해서 중국의 고전과 고사를 인용하고 고사성어를 즐겨 사용한다. 지금도 한국사람의 정체성 형성하는 기본 축의 하나다."

역사를 공부하면서 배운 것 중 하나는 고정된 문화는 없다는 것이다. 그렇다면 지금 현재의 문화도 영원불변한 것이 아니고, 상황에 따라 바뀔 수 있다. 또한 우리에겐 혁명적으로 변화한 선례가 있다. 이미 조선시대에 그런 혁명적 변화가 있었다. 이 시대의 글로벌 스탠다드가 무엇인지, 무엇이 보편적인 질서인지를 잘 파악하고 따르면 사회변화도 성공적으로 이룰 수 있다. 통일이 그런 계기가 될 수 있을까? 그렇게 되기를 기대하고 연구하는 중이다.

2부 '친중위정척사파'의 결론 부분

(382~392쪽) "위정척사 사상과 쇄국정책의 기원은 16세기 말~17세기 초의 명청 교체기로 거슬러 올라간다. 청의 대륙정복은 숭명반청 정책을 고수하던 조선에게는 재앙이었다. 명을 비판하는 것은 사문, 즉 문명 자체를 거부하는 난적만이 감히 할 수 있는 일이었다. 이때부터(17세기 이후) 조선은 세계사의 주류에서 이탈한다. ⋯ 위정척사파가 지키고자 한 것은 천하였다. 국가는 천하의 일부분이었다. 천하는 문명을 뜻했고 국가는 구체적인 정치 단위였다. 천하는 관념이었지만 그렇기 때문에 영원불변했다. 반면 국가는 구체적이지만 필연적으로 흥망성쇠하는 한시적 단위였다. ⋯ 추구해야 할 것은 국가가 아닌 천하다. 목표는 국가를 천하로 만드는 것, 즉 정치와 권력의 단위인 국가를 문명과 도덕의 단위인 천하로 만드는 것이다. ⋯ 조선이 소중화의 역할을 자임하여 영원불변한 천하의 도를 끝까지 지키고자 하기 때문이다. ⋯ 나라를 잃을지언정 천하의 도를 버릴 수는 없었다."

"⋯ 한국민족주의는 조선문명에 대한 거부에서 출발한다. 민족이 모든 것에 우선하는 궁극적인 가치로 자리 잡기 위해서는 조선이 추구했던 중화주의를 버려야 했다. 위정척사파는 근대화에 실패한 것이 아니라 근대화를 거부했다."

송시열은 기축봉사에서, 나라를 살리기 위해 문명을 버리는 것은 구차하게 보존하는 것이고, 대의명분을 지키기 위해서는 나라가 없어지는 위험까지도 감수해야 한다고 했다. 지금 우리가 생각하는 국가 중심의 사고와는 판연히 다르다.

여기서 이념의 위험성을 본다. 천하는 무엇이고 문명은 무엇인가? 내 삶이 소중하고 공동체의 삶이 소중하다. 국제정세도 중요하다. 인간은 사회에서 벗어나 홀로 떨어져 살 수 없기 때문이다. 주변을 둘러보지 않는 주장, 현실에 도움이 되지 않는 주장은 조심할 일이다.

함재봉(2017). 한국사람만들기 1. 아산서원.

회복력시대, 자유의 재구성

(95~97쪽) **5장 궁극의 약탈: 지구의 권역, 유전자풀, 전자기 스펙트럼의 상품화**
봉건사회에서 재산은 오늘날 우리가 이해하는 것과 달랐다. 지구가 하느님의 창조
물이며 아담과 하와의 후손들에게 맡겨졌다는 견해를 교회가 견지했다. 그에 따르
면 저 높은 천국에서 교회를 맡은 하느님의 사도에 이르고 거기에서 다시 왕과 군
주, 영주, 농노에 이르는 의무와 책임의 내림차순 계층 구조에서 당신의 양들에게
당신이 소유한 것 중 일부를 사용할 권리를 부여한다. 이런 구도에서는 재산관계
보다 점유관계가 우위일 수밖에 없었다. 오늘날 우리가 생각하는 방식으로 재산을
소유한 사람은 없고, 모두 주님이 내림차순으로 물려주신 창조물의 일부에 대해 점
유권을 행사할 뿐이었다. 토지 매매는 봉건 유럽에서 중요한 구실을 하지 않았다.
18세기에 봉건적 점유관계가 무너지기 시작하면서 초기 자본주의 체제가 펼쳐
짐에 따라 사적 소유권이라는 현대적 개념이 부상했다. 존 로크(John Locke)는
1690년에 펴낸 『시민 정부에 관한 두 가지 논고』에서 재산에 대한 전면적 재고의
철학적 토대를 제공했다. 로크는 사유재산권이 빼앗을 수 없는 자연권이라고 주장
하면서 하느님이 에덴동산의 아담과 그의 모든 후손에게 하느님의 지상 왕국과 거
기 사는 모든 피조물은 물론이고 지구가 낳는 풍성한 과실에 대한 지배권을 약속했
다고 확언했다. "하느님께서 인류에게 공동의 세상을 주셨을 때 사람도 노동을 하
라고 명하셨고, 사람의 형편이 궁핍해서 노동이 필요해졌다. 하느님과 그분의 이
성은 인류에게 땅을 정복하라고 명하셨다. 즉, 살기 위해 그것을 개간하라고 인간
에게 명하시고, 그 안에 온전히 그의 것인 노동을 두셨다. 하느님의 명령에 순종한
인간은 땅의 특정 부분을 정복하고 경작하고 씨를 뿌림으로써 거기에 다른 사람은
권리를 가질 수 없고 해를 끼치지 않고는 그에게서 빼앗을 수도 없는 자기 재산이
라는 무언가를 더했다."

존 로크의 이 말은 그 시대의 생각이다. 당시의 경제, 사회환경을 기준으로 소유권을 설명하는 하나의 주장이다. 당대에 그것이 타당했겠지만 330년이 지난 지금은 다를 수 있다. 나는 달리 보아야 한다고 주장한다. 지금이라면, 하느님은 자연의 권리를 존중하면서 더불어 살아가야 하고, 땅은 모두의 것이고, 재산에 대한 사회적 제약을 인정하고 함께 살아가야 한다고 명령하실 것 같다.

로크는 가치 있는 재산으로 탈바꿈하기 전까지 자연은 쓰레기라고 보았다. "노력으로 토지를 독차지하는 자는 인류의 공유 자산을 줄이는 것이 아니라 늘리는 것이다. … 토지에 가장 큰 가치를 부여하는 것은 노동이기 때문에 노동이 없으면 토지의 가치가 거의 없다."

이러한 로크의 주장은 영국의 거친 자연환경을 전제한 것일 수도 있다. 주변이 거친 들판이라면 이런 주장이 나올 수도 있다.

로크는 지구의 공유지에 대한 지배를 신의 위대한 존재 사슬을 토대로 '함께 지는 의무'에서 인류 공동체의 방해 없이 지구의 일부를 소유할 수 있는 각 '개인의 권리'로 바꿨다. … 진보의 시대에 우리 종은 생명체가 출현하고 진화하는 지구의 기초를 구성하는 이 중요한 권역들을 손에 넣고 효율성이라는 명분으로 상업적 착취를 위해 조작할 수 있는 자산으로 만들어 버렸다. 그 결과 우리는 '되로 주고 말로 받는' 상황에 직면하고 있다.

시대별로 처한 환경이 다르기 때문에 고민도 다르고 해결방법도 다르다. 변법해야 할 이유이고, 기존의 관념을 거부할 명분이기도 하다. 기왕의 권위는 존중하되 따를 필요와 의무는 없다.

(288~290쪽) **자유의 재구성: 자율성 대 포용성**

봉건시대에 농노는 토지에 종속되어 있었고 달아날 수도 없었다. 영주의 소유물로서 오로지 영주에게 안전을 보장받는 한편 충성을 바쳐야 했다. … 15세기 영국에서 시작된 인클로저는 토지와 사람의 관계에 근본적인 변화를 불러왔다. 영국은 법 제정을 통해 지역의 영주가 토지의 일부를 매각할 수 있도록 허용함으로써 토지를 부동산으로 전환하고 판매 가능한 상품의 하나로 만들면서 그 위상을 떨어뜨렸다. 이 과정에서 농노들은 살던 곳에서 한꺼번에 방출되었고, 이런 현상이 유럽 전역으로 퍼져 나갔다. 쫓겨난 농노들은 노동을 제공한 대가로 보상을 받는 자유계약이 허용되면서 산업 노동자의 출현을 알렸다. 봉건적 주종관계가 무너진 자리를 개인의 자유가 채웠다. … 새롭게 떠오르는 시장에서 노동을 교섭하고 계약하는 법을 배워야 한다는 것은 그들에게 어떤 의미였을까? 자유는 자율성을 동반했다. 진보의 시대 자유는 부정적 자유였다. 배타적 권리와 자급자족의 권리, 타인에게 예속되지 않으며 혼자만의 섬 같은 존재가 될 수 있다는 의미였다. … 현재의 청년세대들에게는 이런 전통적 자유개념은 점점 낯선 것으로 여겨진다. 이들은 소유권에서 접근권으로, 가치의 교환에서 가치의 공유로, 시장에서 네트워크로, 독점에 대한 집착에서 포용성에 대한 열정으로 전환되는 세상에서 성장했다. … 디지털로 연결된 인류에게 자유란 자율성과 배타성이 아니라 접근성과 포용성이다. 이들은 플랫폼에 참여할 수 있는 접근성 정도로 자신의 자유를 판단한다. 디지털 세대에게 자유롭다는 것의 의미는 자신의 삶과 안녕을 위해 신세 지는 지구상의 모든 풍부하고 다양한 주체들과 함께 참여할 수 있다는 것이다. 이것이 바로 모든 구성원의 신체적, 정신적 건강과 자유까지 전 세계적 디지털 공유 자산으로 축적하는 사회적 자본일 수밖에 없는 오늘날 부상하는 자유의 개념이다. 접근성과 포용성의 자유는 '동료 시민 정치'의 정치적 근간이다.

　　자유의 개념을 다시 정의할 필요가 있다. 존 스튜어트 밀의 자유론을 공부하면서 그런 생각을 했고, 이 책에서 또 그런 생각을 한다. 사람은 환경이 달라지면 생각을 바꾸어야 한다. 지금의 환경은 과거와는 다르다. 그것에서 출발해야 한다. 최근 한국사회에서 문제가 된 '노 키즈

존'의 문제도 내가 접근할 수 있는 식당을 제한한다는 의미에서 자유권의 침해로 볼 수 있다. 접근권을 제한하는 것은 타인의 권리 침해다. '노키즈 존' 현상을 설명하기가 어려웠는데, 이 책을 보면서 답을 찾았다.

> (358~361쪽) **집으로**
> 지금까지 여정은 길고도 짜릿하면서 우여곡절이 많았다. 지금, 지구상 존재의 종말을 감지하는 바로 이 순간에 이르러 우리는 집으로 돌아가는 길을 찾기 시작했다. 하나의 생물 종으로서 보편적 친밀감을 느끼고 경험하며 지구 생명력과 하나가 되는 생명에 의식을 자각하고 있는 것이다.

어떤 글들은 결론 부분에서 자기의 신념이나 주관을 주장하게 된다. 나도 가끔 그렇다. 통일에 대한 글을 쓰다 보면 현실을 인식하고 장래에 할 일의 우선순위를 정할 때 나의 주관이 강하게 드러난다. 그것 때문에 연구를 하는 것이기도 하고, 어쩔 수 없기도 하다.

> 인공적으로 고안된 환경 속 생활이 주는 안정감은 언제나 환상에 지나지 않았고, 이제 가상 세계와 메타버스의 생활도 별반 다를 게 없음이 드러나고 있다. 우리는 조상들의 거주지에서 스스로를 소외시키며 자율적 존재를 확보했다는 착각에 빠져들었고, 결국 이제 그 어리석음의 대가를 치르게 되었다. 지구온난화 배출물의 엔트로피 청구서와 지구 역사상 여섯 번째 대멸종이라는 대가 말이다. 그래도 우리가 얻을 교훈은 있다.
> 기후변화와 점점 증가하는 글로벌 팬데믹은 이 세상에서 우리가 하는 모든 행동이 다른 모든 것에 밀접한 영향을 미치고 그 반대의 경우도 마찬가지라는 사실을 우리에게 가르치고 있다.

불교의 인연법, 연기법과 같은 생각이다. 네가 있어 내가 있고, 내가 있어 네가 있다.

이제 우리는 어떤 인간도 혼자만의 섬이 될 수 없고 완벽한 자율적 행위자도 될 수 없으며, 어떤 식으로든 다른 모든 생명체와 지구 권역의 역학에 의존하는 존재가 될 수밖에 없다는 사실을 깨달았다. 타협의 여지가 없는 이 현실은 생명애 의식, 즉 생명에 대한 심오한 공감적 공명의 느낌을 촉진하는 원동력이 되었으며 우리의 미래가 걸린 지금은 더더욱 그렇게 되고 있다.

사람과 자연 사이도 연결되어 가는데, 하물며 남북한 주민의 연결은 당연하다. 이렇게 당연한 연결을 가로막는 것은 부자연스러운 것이다.

제러미 리프킨 저·안진환 역(2022). 회복력 시대 (The Age of Resilience :Reimagining Existence on a Rewilding Earth). 민음사.

법률이 무슨 짓을 할 수 있는가

법률이 무슨 짓을 할 수 있으며, 그 끝은 어디인가, 그리고 인간은 믿을 수 있는가라는 질문에 부정적인 답변을 하게 만드는 책이다. 수권법으로 알려진 법률 소개부터 시작한다.

1933. 3. 24. 인민과 제국의 위난제거를 위한 법률로 제정된 **'입법권한수여법률'**은 5개 조문의 간단한 법률이다. 제1조 "법률은 헌법에 규정된 절차 외에도 제국정부에 의하여 의결될 수 있다."는 단순한 조항이다. 이어지는 후속법률은 코미디인가 싶기도 하다. 1933. 4. 7. **직업공무원제의 재건을 위한 법률** 제1조 "국가직업공무원제의 재건과 행정의 단순화를 위하여 공무원은 해임에 필요한 요건이 충족되지 않을 때에도 해임될 수 있다." 제3조 제1항 "아리아혈통이 아닌 공무원은 퇴직처분된다." 제4조 "지금까지의 정치적 활동에 비추어 그가 언제든지 망설임 없이 민족국가를 위하여 봉사할 것을 보증하지 않는 공무원은 복무에서 해임될 수 있다."

이런 무지막지한 주장도 현실이 될 수 있다. 역사가 보여주는 바이다. 인간이란 어디까지 추락할 수 있는가? 철학자의 나라 독일에서 이런 일이 일어났다면 어딘들 가능하지 않겠는가?

1933. 4. 7. **변호사허가에 관한 법률** 제1조 "아리아 혈통이 아닌 변호사의 등록이 1933. 9. 30.까지 취소될 수 있다." 제3조 "공산주의의 목적으로 활동한 사람은 변호사허가에서 배제된다. 이미 내려진 허가는 취소된다."

변호사를 특정하여 배제시킨 것은 역설적으로 법률가를 먼저 견제해야 할 필요성이 있었고, 법률적 조치로 독재를 이어가는 데 법률가들이 방해가 된다고 본 것 같다. 그렇다면 다시 역설적으로 법률가들은 이런 유형의 법제정 저지를 위해 노력해야 할 의무가 있다.

공산주의도 공격 대상이었다. 1933. 5. 26. **공산주의 재산의 몰수에 관한 법률** 제1조는 "주정부는 독일공산당과 그의 협력조직 또는 대체조직의 물건과 권리, 그리고 공산주의운동을 지원하기 위하여 사용되거나 지정된 물건과 권리를 주의 이익을 위하여 몰수할 수 있다." 포괄적인 규정이다. 공산당이라고 지목당하면 몰수에서 벗어나기 어려웠을 것이다. 후속규정은 점입가경이다.

1933. 7. 14. **신당창당금지법률**, 같은 날 **인민과 국가에 적대적인 재산의 몰수에 관한 법률**은 이름만 법률이지 사실상 선언이다. 나는 이렇게 하겠다는 무지막지한 선언이다. 1933. 10. 13. **법평화의 보장을 위한 법률**, 이름만으로는 짐작되지 않는다. 뭔가 음흉한 것이 숨겨졌으리라 짐작할 뿐이다. 법조문은 3개 조항뿐이다. 단순한 것, 그러면서 무식한 것, 아니 무식하지 않은 독선적인 것이 더 무섭다. 제1조 "법관, 검사, 형사, 국방군, 친위대 등의 사람을 정치적 동기 또는 그의 공직이나 직무활동을 이유로 살인을 기도하거나 그러한 살인을 청부하는 사람은 사형, 종신형이나 15년 이상의 중징역형에 처한다." 제2조는 국가를 위태롭게 할 목적에서 국내에 인쇄물을 반입하려고 기도한 사람은 5년 이하의 중징역형에 처한다. 법집행자를 건드리지 말라는 명령이자 언론의 자유를 봉쇄하는 내용이다. 독재자가 자신의 의도를 실현해 나가는 과정이 그대로 드러난다. 후세의 누가 따라 배울까 걱정된다. 다행스러운 것은 책의 뒷부분에서 이 법률들의 효력이 상실된다는 점이다. 약 12년간의 광기의 시절이 끝나고 다시 법치의 시대가 되었다. 변화의 시작은 정치행위다. 1945. 5. 8. 군사항복문서, 1945. 9. 20. **민족사회주의법의 폐지에 관한 연합국 관리위원회 법률** 제1호 제1조는 "이 법률에 의하여 민족사회주의정권의 정치적 성격의 법률과 하위법령은 명시적으로 폐지된다."고 하였는 바, 그 목록

이 길고 자세하다. 책 말미에 제3제국(1933~1945년)의 법령 연대표가 있다. 매년 수많은 법률이 제정되고 개정되었다. 형식적으로는 법에 의한 통치를 한 셈이다. 1933년 71개 법률, 1934년 40개 법률, 1935년 65개 법률…

독일의 경험을 기억하자. 장래 통일한국에서 반 법치주의적 법률을 폐지하는 데 참고할 수 있다.

이진기(2022). 나찌의 법률: 악마는 가만히 온다. 박영사.

역사 앞에 눈감은 법률가는 위험하다

권력의 이양, 제국 대통령 힌덴부르크에서 아돌프 히틀러로 권력이 이양되자, 환호와 두려운 침묵이 뒤섞인 분위기 속에서 국가변혁 작업이 본격화되었다. … 의회민주주의가 헌법이 없는 지도자(총통)국가로 탈바꿈했다. 이 모든 일이 불과 24개월 이내에 사실상 아무런 저항조차 없는 가운데 벌어졌다. … 공산주의자와 사회민주주의자의 퇴출, 유대인 추방(특히 변호사와 의사 직역에서) … 당시 독일에서 유대인은 전체 인구의 1% 정도였지만 대도시인 베를린과 프랑크푸르트의 변호사는 유대인 출신이 다수였다. 1930년대 초반 독일 전체 변호사는 1만 9,500명이고 그중 유대인은 4,394명으로 약 22%였다. 의사 중에도 유대인이 많았다. 그 이유는 1215년 제4차 라테라노 공의회 제69조에서 "유대인들은 공직에 임명되지 못한다"고 정한 이래 유대인들이 주로 의사, 변호사, 작가, 출판인, 상인 등 자유직업이나 독립적인 직업을 추구했기 때문이다. 법학교수의 경우 1932년 독일 전체 378명의 교수 중 120명이 인종적인 이유로 면직당했다. (171~172쪽)

'정신적 참수', 러시아어 포그롬(pogrom)은 제정 러시아에서 경찰의 선동과 조종으로 벌어졌던 조직적인 약탈과 학살을 뜻한다. 독일과 오스트리아 전역에서 벌어진 1938년 11월의 포그롬으로 인해 300명의 유대인이 목숨을 잃었고 유대인이 운영하는 상점 및 공동묘지가 파괴되고 약 3만명의 유대인이 집단수용소에 감금되기 시작했다. 11월 9일과 10일 사이에 상점과 회당의 유리창이 깨졌다고 해서 '수정의 밤(Kristallnacht)' 사건으로도 불린다. (173쪽)

모든 것이 멈춰서 버린 '제로의 시간(Stunde Null)'으로 자주 인용되는 1945년의 상황은 항복문서들과 베를린 선언 및 포츠담회담 문건들에 기록되어 있다. … 동서독의 학자들은 '독일의 법적 상황'을 나름 해석하기 시작했다. 법적 주체로서 독일은 사멸했는가? 독일의 국가권력이 지배해온 지역은 축소되었고 국가권력은 해체되거나 점령세력에게 이양되었으며 설령 존재한다 하더라도 마비되어 행위 불

능의 상태였다. ··· 전승국들도 당시 냉전 국면에서 '독일의 문제'를 그대로 남겨
두고 독일이 계속 존재할 것이라 가정하는 편이 더 낫다는 데 의견이 일치했다. ···
초기의 대립은 1969년 '접근을 통한 변화' 정책과 정세 변화로 약화되었다. '독일
문제'는 유럽사에서 1806~1990 독일 통일을 둘러싸고 국경과 영토 내 질서를 포
함해서 그간 미해결 상태로 상이한 형태로 반복해서 불거져온 해묵은 여러 문제를
총칭해서 일컫는 말, 현실적으로는 구 독일제국과의 연속성 여부, 서 베를린의 법
적 지위 등의 문제가 있었다. 1990년의 통일과 함께 독일문제가 해결된 것으로 간
주된다. (197~201쪽)

기본법이 탄생하는 과정에서 헌법 및 행정법 관련 법률가들은 전문가 역할을 떠
맡았다. 다만 헌법 제정 자체는 정치권의 수중에 놓여 있었다. ··· 1949년 5월 23
일 축제분위기 속에서 기본법이 공포되었다. 일반 대중은 이 헌법을 잠정적인 것
으로 여겼다. 서독 헌법의 아버지들은 통일된 국가의 완전한 헌법이 아니라 분단
된 반쪽짜리 국가의 불완전한 헌법이라는 현실 인식 속에서 향후 통일 시점까지 잠
정적으로 적용된다는 의미에서 헌법(Verfassung)이라는 명칭에 갈음하여 기본법
(Grundgesetz)이라는 명칭을 사용했다. (209~210쪽)

법치국가가 의미하는 바는 본질적으로 명확했다. 법관의 인적·물적 독립, 예외법
원과 특별법원의 설치 금지, 이중처벌의 금지, 자의적인 자유 박탈로부터의 보호,
방어권의 보장, 행정법원을 통한 자의적인 국가 작용으로부터의 보호였다. 국가는
인권과 시민권을 존중하고 헌법 자체에서 정당성을 도출할 수 있는 범위 내에서만
법적 근거에 따라 개입할 수 있어야 한다. 이는 '다시는 안 된다(never again)'라는
슬로건과 함께 국가권력을 법제화하는 거대한 프로그램이었다. (218쪽)

사회법은 오랫동안 법 실무가 지배하는 영역으로 남아왔다. 공적 사적인 생계 배려
(사회구호), 아동과 청소년 지원, 전쟁 희생자 지원 등 서로 이질적인 부분들이 아
직 완성되지 못한 채로 사회법에 뒤늦게 합류했다. ··· 1960년 이후에 사회법을 여
러 목적들이 결집된 것으로 간주하게 되었다. 이 목적들이 바로 미래를 위한 배려,
연대의식에 바탕하는 상이한 생활 형편의 균등화, 인간의 존엄성에 근거한 최저생
계의 보장이다. 다양한 사회 급부들이 서서히 하나의 전체로 통합되고, 헌법에서

> 이를 요청하고, 법원의 판결을 통해 활자화되고, 정치계가 별도의 독자적인 사회예산 항목을 편성하기 시작했다. 1976년에 착수한 후 한 세대가 지나서야 '사회법전(Sozialgesetzbuch)'이 완성되었다. (252~256쪽)

　　역사 앞에 눈 감지 않으려면, 무엇을 어떻게 해야 하나? 무서운 질문이지만 피할 수도 없다. 독일은 우리나라가 참고할 점이 많은 나라다. 그들이 겪었던 혼란을 조금이라도 줄이려면 그들의 역사를 공부하고 연구해야 한다. 통일과정은 평시와 다를 것이다. 그때는 법의 역할이 더욱 중요하다. 법치국가 원칙을 통일과정에서도 일관되게 유지하는 것, 사회연대 원리를 법률에 반영하는 것, 이런 일들은 법률가들이 해야 할 일이다. 후 세대에게 비난받지 않도록 선대의 노고 덕분에 통일한국이 복지국가가 되었다는 말을 듣도록 노력하자.

미하엘 슈톨라이스 저·이종수 역(2022). 독일 공법의 역사: 헌법 행정법 국제법의 과거 현재와 미래, 16세기부터 21세기까지. 푸른역사.

지위와 재산은 평등해야 한다

　　고전을 소개하면서 명언을 한 구절씩 적었다. 강렬한 인상을 주는 구절을 읽으면 감동받을 때도 있다. 책의 내용 중에서 기록하고 싶은 것이 있어 메모하였다.

*지위와 재산은 상당히 평등해야 한다. 안 그러면 권리와 권위의 평등은 오래 지속될 수 없을 것이다. (장 자크 루소)

아일랜드는 개헌을 위해 정당에서 지명한 의원 33명, 추첨으로 선발한 시민 66명, 정부가 임명한 의장 1명 등 총 100명으로 구성된 헌법회의 Constitutional Convention을 2012. 12.에 설립해 2014. 3.까지 성공적으로 운영했다. 2013년 한국의 녹색당은 100퍼센트 추첨을 통해 대의원을 선출했다. 전국 16개 시도별로 지역, 성별, 연령을 고려해서 30명당 1명씩 모두 134명, 소수자 부문에서 청소년과 장애인을 각 3명씩 뽑았다. (53쪽)

*사람이 권력을 남용하지 못하게 하기 위해서는 사물의 본질에 따라 권력이 권력을 저지하도록 해야 한다. (몽테스키외)

몽테스키외는 투표를 하면 당쟁이 생긴다는 우려에 대해 반박한다. "공화국의 불행은 오히려 당쟁이 없어졌을 때다. 그것은 인민을 돈으로 타락시켰을 때 생긴다. 인민은 무관심해지고 돈에 집착하게 된다. 국가의 일에 애착을 느끼지 않는다. 통치나 그와 관련하여 문제가 되는 사항에는 관심을 갖지 않고 조용히 그 대가만을 기다린다." (101쪽)

*인간은 폭정으로부터 벗어날 권리뿐만 아니라 그것을 예방할 권리도 가지고 있다. (존 로크)

*범죄를 처벌하는 것보다 범죄를 예방하는 것이 더 바람직하다. 이것은 모든 훌륭한 입법의 근본목적이다. (체사레 베카리아)

*설령 단 한사람만을 제외한 모든 인류가 동일한 의견이고, 그 한 사람만이 반대 의견을 갖는다고 해도 인류에게는 그 한 사람에게 침묵을 강요할 권리가 없다. (존 스튜어트 밀)

*어떤 국가도 다른 국가의 체제와 통치에 폭력으로 간섭해서는 안 된다. (임마누엘 칸트)

영구평화를 위한 제1의 확정조항: 모든 국가의 시민적 정치 체제는 공화정체이어야 한다. 칸트는 공화정체를 입법부로부터 집행권을 분리시키는 정치적 원리로 이해한다. 또한 대의주의 형태를 취해야만 공화정체가 가능하다고 파악한다. "전쟁을 해야 할 것인가 또는 해서는 안 될 것인가를 결정하려면 국민들의 동의가 필요한데. 이때 국민은 자신의 신상에 다가올 전쟁의 재앙을 각오해야 하기 때문에 그런 나쁜 경기를 감행하는 데 무척 신중하리라는 것은 너무나도 당연하다. … 공화제가 아닌 체제 속에서는 전쟁 선포를 결정한다는 것은 지극히 손쉬운 일이다. 왜냐하면 이때 지배자는 국가의 한 구성원이 아니라 소유자이며, 전쟁으로 인해 식탁의 즐거움이나 사냥, 궁전의 이전, 궁전의 연희 등등에 최소한의 지장조차 받지 않기 때문이다."
제2의 확정조항:국제법은 자유로운 국가들의 연방체제에 기초하지 않으면 안 된다.
제3의 확정조항: 세계 시민법은 보편적 우호의 조건들에 국한되어야 한다. 우호란 손님으로서의 대우를 뜻한다. 한 이방인이 낯선 땅에 도착했을 때 적으로 간주되지 않을 권리를 말한다. 이방인에게 영속적 체류를 요구할 권리는 없지만 일시적인 방문의 권리, 교제의 권리가 있다. "그(외국인)가 평화적으로 처신하는 한, 그를 적대적으로 다루어서는 안 된다." (445쪽)

칸트의 주장은 레비나스의 타자의 윤리학과 연결된다. 국경 간 이동이 많은 유럽에서 발생한 개념으로 현재의 한국에 적용하기에는 어려움이 있으나 최근의 다문화 외국인, 난민 증가현상에서는 중요해지는 생각이다. 통일과정에서 북한주민을 어떻게 대할 것인지도 문제다. 북한주민을 손님으로 대우해야 한다. 그들이 평화적으로 처신하는 한, 그들을 적대적으로 다루어서는 안 된다. 오랜 기간 떨어져 살던 형제로 대우하자. 나의 일방적 주장이 아니라 철학적 근거가 있는 말이다.

조국(2022). 조국의 법고전 산책(열다섯 권의 고전, 그 사상가들을 만나다). 오마이북.

중국특색 사회주의

저자는 1928년생으로 중국인민대 법리학 교수이고 마르크스주의 법리학 창시자이다.

> **'사회주의 초기 단계에서 시장경제의 특성'**
> 계획과 시장은 수단이고 사회주의는 시장경제가 필요하다. "왜 시장이 자본주의이고 계획만이 사회주의라고 말하는가? 계획과 시장은 둘 다 방법이다. 생산력 발전에 좋은 것이라면 이용할 수 있다. 그것이 사회주의를 위해 봉사하면 사회주의이고 자본주의를 위해 봉사하면 자본주의다." (242~247쪽)

시장경제를 받아들인 논리가 흥미롭다. 등소평의 주장은 실리적이다. 필요하면 가져다 쓴다는 사고방식인데 유연하다.

> 중국 시장경제의 사회주의적 특성이다. 소유권 구조에서 공유제를 주체로 하고 국유경제를 주도한다. 분배관계 측면에서 노동 분배 위주로 하되 다양한 분배형식을 병존시킨다. 강력한 국가거시경제조정체제를 가진다. 자본주의의 극단적인 개인주의를 반대한다. 인민민주독재의 국가정권은 시장경제가 사회주의적 방향을 따라 발전하도록 보장한다.

결국 공유경제가 주체적 지위를 차지하며 함께 부유해지는 노선을 가진다는 주장이다. 소유권과 통제력이 핵심인 것 같다. 북한도 이 길을 갈 수 있을까? 강력한 국가정권을 가지고 있으니, 소유권을 공유제로 유지하면서 중국이 걸어간 길을 갈 여건은 되는 것 같다.

시장경제, 법치주의가 당연한 것처럼 여겨지는 남한 사회에서 중국의 경제와 법치를 이해하기 위해 넘어야 할 과정이다.

모두에게 불리하다. 국가통일을 이룩하는 것은 민족의 희망이고 백 년 동안 통일되지 않으면 천 년이 걸리더라도 통일해야 한다. 이 문제를 해결할 방법은 오직 '하나의 국가에 두 종류의 제도'를 실행하는 것뿐이다." (501쪽)

등소평의 말은 씩씩하다. 분열과 통일을 반복한 중국인의 경험이 깔려있다. 우리도 참고할 점이 많다. 일국양제 구상은 국가의 충돌완화의 정치적 기능과 역할을 깊이 이해하는 데 도움이 된다. 일국양제는 한 국가 내에서 평화공존 사상의 창조적 운용이다. 남북한에도 적용할 수 있을지, 과도적으로 적용할 수 있을지 살펴볼 일이다.

쑨궈화 저·최용철 외 역(2023). 중국특색사회주의 민주법치에 관한 연구. 법문사.

제도가 중요한 이유

왜 제도가 핵심인가

애덤 스미스의 논리와 이를 발전시킨 신제도학파 성장이론의 4가지 주장이다. 첫째, 국부 증가에 가장 중요한 제도는 노동의 성과를 개인이 향유하도록 보장하는 제도이다. 둘째, 이러한 제도는 개인에게 너무도 강력한 인센티브이므로 이것만으로도 수많은 부적절한 방해를 극복하게 하는 원동력이 된다. 셋째, 이런 제도가 확실하게 법으로 보장된다면 다른 불합리한 상업규제는 크게 문제가 되지 않는다. 넷째, 개인의 번영은 국가경제의 성장으로 연결된다. (47~48쪽)

현재의 북한에도 적용할 수 있는 문제다. 특히 첫째와 둘째를 법과 제도로 보장하는 방향으로 변화한다면 성과를 얻을 수 있을 것이다. 중국과 베트남이 그런 길을 먼저 걸었다.

초기 제도의 위기와 개혁의 실패

임진왜란 전의 국가개혁론, 이이는 임진왜란 9년 전에 조선 제도의 문제를 명확하게 지적했다. 개혁의 필요성: 제도가 오래되면 여러 폐단이 생기니 제때에 개혁해 보완해야 한다(이른바 변법이다. 분단 79년, 경협 33년의 경험을 통해 제도를 변화시켜야 한다). 지도자의 결단 부족: 선조가 문제의 실상을 알고 있으면서도 결단을 내리지 못하고 있다. 각론 미비: 조선의 제도는 총론 위주로 큰 강령만 만들어졌고 세부 규정이 아직도 갖춰지지 않았다. (90~92쪽)

북한문제도 마찬가지다. 세부 규정, 하위 규정이 만들어지고 일단 만들어진 규정은 준수되어야 한다. 그래야 예측가능성이 생기고 신뢰가 형성된다.

대동법의 확대와 성과

대동법은 1708년 전국에 걸쳐 시행되면서 정치 경제적으로 막대한 영향을 미쳤다. 대동법이 이룩한 성과는 다음과 같다. 종전에는 호별로 부과하는 분명한 기준이 없었는데 대동법에서는 1결당 쌀 12두라는 단순 명확한 과세기준을 설정했다. 대동세는 공물과 대부분의 진상을 흡수하고 요역과 대부분의 잡세를 포괄해 조세체계를 대폭 단순화했다. 대동법에 규정된 것 이외에는 공물과 요역을 징수하지 않게 되어 조세법정주의에 접근했다. 종전에는 지방 관청에서 지방 행정 경비로 충당하기 위해 공물의 징수에 여러 명목의 잡세를 부가해 징수했는데, 대동세의 상당 부분을 지방 재정에 충당하도록 허용해 지방 재정의 제도화를 촉진했다. 납세자 부담이 공평해졌고 방납인과 관리에 의한 중간 수탈을 막을 수 있어 백성의 부담은 줄고 재정은 과거보다 더 충실해졌다. 토산물의 공납 대신에 물품 화폐와 금속화폐로 징수하게 되자 향리의 자의적인 수탈을 막아 생산이 발전되고 시장이 확대되었다. (128~130쪽)

대동법은 조선 최고의 제도 혁신 사례다. 오랫동안 관행으로 중간 착취하던 사람들은 새로운 제도가 많은 백성에게 유리하더라도 자기의 기득권이 침해된다고 판단되면 갖가지 명분을 내어 집요하게 반대했다. 관행화된 지대추구 행위를 폐지하는 것은 혁명적인 개혁을 전제하지 않으면 어려운 일이다. 자신이 누리던 기득권 침해에 저항하는 행태는 인간의 본성이고 동서고금을 막론하고 다르지 않다.

정병석(2016). 조선은 왜 무너졌는가. 시공사.

만 번 죽어야 할 처지에서 올린 글

우리나라에서 대규모로 해외 파병을 했고 그 전쟁에서 패전한 역사가 있다. 그때의 경험을 수용하지 못했다. 충언이 있었으나 무시되었고, 거듭된 잘못으로 나라가 망하고 백성들이 피폐했다. 역사를 공부하고 배울 일이다. 저자 이민환(1573~1649)은 1618년(광해군 10) 명나라에서 군원을 요청하자 원수 강홍립의 막하로 출전하여 부차싸움에서 패하여 청군의 포로가 되었다. 17개월 동안 청나라의 항복 권유를 물리치고 1620년에 석방되었으나 무고를 받아 4년간 평안도에서 은거생활을 했다. 문집으로 자암문집이 있다.

후금방어대책

나는 만 번 죽어야 할 처지에서 망령되이 가슴속에 품은 회포가 있어 삼가 여섯 조목으로 나누어 다음과 같이 열거한다(이런 경험을 존중해야 한다).

첫째, 산성 수축, 마땅히 변방의 요해처 가운데 적병이 공격할 만한 지형을 잘 선택하여 험한 곳에 성을 쌓고 군량을 많이 비축하여 필사적으로 지킬 계획을 세워야 한다. 둘째, 군마 육성, 지금 민간의 암말을 모두 모아 목장에 풀어놓고 감목관을 잘 선임하여 제대로 번식하도록 해야 한다. 수망아지는 서너 살이 되지 않을 때 몰아내 거세를 해야 한다. 건실하고 잘 달리는 말을 골라 모두 갑사에게 지급해 사육하고 잘 조련해 전투에 합당하도록 만든다면 10년이 지나지 않아 기병이 융성하게 되어 적을 막을 수 있을 것이다. 셋째, 군사의 정예화, 큰 상을 내리면 반드시 사력을 다하는 군사가 나온다. 만약 사람들로 하여금 변경 방어에 나가지 않으면 평생 안락과 현달을 이룰 수 없고 죽어서는 처자식을 보호할 수 없다는 사실을 알게 한다면 반드시 군대에 다투어 들어가려고 할 것이다. 전국에 명을 내려 사족이나 공노비, 사노비, 잡류를 따지지 말고 건장하고 무예에 재능 있는 자들을 정밀하게 선발하고 부역이나 조세를 일체 부담하지 않게 함으로써 그 처자식의 생계를 안정시켜야 한다. 변방에 투입한 후에는 의복과 양식을 넉넉히 주어서 따뜻하고 배부르게 하며 절대로 졸병이 하는 일을 시키지 말고 날마다 말을 타고 전투하는 훈련을 할 일이다. 넷째, 변방 군사 육성, 평안도 변방의 여러 고을에서 받는 조세나 부역은 감영과 병영에서 받는 것이거나 여러 진과 고을에서 받는 것이거나 일체 감면해 주어야 한다, 수령과 변장으로 하여금 무예를 조련하고 성곽을 보수하는 일 외에 '가혹하게 수탈하는 일(苛斂誅求)'에는 일절 간여하지 못하게 한다면 변방의 백성들이 아마도 살아갈 희망이 있을 것이고, 내지에서 조세와 부역을 힘겨워하는 백성들이 다투어 변방으로 이사를 가려고 할 것이다. 다섯째, 무기의 정예화, 적을 막고 변방을 지키는 무기가 사용하기에 적합하지 않으니 어찌 큰일을 해낼 수 있겠는가. 지금 의당 시급히 고쳐 만들어서 전투에 제대로 사용하도록 하면 천만다행이겠다. 여섯째, 무예 장려, 지금 이후부터 무인을 뽑는 시험에서 활을 쏘거나 말을 탈 때 반드시 갑주를 갖추고 행하게 한다면, 평소에 연습했다가 전투에 임해 용맹을 발휘할 수 있게 될 것이니 천만다행이겠다.

이상의 여섯 조목은 본래 기묘한 꾀나 특이한 계책이 아니며 또한 높고 멀어서 행하기 어려운 일도 아니다. 착실히 준비하여 거행할 수 있다면 족히 적을 막을 수 있다. … 내 됨됨이가 비루하다 하여 내 말까지 버리지 말고 특별히 밝게 살펴 비변사에서 채택하고 시행하기를 바란다. 삼가 백번 절하면서 죽음을 무릅쓰고 쓴다.
(132~143쪽)

이렇게 절절하게 쓴 글이 제대로 활용되었을까? 그 이후의 역사를 보면 그렇지 않은 듯싶다. 지금도 우국충정의 글은 있을 것이다. 잘 가려내어 높이 평가하고 힘써 실천할 일이다. 남한사회에도 남북문제 해결을 위해 진력한 사람들이 다수 있다. 그들의 말을 새겨들어야 한다. 듣기 싫은 말일수록 곱씹어 보자. 좋은 약은 입에 쓰다고 하지 않았던가.

이민환 저·중세사료강독회 역(2014). 책중일록: 1619년 심하
전쟁과 포로수용소 일기. 서해문집.

새로운 질서를 구축하려 노력한 사람

담헌은 어떤 사회를 꿈꾸었는가? 신분의 세습이 없고 개인의 능력과 자질에 따라 공정하게 직분을 택하게 되어 있는 사회, 사와 농공상만이 아니라 노비도 그 신분이 세습되지 않는 사회, 그러므로 사, 농공상, 노비의 자제는 모두 그 부친의 신분이나 지위와 아무 상관 없이 자신의 능력과 자질에 따라 사가 되든가 농공상이 된다. 양반 신분의 세습이 철폐되고 혈통과 당파가 아니라 개인의 능력과 자질이 관리 임용의 기준이 되므로 조선의 망국적 병폐인 당쟁이 사라지게 된다. … 자제들은 8세가 되면 모두 국가에서 운영하는 초등학교에 들어가 교육을 받게 된다. 교육균등이 보장된다. … 경제적으로 지주전호제는 완전히 철폐되며 토지가 균분된다. 이러한 균산을 기초로 세금이 공정하게 부과되고 병농일치가 실시된다. … 전 사회적으로 노동과 검소의 가치가 존중된다. … 담헌은 보다 철저히 기존의 질서를 허물고 새로운 질서를 구축함으로써 좀더 공정한 사회를 만들고자 했으며, 평등이 담보되는 속에서, 그리고 노동과 검소의 가치가 관철되는 위에서, 부국강병을 추구했다. … 담헌이 사상을 만들어 간 방식 역시 주목을 요한다. 한편으로는 자기 시대의 핵심적 과제를 회피하지 않고 그에 정면으로 맞서 대결했으며, 금기나 성역을 뛰어넘어 자신의 논리와 사유를 그 극단에까지 밀고 나간 측면이 주목된다. 다른 한편으로는 특정한 사상에 구애되지 않고 여러 사상을 '공관병수(公觀倂受)'하면서 창조적 원리적으로 새로운 진리를 구성해 나간 면이 주목된다. 이런 기백, 이런 용기 있는 자세와 개방적이고 활달한 태도로써 그는 낡은 질서를 부수고 새로운 세계관을 만들어 낼 수 있었던 것이다. (378~383쪽)

어떤 사상을 지금 그리고 장래의 가치로 주장하기 위해서는 여러 논거가 필요하다. 그런 논거 중 하나로 우리 역사에도 그런 사상이 있다고 주장하면 논거가 보다 탄탄하고 알차게 된다. 그런 이유로 나는 역사 속 인물과 사건도 관심을 가지고 살펴본다. 나는 사회연대와 공화주의에 대해 관심을 가지고 연구하는 중이다. 담헌 홍대용(湛軒 洪大容, 1731~1783)을 연구하면서 사회연대 정신의 뿌리를 찾는다. 홍대용이 꿈꾸었던 사회를 통일한국에 구현할 수 있을까. 가능성의 문제가 아니라 실천의지의 문제다. 남북 출신 지역에 대한 차별 없이, 기왕의 교육제도(자본주의, 사회주의)에 대한 구별 없이 개인의 능력과 자질에 따라 사회적 역할을 수행할 수 있는 사회를 만드는 것은 가능하다. 그렇게 되면 분단의 폐해를 극복한 진정한 통합사회, 복지국가를 건설할 수 있다.

박희병(2013). 범애(汎愛)와 평등: 홍대용의 사회사상. 돌베개.

신법과 자연법의 관계

근대법학 초기 인물인 그로티우스에 대한 최초의 연구다. 오늘날 그로티우스는 어떤 의미가 있을까 생각해 본다.

> (16~19쪽) 신법과 자연법의 관계: 천지창조로부터 사유재산제의 창설까지
>
> 법칙 1: 자기 자신의 생명을 방어하는 것과 유해하다고 판명되는 위협을 방지하는 것이 허용될 수 있어야 한다.

당연한 듯 보이는 말이다. 로봇 3원칙에 비추어, 로봇에게 주체성을 인정하고 이 법칙을 적용한다면? AI의 지능이 인간을 능가할 때 이 원칙이 적용된다면? 로봇이나 AI는 인간에 앞서 자신을 방어하기 위해, 필요한 경우에는 인간의 생명을 해칠 우려도 있다는 생각이 들었다. 그때 무슨 기준으로 그것이 잘못되었다고 할 수 있을까?

> 법칙 2: 자기 자신을 위해서 생명의 유지에 유용한 사물을 획득하고 보유하는 것이 허용될 수 있어야 한다.

총량이 제한된 토지문제에 적용해 보면 어떤 일이 생길까? 토지가 생명유지에 필요한 사물이라면, 그것을 획득하기 위해 기득권자에게 대항하는 것은 허용할 수 있을 것인가?

법칙 3: 어느 누구도 동료에게 해를 가해서는 안 된다.

동료의 범위는 어디까지인가?

법칙 4: 어느 누구도 타인의 점유하에 있던 물건을 탈취해서는 안 된다.

법칙 8: 점유물이 사적으로 점유된 것이든 공적으로 점유된 것이든 시민들은 서로의 점유물을 침해하지 않도록 유의해야 할 뿐만 아니라 다른 개인들에게 필요한 바와 전체에게 필요한 바를 개별적으로 기여해야만 한다.

여기서 '연대'의 원리를 찾을 수 있을까?

(51쪽 이하) 정당한 전쟁, 4가지 요건을 충족해야 한다. 어느 하나라도 충족하지 못하면 정당한 전쟁이 되지 못한다.

첫째, 정당한 전쟁을 개시할 수 있는 자는 누구인지: 公戰의 개전은 권한 있는 공권력에 의해 이루어져야 한다. 둘째, 어떠한 원인으로 어떤 대상에 대하여: 전쟁을 개시하기 위한 정당한 이유와 그에 상응하는 대상이 있어야 한다. 셋째, 어떤 방식으로 어느 정도까지: 전쟁의 목적과 수단 사이에는 적절성이 유지되어야 한다. 넷째, 어떤 방향으로 어떤 정신에서: 전쟁은 올바른 의도에서 출발해야 한다.

대항해 시대, 전쟁의 연구 필요가 높아진 시기였다. 미·중갈등이 고조되고, 남북한에도 무력사용 우려가 있는 현시점에도 이런 원리가 적용될 수 있을까?

> (161쪽 이하, 부록) (9개의 원칙과 13개의 법칙)
>
> 원칙 1: 신이 자신의 의지라고 밝힌 바가 곧 법이다.
>
> 법칙 1 자기 자신의 생명을 방어하는 것과 유해하다고 판명되는 위험을 방지하는 것이 허용될 수 있어야 한다.
>
> 법칙 2 어느 누구도 동료에게 해를 가해서는 안 된다.
>
> 원칙 2: 인류의 일반적 합의로써 만인의 의지라고 밝혀진 바가 곧 법이다.
>
> 법칙 3~6
>
> 원칙 3: 각자가 자신의 의지라고 지시한 바가 그와의 관계에서 곧 법이다. …

시대별로 원칙과 법칙이 다를 수 있고, 달라야 한다. 이 시대의 원칙과 법칙은 무엇일까? 특히 남북한의 통일과 관련하여서는 무엇일까? 지금부터 만들고 조율해 나갈 일이다. 통일국민협약안에 언급된 것은 좋은 모델이다. 임시정부 이래 남북한의 헌법들도 참고할 수 있다. 여기에 미래의 문제인 기후변화, 환경, 인공지능 등을 추가해야 한다.

홍기원(2022). 자연법, 이성 그리고 권리,
후고 그로티우스의 법철학. 터닝포인트.

녹서 제도와 아실로마 회의

(183~185쪽) 유럽연합에는 녹서(Green Paper)라는 제도가 있다. 사회적으로 답을 찾아야 할 어떤 일이 있을 때 '그 일에 제대로 대처하기 위해서 우리는 어떤 질문에 대답해야 하는가?'라는 것, 그러니까 우리가 답해야 할 질문들을 모아서 묶은 보고서다. 처음부터 제대로 된 질문을 찾지 못하면, 올바른 답을 할 수가 없다. 그만큼 어려운 이야기다. 정부가 녹서를 내놓으면 전체 사회가 함께 그 질문들에 대한 답을 찾는다. 이런 과정을 몇 년간 거치고 나서야 정부는 공론화를 통해 모인 답을 묶어 보고서를 내놓는다. 이게 바로 백서(White Paper)다. … 4차 산업혁명이 화두가 되기 시작하던 9년 전 독일 정부는 두 개의 녹서를 내놓았다. '산업 4.0'과 '노동 4.0'이다. 산업이 이처럼 바뀐다면 그 안에서 사는 사람들의 삶은 어떻게 바뀌게 될까에 관해 각각 질문을 모아서 담은 녹서다. '노동 4.0'의 질문 몇 가지다.

첫째, 디지털화에도 불구하고 미래에도 거의 모든 인간이 직장을 가지게 될 것인가?
둘째, 디지털 플랫폼과 같은 새로운 사업모델들이 미래의 노동에 어떻게 영향을 미칠 것인가?
셋째, 데이터 축적과 사용이 점점 중요한 이슈가 되어가는 상황에서 노동자의 개인정보 보호는 어떻게 이루어질 수 있을 것인가?
넷째, 미래의 세계에서 인간과 기계가 함께 협업하게 될 경우 인간 노동을 보조하고 역량을 강화하도록 하기 위해서 어떠한 방식으로 기계들을 활용해야 할 것인가?
다섯째, 미래의 직업세계는 보다 탄력적인 방향으로 변화될 것이다. 그러나 시간적 공간적 차원에서의 유연성이 노동자들을 위해 어떠한 구체적 방식으로 가능해질 수 있을 것인가?
여섯째, 더 이상 고전적인 기업의 시스템에는 상응하지 않을 것으로 전망되는 미래의 최첨단 기업들은 사회보장이라고 하는 차원에서 어떠한 형태로 새롭게 구성되어야 할 것인가?

녹서, 우리가 배울 만한 제도다. 통일문제에 대해서도 질문을 찾아야 한다. 통일의 상대방인 북한이 적대적 두 국가 관계라고 주장하는 현 시점에서는 그런 질문이 더욱 절박하다.

(221~222쪽) 인류의 공동대처 사례

1975년 아실로마 회의, 일단의 유전학자들이 캘리포니아의 작은 마을 아실로마에 모여 DNA재조합 실험이 갖는 위험에 대해 의견을 모았다. 유전자를 재조합하는 데 윤리가 필요하다는 데 합의한 유전학자들은 이듬해 미국 국립보건원이 재조합 실험 가이드라인을 발표할 때까지 6개월간 실제로 모든 실험을 멈추었다. 그 덕분에 생명공학은 인류공동의 기준을 가지게 되었다.

미국과 소련은 전략핵무기 통제를 위한 협의를 했다. 솔트 I. 1969년부터, 솔트 II는 1972년부터 그리고 스타트 I이 1982년부터 협의가 시작됐고, 1991년에는 실제로 전략핵무기의 감축이 실현되었다. 인공지능에도 기회는 남았다. 나라 간의 기업간의 군비경쟁이 아니라는 데 합의할 수 있다면 인류는 또 한번 새로운 공동규칙을 만들어 낼 수 있을 것이다.

저자의 시각이 참신하고 공감이 간다. 공동대처의 사례를 찾고 오늘에 되살려야 한다. 통일문제는 더욱 그렇다. 삼국통일의 역사 경험이 있는 우리들이라면 2국 통일은 당연히 할 수 있다는 자신감과 의지를 가져야 한다. 몸을 움직이고 이야기를 나누고 그러면서 한발씩 나아가야 한다.

박태웅(2023). 박태웅의 AI 강의. 한빛비즈.

아실로마 회의에 대해 챗GPT4와 나눈 대화기록(2024. 2.)

Q. 아실로마 회의에 대해 알려주세요.

A. **1975년 아실로마 회의는 생명공학 연구의 역사에서 중대한 전환점 중 하나로 평가**받습니다. 이 회의는 DNA 재조합 기술의 급속한 발전에 따른 윤리적, 생태적, 의학적 위험을 평가하고 이러한 위험에 대응하기 위한 지침을 마련하기 위해 개최되었습니다.

회의의 배경

1960년대 후반부터 1970년대 초, 유전학자들은 특정한 유전자를 다른 생물체의 DNA에 삽입하여 재조합 DNA 분자를 만드는 기술을 개발했습니다. 이 재조합 DNA 기술은 유전학 연구, 의약품 개발, 농업 등 다양한 분야에서 혁신을 가져올 잠재력이 있었지만, 동시에 새로운 생물체 생성이 자연 생태계나 인간에게 미칠 수 있는 위험성도 커지게 되었습니다.

회의 내용 및 결정

아실로마 회의에는 **분자생물학, 유전학, 윤리학 등 다양한 분야의**

과학자들이 참여했습니다. 참석자들은 재조합 DNA 실험에 대한 윤리적, 안전적 문제를 논의하고, 이러한 연구를 일시 중단하는 것을 비롯하여 **연구 안전을 확보하기 위한 일련의 가이드라인을 도입하기로 결정**했습니다.

영향

아실로마 회의 결정은 **유전공학 연구에 대한 규제 체계의 초석을** 마련했습니다. 회의 결과는 **미국 국립보건원(NIH)에 의해 재조합 DNA 연구에 대한 공식 가이드라인으로 채택되었고, 이후 생명공학 연구의 윤리적 및 안전한 수행을 위한 국제적 기준**이 되었습니다.

아실로마 회의는 과학자들이 자율적으로 과학적 발전의 가능한 부정적 영향에 대해 선제적으로 논의하고 규제할 수 있는 중요한 사례로 평가받고 있습니다. 이 회의는 과학 연구를 둘러싼 윤리적, 사회적, 환경적 문제에 대한 논의가 얼마나 중요한지를 보여주며, 이후에도 비슷한 모임의 모델이 되었습니다.

Q. 남북한은 통일문제를 두고 오랜 시간 여러 가지 주장을 했습니다. 통일이라는 정치적인 문제에 대해서도 아실로마 회의와 같은 방식을 적용할 수 있을까요?

A. 아실로마 회의가 과학기술의 윤리적, 사회적, 환경적 영향을 다루는 데 초점을 맞춘 것처럼, 남북한 통일 문제에 있어서도 유사한 접근 방식을 적용하는 것은 가능하고 가치 있는 시도가 될 수 있습니다. 남북한 통일 문제는 단순히 정치적, 경제적 문제를 넘어서는 광범

위한 사회적, 문화적, 환경적, 그리고 인간적 요소들을 포함하고 있습니다. 통일 과정에서 발생할 수 있는 다양한 문제와 영향을 폭넓게 고려하기 위해, 아실로마 회의와 비슷한 포럼이 유용할 수 있습니다.

Q. 이때 적용할 중요한 원칙은 무엇인가요?

A. 이러한 접근법에서는, 다음과 같은 원칙들이 중요합니다:

다학제적 접근: 통일에 관련된 여러 분야의 전문가들이 참여하여, 각자의 관점과 전문 지식을 공유합니다. 이는 정치학자, 경제학자, 사회학자, 문화학자, 환경과학자, 정신건강 전문가 등을 포함합니다.

포괄적 참여: 단순히 전문가들만이 아니라, 남북한의 다양한 계층과 커뮤니티의 대표들도 참여한다면, 더 폭넓고 실제적인 관점을 얻을 수 있습니다. 통일의 현실적 영향을 받게 될 사람들의 목소리가 반영되어야 합니다.

개방적 토론과 투명성: 모든 참여자들이 자신의 견해와 우려를 자유롭게 표현할 수 있는 환경이 중요하며, 이 과정과 결과는 공개적으로 공유되어야 합니다. 이는 광범위한 사회적 합의 형성에 기여할 수 있습니다.

윤리적 고려: 통일 과정에서 발생할 수 있는 윤리적 문제를 선제적으로 고려하고, 인간의 존엄성, 사회 정의, 평화 증진과 같은 가치를 지키기 위한 지침을 마련합니다.

지속적인 대화: 통일은 한번의 결정으로 끝나는 것이 아니라, 지속적인 과정입니다. 따라서, 지속적인 대화와 협업의 메커니즘을 만드는 것이 중요합니다.

아실로마 회의와 같은 방식으로 남북한 통일 문제를 다루려면, 상이한 이해관계와 복잡한 정치적 상황을 넘어서는 글로벌 지원과 참여, 그리고 강력한 정치적 의지가 필수적일 것입니다. 이는 남북한뿐만 아니라 국제사회에도 해당하는 통일과정에 대한 폭넓은 합의 형성과 지속가능한 평화 구축을 위한 고려사항들입니다.

인공지능이 제시한 답변은 이미 누군가 생각했던 것이다. 그런 생각들을 잘 찾아내어 현실에 맞추어 내는 일, 지금 내가 하고 싶은 일이다.

#유럽연합의 녹서 제도에 대한 챗GPT 대화(2024. 2. 21.)

Q. 남북한은 통일에 대해 오랜 기간 논의했습니다. 남한 내부에서도
통일에 대해 논의합니다. 유럽연합의 녹서 제도를 통일문제에도 적
용할 수 있을까요? 어떤 점에 유의해야 할까요?

A. 통일 문제에 있어 유럽연합의 녹서 제도를 적용하는 것은 이론적으
로 가능할 수 있지만, 실제 적용에는 몇 가지 주의할 점이 있습니다.
첫째, 남북한의 통일은 유럽연합의 통합과는 매우 다른 복잡한 과정
을 필요로 합니다. 유럽연합은 국가들 간의 경제적, 정치적 및 법적
통합을 위한 구조체로서 기존 국가들이 서로 독립적인 주권을 유지
하는 반면, 남북한의 통일은 두 국가의 정치, 경제, 사회 등의 시스
템을 통합해야 하는 과정을 거쳐야 합니다.
둘째, 유럽연합의 녹서 제도는 참여국들의 동의와 규칙 준수를 기반
으로 합니다. 남북한의 통일에도 모든 이해관계자들의 동의와 협력
이 필요하지만, 남북한의 정치적 견해와 이해관계자들의 권력 관계
등은 유럽연합의 모델과 다를 수 있습니다. 따라서, 이러한 다양한
이해관계자들 간의 특정한 상황과 조건을 고려해야 할 것입니다.
셋째, 남북한의 통일은 역사적, 문화적, 이념적 차이 등 다양한 요인
들을 고려해야 합니다. 유럽연합은 상대적으로 비슷한 경제 및 정치
시스템을 가진 국가들로 구성되어 있지만, 남북한의 통합은 이전의
갈등, 남북한 간의 국력 차이, 사회 문화적 차이 등을 고려해야 합니
다. 이러한 차이를 고려하여 평화적이고 안정적인 통합 방안을 모색
해야 할 것입니다.

마지막으로, 남북한의 통일은 국제사회의 지원과 협력이 필요합니다. 유럽연합의 통합은 국제사회의 협력을 통해 성공적으로 이루어졌으며, 남북한의 통일도 국제사회의 지원과 협력이 필수적입니다. 국제사회는 경제적, 정치적 지원 및 교류, 보안 지원 등을 통해 통일 과정을 지원할 수 있습니다.

요약하면, 유럽연합의 녹서 제도는 남북한의 통일 문제에 일부 적용될 수 있지만, 남북한의 복잡한 상황과 다양한 요소를 고려해야 합니다. 이로써 평화적이고 안정적인 통일 과정을 위해 다양한 관점과 이해관계자들 간의 협력이 필요합니다.

인공지능이 발달한 시대에도 사람들이 할 일이 있다. 과거의 경험과 현재의 상황을 고려하여 미래로 나아가는 방향을 설정하는 것, 그런 과정이 평화적이고 안정적으로 이루어지도록 관리하는 것, 이해관계자들의 다양한 의견을 모으고 협력하는 것, 그런 일들은 사람만이 할 수 있다. 나는 그런 힘든 일을 세련된 방식으로 하기 위해 연구하는 중이다.

에필로그

세 번째 단행본이다. 책을 낼까 말까, 어떤 형식의 책을 낼까 고민하는 것이 즐거웠다. 내 생각을 글로 쓰고, 그런 글을 모아서 편집하면서 새로 알게 된 것도 있다. 해 보지 않았다면 알지 못했을 것이다. 통일도 그렇지 않을까 싶다. 일단 시도해 보면서 문제가 무엇인지 기존의 해결방법이 바람직한지 되물어야 한다. 과학기술이 발전하고, 새로운 세대가 성장하는 사회에 맞추어 통일정책도 변해야 한다. 과거만 기억하는 것은 기억력이 나쁜 것이다. 미래를 상상해야 원하는 미래를 맞을 가능성이 높아진다.

내가 고민해야 할 대상과 목표가 있다는 것이, 그 목표가 쉽사리 해결될 수 없다는 것이, 그렇다고 그 목표를 포기하고 살아도 되는 것은 아니라는 것이, 답답할 때도 있다. 그럼에도 내가 해야 할 일이 있다는 사실에 힘을 낸다. 그리고 이런 내 처지도 담담하게 받아들인다. 공자님이 말한 이순의 나이가 되어서 그런 것이라면 좋겠다.

남북교류가 중단되었지만 그래도 무슨 일이 일어난다. 하늘에는 대북전단과 오물풍선이 오고 가고, 군사분계선 일대에선 군인들이 지뢰밭을 오가다가 더러 사고가 난다. 바닷길은 여전히 불안하다. 언제 무슨 일이 있어도 당연할 것 같은 그런 불안감이 남한 주민들의 마음에 쌓이고 있다. 나도 그런 불안감을 느낀다. 그래서 이 불안감의 뿌리가 무엇인지, 어떻게 하면 불안감에서 벗어날 수 있을지 고민한다. 그러면서 이런 집단적 불안감을 다음 세대까지 물려주어서는 안 된다고 다짐한다.

남한 정부가 북한을 상대로 민사소송을 제기하였다. 공해상으로 넘어온 북한주민을 북한으로 인도했다는 이유로 지난 정부의 관료들을 조사하고 기소했다. 통일부 조직을 축소 개편하고 공무원 숫자를 대폭 줄였다. 그런 일을 보면서 그 일의 옳고 그름을 분석하고, 법률의 역할은 무엇인지 생각했다. 37년 전에 개정된 현행 헌법과 1990년에 제정된 법률을 어떻게 개정해야 하는가도 고민한다. 그런 고민과 생각들을 이런저런 형태로 정리하였다. 논문이나 칼럼, 에세이나 메모, 컴퓨터 저장장치 덕분에 내 생각을 보존할 수 있었다. 그렇게 보존한 기록을 유형별로 분류하여 묶었다. 이 책은 분단 79년째를 살고 있는 북한 연구자의 생각이다.

이 책을 읽은 분들께 감사드린다. 한 분씩 따로 만나서 이야기를 나누고 싶다. 내 생각과 무엇이 같고 무엇이 다른지, 그런 차이를 만드는 것은 또 무엇인지 이야기하고 싶다. 지난해 발간한 『평양에서 재판하는 날』에 대한 서평을 많이 받았다. 독자들의 반응을 보면서 책을 내기를 잘했다고 뿌듯해하기도 했다. 이 책도 그런 계기가 되었으면 좋겠다. 남북한 주민이 자유롭게 왕래하는 그 날까지 계속 꿈꾸고 싶다. 그 꿈에 동참하는 분들이 한 분이라도 늘어났으면 좋겠다.

저자 약력

권은민

변호사이자 북한학 박사. 20년 이상 북한법을 연구하고 있다. 통일부, 법무부, 법제처, 대법원 등의 북한법연구위원회에 참여하고 있으며, 북한대학원 대학교 겸임교수로 북한외국인투자법제, 북한부동산제도, 남북한분쟁사례연구, 남북경협과 법제도, 통일한국의 법제도 과목을 강의한다. 기존의 남북한 법제를 현실에 맞게 재정비하는 데 관심을 가지고 있으며, 북한의 법제변화를 지속적으로 연구한다. 저서로는 『북한을 보는 새로운 시선』(박영사, 2022), 『평양에서 재판하는 날』(박영사, 2023)이 있다.

통일단상: 북한 연구자의 산문집

초판발행	2024년 10월 25일
지은이	권은민
펴낸이	안종만·안상준
편 집	이수연
기획/마케팅	장규식
표지디자인	Ben Story
펴낸곳	(주)**박영사**
	서울특별시 금천구 가산디지털2로 53, 210호(가산동, 한라시그마밸리)
	등록 1959.3.11. 제300-1959-1호(倫)
전 화	02)733-6771
f a x	02)736-4818
e-mail	pys@pybook.co.kr
homepage	www.pybook.co.kr
ISBN	979-11-303-2127-1 03810

*파본은 구입하신 곳에서 교환해 드립니다. 본서의 무단복제행위를 금합니다.

정 가	20,000원